KB042176

지도 몰라서 소설에게 미안하다.

　내 소설들 하나하나 뜯어보면 직·간접적으로 모두 겪은 일들이고 자전 아닌 게 하나도 없다. 스스로에게 묻는다. 내가 쓰는 글이 도대체 어디에 닿을 수 있을까, 나는 그것이 늘 두렵고 불안하다.

　나는 훌륭한 소설가라는 명예에 대한 꿈은 없다. 단지 어떤 사람이 내 소설을 읽고 행복할까, 어떤 사람이 내 소설에 관심을 가질까에 대한 고민이 있을 뿐이다. 내 글을 읽고 마음이 움직일, 얼굴 모르는 그런 독자들이 어딘가에 있으리란 믿음을 버리지 않겠다. 그것은 생명과 인간에 대한 존엄성, 진정한 사랑을 노래할 수 있는 거룩한 기능을 얻는 길이라 믿기 때문이다.

　내게서 멀리 있거나 혹은 가까이 있는 반갑고 고마운 사람들에게 출판 소식으로 안부를 전한다.

목차

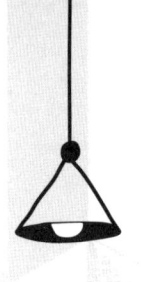

▲ 작가의 말 ▲

책은 그 자신만이 발달한 감수성으로 우리를 예민하게 하고 우리의 숨겨진 촉각을 자극하게 될 것이다. 우리가 읽는 책이 우리를 주먹으로 한 대 쳐서 우리를 잠에서 깨우지 않는다면 도대체 왜 우리가 그 책을 읽어야 하는 것이냐. 책이란 무릇 우리 안에 있는 꽁꽁 얼어버린 바다를 깨뜨리는 도끼가 되어야 한다. ─카프카

그동안 발표했던 소설들을 묶어 소설집을 내게 되었다. 출판사에서 작가의 말을 쓰라는데 작가는 이미 소설에서 하고 싶은 말을 다 했는데 또 무슨 말을 하라는 걸까.

소설을 시작한지 어느새 십 년이고 등단한지 오 년이 되었으니 이제 소설가라고 해도 될지 모르지만 여전히 소설이 뭔지 잘 모르겠다. 고독하기 때문에 소설을 쓴다는 것이 얼마나 타당한 것인지 잘 모르겠고 내가 정말 타인들보다 훨씬 깊은 고독을 가지고 있는

채현희

달콤 소금꽃
이가람

봄이 오는 편지

/

그래서 부른 이야기가

/

01

빛에 대한 예의

나는 그 얘기를 듣고 화장실에 가서 구토하며 울었다.

이제 그녀에게 색깔이나 빛은 무슨 의미인가?

눈앞에 펼쳐 져 있는 시각의 세계를 감지하지 못하고,

청각이나 촉각만으로 느껴야 하는

세계란 어떤 것일까?

우-웅, 곤충이 떠는 듯한 소리.

휴대전화기에 불이 깜박인다.

- 프라하 호텔 커피숍!

누구에게도 절대복종하지 않을 것만 같은, 작은 체구에서 어찌 그
런 당당함이 나오는지 늘 궁금하기만 한 그녀와의 통화로 내 손가락
이 가늘게 떨고 있다.

커튼을 젖히자 커튼 뒤에 숨어있던 빛들이 일제히 얼굴에 달라붙
었다. 빛살에 찔린 눈동자가 끔벅거리며 아려왔다. 나는 눈살을 찌
푸려 해의 방향을 가늠하며 손차양을 만들었다.

프라하 호텔은 고풍스러운 본관과 붉은 대리석을 입힌 현대식 건
물인 별관이 나란히 서 있었다. 유럽풍의 아름다운 외관을 지녔지

빛에 대한 예의

빛에 대한 예의

초판 1쇄 발행일 2015년 4월 28일
초판 2쇄 발행일 2015년 12월 7일

지은이 이강훈
펴낸이 양옥매
책임편집 육성수
디자인 이윤경
교 정 조준경

펴낸곳 도서출판 책과나무
출판등록 제2012-000376
주소 서울특별시 마포구 월드컵북로 44길 37 천지빌딩 3층
대표전화 02.372.1537 팩스 02.372.1538
이메일 booknamu2007@naver.com
홈페이지 www.booknamu.com
ISBN 979-11-5776-033-6(03810)

이 도서의 국립중앙도서관 출판시도서목록(CIP)은 서지정보유통지원 시스템
홈페이지(http://seoji.nl.go.kr)와 국가자료공동목록시스템
(http://www.nl.go.kr/kolisnet)에서 이용하실 수 있습니다.
(CIP제어번호 : CIP2015010632)

만, 그 아름다움을 실감하게 되는 것은 눈부신 조명 때문이다. 요요하게 유혹하는 불빛 아래 양탄자 위를 걸어갈 때면, 아! 하고 새삼 깨닫게 된다.

로비 한쪽 벽엔 황금빛을 내뿜으며 시선을 끄는 구스타프 클림트의 「키스」가 걸려 있다. 물론 저건 실물 크기의 복제품이겠지? 황금빛 광채 속에서 목이 부러지도록 격렬하게 포옹하고 있는 두 남녀. 사랑의 느낌을 어쩌면 저토록 황홀한 색채로 나타낼 수 있는 것일까. 아버지가 금 세공사였다는 클림트는 고온에 녹은 액체 상태의 황금을 보며 자란 게 틀림없을 거다.

"이 그림은 클림트의 작품 중 가장 유명하죠. 키스라는 독특한 주제와 특이한 화면 구도 때문이에요. 에로티시즘의 대표적 화가답게 순결한 소녀의 첫 경험을 내포하고 있다고나 할까? 절벽 위에서 남자에게 매달려 있는, 곧 떨어질 것 같은 불안한 위치임에도 불구하고 표정에선 기대감과 설렘이 드러나지 않나요? 게다가 화려한 색채와 기하학적인 문양들을 보세요. 음, 왠지 오래전에 돌아가신 클림트 할배의 정신세계가 몹시 궁금해지기 시작하는걸요."

손바닥으로 비스듬히 턱을 괸 채 중얼거리던 그녀의 입술이 그림 위에 겹쳐진다.

병원장은 캘린더 제작을 서두르고 있었다. 신설된 종합병원 이미지에 맞는 신예작가 열두 명의 추상화를 화보로 삼아 홍보를 한다는 계획이었다. 작가는 미술협회 추천을 거쳐 이미 정해진 상태였지만 작품 선정은 어울리지 않게도 내게로 넘어왔다. 단지 내가 정신과 의사라는 이유에서였다.

그녀의 모습은 눈부신 신호탄 같았다. 뛰어난 미인은 아니지만, 감히 범할 수 없는 은근한 아름다움이 감돌고 있었다. 그 아름다움이 그녀의 어디에서 흘러나오는 것인지 알 수는 없었지만, 단숨에 내 모든 걸 뒤흔들어 놓았다. 그녀의 손길이 닿은 탁자나 창문 어디에서나 신비한 기운이 신기루처럼 서려 있는 것 같았다.

화실에는 물감을 희석하는 테레빈유 냄새가 진하게 났다. 창턱에 가지런히 놓인 갖가지 모양의 희석제 병들은 석양을 받아 여러 가지 색들로 빛나고 있었다. 병마개를 따고 냄새를 맡아보았다. 병 속에는 액체를 닮아 일렁이는 꿈같은 것이 들어 있을 것 같았다. 휘발성이 강한 꿈들이었다.

그곳에선 빨강과 노랑과 파란색의 원색적인 마찰이 눈을 아리게 했다. 거기서 다시 초록과 보라, 그리고 주황이 잉태되는 과정은 참으로 신비로웠다. 꿈으로 색이 잉태되고 또한 색이 꿈을 잉태하듯 찬란한 색깔의 빛이 만들어지고, 거기서 다시 분사되는 빛의 신기루를 볼 수 있었다.

토요일 오후, 온갖 상상력 속에 준비된 그녀와 나의 만남은 분명히 '우연'이라고 지시되어 있었다. 술이라도 마시며 그림에 대한 얘기를 들려 달라는 나의 제의에 그녀는 싫다고 아주 분명하게 잘라 말했다.

짧은 순간, 그녀가 내게 혀를 쏙 내미는 것처럼 느껴졌다. 용용

죽겠지, 하며.

예상 문제를 잔뜩 뽑아들고 자신만만하게 시험장에 들어갔다가 전혀 엉뚱한 질문을 받아들 때의 기분이었다. 즉흥 연기를 할 자신이 없어서 대본을 만든 것인데 그 순간 나의 상상은 코미디가 될 수밖에 없었다. 왜 이렇게 질문이 서툰지, 무안한 표정을 감추지 못해 등을 돌릴 때였다.

"저기요."

부드럽고 나직한 목소리였다. 조용한 바다, 무인도와 무인도 사이의 깊은 바다, 그 멀고 먼 심연으로부터 들려오는 소리 같았다.

"술 대신 볼링은 어때요?"

그녀는 볼링을 아주 잘 쳤다. 나중에 안 사실이지만 노래와 춤까지. 그녀는 젊은 나이의 여자가 할 수 있는 그 어떤 것 하나도 놓칠 수 없다고 생각하는 여자였다. 발랄한 남성교제 취향도 놓칠 수 없는 그 여러 가지 일 중 하나일지도 모른다.

나는 차마 거절하지 못하도록 온갖 그럴듯한 구실을 만들어서 데이트를 청하곤 했다. 그녀는 나의 열정에 못 이겨 적선하듯 아주, 아주 가끔 데이트에 응해 주었다. 그러면서도 속으로는 코웃음을 쳤을 테지.

'흥, 유부남인 주제에.'

그녀와의 공통점을 찾으려고 노력하다 영화를 좋아한다는 말을 듣고 가슴이 벅차올랐다. 하지만 그건 잠시뿐이었다.

"내가 좋아하는 영화 속에서 당신이 알만한 배우들은 절대 등장하

지 않을 텐데요. 볼프강 크시프트 이반 키로스키라는 영화감독을 아
세요? 몇 번쯤 반복해서 알려 주어도 절대 그 이름을 외우지 못할
텐데."

그녀의 말은 아름다운 음향에 가까웠다. 길게 또는 짧게, 깊게 또
는 얕게, 그것은 눈에 보이지 않는 미묘하고도 신비로운 리듬에 따
라 주변의 공기를 진동시키는 아름다운 발음이며 발성이었다. 그녀
의 음성이 나의 고막을 가볍게 두드릴 때마다 나는 심장 가까이에서
울려오는 맑고 은은한 종소리를 함께 들었다. 그녀의 목소리를 들을
때마다, 뇌리의 어디쯤에선가 죽었던 세포가 다시 살아나듯 아릿아
릿한 자극이 느껴졌다. 차단되어 있던 환상의 빛살이 튕기듯 밀려들
어 눈앞을 아득하게 만들었고, 귀에는 세상 저쪽에서 들려오는 그녀
의 목소리가 메아리치며 울려왔다.

"물론 내겐 데이트하는 남자들이 여럿 있어요. 그 중엔 유부남도
있고. 하지만 대단한 데이트를 하는 건 아니에요. 가끔 식사하거나
술을 마시면서, 그들이 예술계에서 하는 일이 얼마나 중요하고 또
얼마나 고된 일인지를 알아주기만 하면 되는 거죠. 감탄과 안타까
움을 적절히 표현해주고 남자의 권태로움을 이해해주는 척 할 뿐이
에요. 난 뛰어난 미인은 아니지만 젊고 청순해 보이는 데다 수십 번
을 되풀이한 이야기들도 늘 처음 이야기를 듣듯 재미있다는 듯이 들
어줄 수 있거든요. 그렇게 그들 이야기에 고개를 끄덕여주기만 하면
저절로 매력 있는 여자가 되는 거지요. 뭐, 그런 감정을 우려낸 후
에 당신들이 부럽고 존경스럽다고 지나가는 말처럼 툭 던지면, 갑자

기 정색하고 그간 나에게 소홀히 했던 것을 진심으로 미안해하더라고요. 그리고 내게 어떤 식으로든 도움을 주고 싶어 안달하는 거죠. 예술계란 게 원래 좀 그렇잖아요."

그녀의 솔직성은 때로 소녀처럼 순진무구해 보이기도 했고 상대방의 반응을 미리 계산한 것처럼 치밀한 행위로 보이기도 했다.

어쩌면 그녀는 관심이 아닌 권태 때문에 나를 만나는 것인지도 몰랐다. 그래도 그녀의 자리만 지켜주면 같이 밥을 먹을 수 있고 술을 마실 수 있었다.

그녀를 만나는 동안 애꿎은 여자들을, 그리고 불특정한 다수의 남자들을 측은하게 여겼다. 길에서나 전철에서나 여자들을 보면 나도 모르게 속으로 혀를 찼다.

'저들도 애인이나 남편이 있을까? 있겠지. 왜 없겠어? 그래서 저들도 섹스란 걸 하긴 하겠지. 저런 여자를 안는 남자들이 정말이지 불쌍해. 어떻게 저런 몸에 자기 몸을 포갤 수 있을까.'

어느새 그녀는 내 뇌리 속에서 세상 최고의 여자가 되어 있었다.

함께 여행을 가기도 했다. 아내에게는 친구와 직원들의 부모들이 가짜로 죽어 나갔다.

그녀가 저녁을 먹자는 것을 외면하고 아내와 약속한 저녁 식사 시간이 늦을까 봐 조바심치며 나가던 때였다.

"당신 아내는 예쁜가요?"

한 여자와 지속적인 관계를 유지하다 보면 부딪치게 되는 상황이고, 여자들이 이렇게 나오면 으레 골치 아픈 일이 시작되기 마런이다.

"예민하게 굴어야 할 이유를 알 수 없군요. 내가 당신 아내에게 전화를 걸어 남편을 양보해 달라고 하기라도 할까 봐요? 그래서 두 여자가 길거리에서 만나 머리채를 붙잡기라도 할 거라고 생각하나 보죠? 관계에 대한 소망은 당신에게 있지 나에게 있는 게 아니에요. 적어도 나는 당신에게 내가 가질 수 있는 만큼의 자리만을 원하고 있다고 생각해요. 나는 그저 알고 싶을 뿐이에요. 예쁜 여자인지, 무슨 일을 하는지, 나처럼 키스하는지……. 날 만나는 게 무슨 의미가 있는데요? 가정적으로 무슨 문제가 있거나, 혹은 아무 문제도 없다는 게 너무 무료해서 갑자기 생이 공허해진 건가요? 김빠진 콜라병처럼…. 유부남은 누군가 찔러주고 간 뇌물 같은 거라더군요. 처음엔 짜릿한데 오래가면 부담스러워진다고. 당신이 당신 병의 거품을 비워가고 있는 동안 내 병은 점점 차올라 급기야 저절로 뚜껑이 열려버릴 지경이 되었다는 걸 난 너무 늦게야 알아 버린 거죠. 그렇다고 도둑이 제 발 저리듯 내 인생 당신한테 헌납할 테니 마음대로 처분하라는 얘길 기대하고 있는 건 아니겠죠?"

만약 변신을 꿈꾸는 여자와 안주하고 싶은 여자 사이에 놓여 있다면 어떤 선택을 해야 할까? 익숙한 것은 지루하다. 낯선 것은 매혹적이지만 불편하다. 삶을 익숙한 것과 낯선 것으로 나눈다면 그 황금 분할은 어떤 구도일까?

그때 난 사랑이 옥토신이라는 호르몬의 이상 분비 때문에 빚어지는 일종의 병리 현상이라는 걸 잘 알고 있는 30대의 정신과 의사였다.

사랑에 빠지게 되면 필로폰과 유사성분인 페닐에틸아민이라는 물질이 상대방을 그리워하게 하고, 세상 모든 것보다 최고로 보이게 한다는 것도 알고 있었다. 나는 세상 물정 알 만큼 아는 나이로 사실 별로 순진하지도 않았다. 그녀에게 복종했어도 비굴하다고 느끼지는 않았고, 어떤 여자라도 반했을 거예요, 따위의 말을 듣고 싶은 것도 아니었다. 하지만 어느새 그녀가 나의 어떤 점이 좋다고 하면, 그걸 확대해서 온종일 행복해하고 감격해 하는 밥통이 되어 있었다.

겉으로 그다지 달라진 것은 없었다. 여전히 문자를 주고받고 전시회를 다녔으며 연애감정과 섹스를 인출해 갔다.

돈이 떨어졌을 때 현금지급기에서 일부를 인출하듯 당연하게.

어느 날 술을 마시며 결혼제도에 관해 얘기하다가 대판 싸우게 되었다. 결혼이란 엄밀히 따진다면 기호 가치가 아닌 교환 가치일 뿐이라고 말하다 나도 몰래 세컨드라는 말이 튀어나왔다. 그녀의 입장을 고려하지 못한 결정적 실수였다.

용수철처럼 발딱 일어서 나가는 그녀를 따라 황급히 나갔다. 걸음이 제법 빨랐다. 그녀가 육교를 반쯤 건너다 말고 뒤돌아서, 날 똑바로 바라보며 말했다.

"그래. 맞아. 나에게는 어떤 교환가치가 있을까? 난 아무래도 덜 떨어진 인간인 모양이야. 서른이 넘은 나이에도 불구하고 남의 남자나 빌려서 쓰는 여자인 걸 보면. 대여료라도 내야 하는 건가? 날 아무리 그럴듯한 말로 포장해 봐야 결국은 세컨드 아냐? 세컨드라는 말은 매우 잘 만들어진 말인 것 같아. 초라한 나를 조롱하기에 꽤 적절한 걸 보니."

그리고는 갑자기, 괴성을 지르며 아래로 뛰어내리려고 했다. 나는 수류탄을 든 채 자살기도를 하는 탈영병을 달래듯 간절하게 빌고 또 빌었다. 지나가는 사람들이 무슨 대단한 구경거리라도 있는 것처럼 우릴 힐끔힐끔 바라보았다. 정말 미칠 지경이었다.

파출소에서 둘이 지문을 찍고 나오면서 그녀의 눈에 흐르는 눈물을 보았다. 솜뭉치 구름이 낮게 드리워진 채 서쪽으로 서서히 몰려가고 있었다.

그날 이후 그녀의 모습은 어디에서도 찾을 수 없었다. 불 꺼진 화실을 바라보며 발걸음을 돌려야만 하는 날들이 늘어만 갔다.

'지금은 외출 중이어서 전화를 받을 수 없습니다. 삐 소리가 난 뒤에 용건을 말씀해 주세요.'

응답기를 통해 전달되는 그녀의 음성은 여전히 매력적이었지만 나를 초조하게 만들었고, 그녀의 휴대폰 번호를 누를 때마다 부재를 확인하는 것은 고역이었다. '이 번호는 없는 번호이니'에서 이젠 다른 목소리가 귀찮다는 듯이 '아닌데요.'하고 있었다. 그 숫자들의 조합이 그렇게 쉽게 목소리를 바꿔 버릴 수도 있다니. 그가 오랫동안 소유했던 그 일련의 숫자들이 이제는 다른 사람에 의해 쓰여 진다는 것이 기이했다. 그 일련의 숫자들은 그를 기억할까? 그녀의 몸처럼 익숙하고 생생한 일련의 숫자들, 때로는 은밀하고 때로는 일상적이면서도 끈끈한 욕망이 오갔던 그 친밀한 숫자들이 거대한 공허가 되어 나를 끌어들이고 있었다.

인터넷마저 '존재하지 않는 메일'임을 알리고 있었다. 도대체 뭐가 존재하지 않는단 말인가?

그녀가 준 편지를 읽어보았다. 얼굴을 파묻으니 그녀의 냄새가 났다. 편지는 전화보다 훨씬 더 고백적이어서 그 유혹은 더욱 길고 깊다. 심장을 파르르 떨게 하는 그 달디 단 문장들이 벽시계의 초침 소리처럼 귀에 꽂히고 송곳처럼 눈을 찌른다. 그리고 이내 눈꺼풀의 둑을 범람한 눈물이 투득 편지에 떨어진다. 눈물방울에 갇힌 글자가 진해지더니 편지지가 얼룩지고 뒷면의 글씨가 은은히 배어 나왔다.

잊어야 한다고 유행가 가사처럼 수없이 다짐했지만, 말과는 달리 그녀와의 추억을 미행하는 자신의 초라한 모습만을 확인할 뿐이었다.

그녀가 자주 다니던 곳을 서성이며 우연을 끔찍하게 기다려보기도 했지만, 세상에 우연 따위는 없었다. 우연이란 아무 준비 없이 정말로 뜻밖에 오는 것이거나 아니면 치밀한 연출일 뿐이었다. 우연은 이름을 갖고서도 존재하지 않는 추상명사였다.

사소한 질문이나 부탁을 핑계로 그녀의 주변 사람들에게 전화를 걸기도 했다. 그녀와의 관계를 아는 사람은 많지 않았으므로 그의 이야기가 나오도록 화제를 이끌었다. 용케 그녀의 이름이 귓속으로 들어오는 것만으로도 온몸에 전류가 퍼져나가는 걸 느끼며 만개한 꽃처럼 동공이 활짝 열렸다.

그녀에 대해서 모든 것을 알고 있다고 생각했지만 알고 있는 것은 삶의 한 조각일 뿐이었다. 그녀에 대한 생각을 모은 목록은 빈약했고 그것으로 그녀 내면의 영토를 들여다볼 수가 없었다.

내가 한없는 슬픔으로 젖어 있는 건 그녀와의 추억이 그렇게 가슴에 남겨지리라는 걸 미처 예견하지 못한 까닭인지도 모른다. 아니면 그녀보다 강렬한 존재감을 느끼게 하는 상대를 두 번 다시 만날 수 없을 거라고 모든 걸 단념해 버린 탓인지도 모른다.

'눈이 크면 겁이 많다는데, 이 사람 정말 왕눈이네.' 나는 다시 쿡 웃었다.

"나 예뻐?"

여자는 장난인 듯 물었다. 나는 미안한 듯이 대답했다.

"솔직히… 예쁘진 않지."

"못생겼다고?"

"아니, 아니 꼭 그런 뜻이 아니고."

미모가 제2의 신분증이라는 이 시대에 여자의 얼굴은 도대체 눈 빼고는 고르지 못한 치아, 주저앉은 코 하며 무기로 삼기엔 턱없이 부족한 수준이었다.

'모범적 이성 교제를 위한 데이트 매뉴얼' 방식대로 데이트했다. 성실하고 지루한 데이트였다.

여자는 숨어있는 명소의 목록을 다 준비해서 다니는 사람처럼, 그런 기분 좋은 장소로 자기 집에 초대하듯이 나를 안내하곤 했다. 여자는 빌딩 너머로 지는 저녁노을에도 시선을 빼앗겨 차를 세웠고, 자금성쯤 가야 느껴지는 탄복을 우리나라의 손바닥만 한 고궁에서도 느끼곤 했다. 나는 이라크의 전쟁 소식을 접하고도 느껴지지 않는 분개심을 여자는 신호를 지키지 않는 차량에서도 수시로 느끼곤 했다.

생일 선물로 성형외과 수술 예약 티켓을 건넸을 때 여자는 여왕이라도 된 듯 기뻐했다. 행복해서 죽겠다는 얼굴을 하고 속삭이듯 말했다.

"내 인생을 바꿔줄 거지?"

결혼으로 이어지는 인연이란 결국 타이밍의 문제일까? 나는 여자에게 약점이 있다는 사실을 오히려 다행이라고 믿었다. 한 점 빈틈이 없는 여자 앞에서 평생 긴장한 채로 살아가느니, 여자의 약점을 너그럽게 받아주며 느긋하게 살아가는 남자가 더 행복하리라고, 이런 여자라면 평생 군말 없이 순종할 거라고 믿고 손을 내밀었다.

여자는 그 지긋지긋한 칼국숫집 맏딸이라는 꼬리표를 떼기 위해 튼실해 뵈는 나의 수레에 편승했다.

질질 늘어지는 음악 소리. 아내는 지금 요가 중이다. 아름다움과 젊음을 위한 헬스 요가. 젊음을 유지하려는 아내의 노력은 안쓰럽기까지 하다.

아내는 스스로 미인이라고 생각한다. 스스로 아름답다고 믿는 아름다움도 아름다움일까? 그 아름다움은 교만한 데다 변덕스럽고 표독스럽기까지 하다.

결혼 후 변변치 않은 집안에 물려받을 재산도 없다는 걸 알고 난 뒤부터, 아내와의 감정은 소풍 갔다가 되가져온 웨하스처럼 바스러져 있었다. 이 년간 둘 사이에 오간 대화를 녹음했다면 아마 카세트테이프 두 개면 충분했을 것이다.

누군가 그랬다. 세상에서 제일 속이기 힘든 상대는 마누라라고.

"당신, 요즘 이상해졌어. 꼭 혼이 빠진 사람 같아. 혹시 여자 문제라면 염려하지 말고 털어놔. 어떻게 보면 우린 가장 가까운 친구잖아. 나는 내게 유리하지 않은 기억 같은 거라면 이 순간 이후는 절대로 기억하지 않을 거야."

나는 아내의 설득에 공감했다. 고해 성사를 하듯 모든 걸 털어놓은 뒤에 용서를 빌었다.

"아마 내게는 첫사랑이었나 봐. 당신한테는 정말 미안했어."

하지만 아내는 자신이 선택한 남자에 대한 실망을 견디기 힘들어했다. 아무것도 아닌 일에 풀이 죽는가 하면 툭하면 공격적이 되었다. 문화강좌 같은 데에도 다니는 것 같았지만, 회원모집의 광고전단에서 보장하는 것처럼 삶이 윤택해지는 것 같진 않았다. 이웃 아줌마에게서 장미 나무 묵주를 선물 받고는 그녀를 따라 교회에도 몇 번 나갔지만, 영혼의 안식 같은 건 얻지 못하는 것 같았다.

그러나 새로운 남자를 찾을 정도로 모험을 좋아하지는 않는 듯했다.

결혼이란 사랑이나 눈물 없이도 살 수 있었다. 내게 아내는 집안에 있는 가구와 별반 다를 바 없어 보였고, 아내는 나를 생활비나 건네주는 자동이체 구좌 정도로 여기고 있었는지도 모른다.

아내는 사랑하기보다는 사랑받길 원했고, 이해하기보다는 이해받길 바랐고, 내 편이 되어주기보다는 자신의 편이 되어주길 원했다.

아내는 계산하는 사람에 속했다. 그녀는 오 년 뒤, 십 년 뒤의 숫자와 싸우느라 현실의 말에 대해서는 무감각해졌다. 끝없는 수치와의 전쟁, 숫자와 확률의 가능성, 오직 그것만으로 확인되는 미래. 그녀의 현실은 미래였고, 그 미래는 숫자였다. 아내의 이 지독하리만치 냉정한 이성은 어디서 나오는 걸까.

깔끔함을 떠는 아내가 머리카락 한 올도 안 보이게 치워놓은 거실에서, 나 혼자만이 휴지 뭉치처럼 구겨져 있다는 생각이 들 때가 있다. 매일 아침과 저녁, 하루에 두 번씩 청소기를 돌리는 아내가 가장 치워버리고 싶어 하는 것이 어쩌면 바로 나, 남편이라는 물건일지도 모른다.

내가 말없이 새벽에 사라져 준다면 아내는 다시는 청소기 같은 건 안 돌리고도 살 수 있을지도 모르겠다.

어느 땐가부터 아내의 휴대전화 통화는 길어졌다. 예전과 달리 벨소리가 나면 아내의 얼굴은 눈에 띄게 화색이 돌았다. 휴대전화를 쥐고 부리나케 안방으로 들어가 이십 분이고 삼십 분이고 나오지 않았다. 아내의 뒷모습은 몹시 낯익기도 했지만, 몹시 낯설기도 했다.

커피가 식고 사과가 갈변할 때까지도 통화는 계속되었고 벽 너머로 아내의 웃음소리가 들렸다.

들어본 적도 없는 상냥한 목소리. 부드러운 속삭임. 그녀는 통화가 끝나면 늘 콧노래를 부르며 방에서 나왔다.

나는 아내의 가슴에 갈등이라는 화학 기호들이 난무한다는 것을 알았다. 그건 부식의 기미였다. 내가 잠든 사이 아내는 짧은 탄식과 함께 차근차근 속삭이면서 전화 통화에 취해 있는 적이 많았다. 아내는 매일 밤 무슨 이야기를 나누고 있는 것일까. 누구에겐가 끊임없이 이야기를 늘어놓지 않으면 못 견디는 외로움이 있는 걸까? 그것은 명백한 불륜보다도 오히려 더 견딜 수 없는 일이었다.

"친구예요."

그럴 때면 아내는 묻지도 않은 대답을 하며 황급히 휴대폰을 껐다.

아내의 옷차림은 나날이 세련되어 갔고 숨길 수 없는 생동감으로 살아났다. 아침마다 노란색 수영가방을 흔들며 나가는 아내의 뒷모습을 물끄러미 바라보았다.

빨래건조대에는 매일 다른 색깔의 수영복들이 널렸다.

가슴이 깊게 파인 까만 벨벳 드레스를 입은 그녀는 루비 목걸이를 한, 백작 부인 같은 우아한 모습이었다.

루비의 빨간 색은 불빛에 반사돼 더욱 오만스럽게 빛나고 있었다.

"존재는 저마다 슬픈 거야. 그 부피만큼의 눈물을 쏟아 내고서야 비로소 이 세상을 다시 보는 거라고. 아무도 상대방의 눈에서 흐르는 눈물을 멈추게 하진 못하겠지만 적어도 우리는 서로 마주 보며 그것을 닦아 줄 수는 있어. 내가 너에게 네가 나에게 그런 사람으로 남았으면 해."

"제발 한 번만 만나주라고 친구가 사정해서 나오기는 했어. 하지만 감정이란 건 자연스럽게 마음속으로 스며들어야 하는 거야. 리트머스 시험지처럼. 우리 사이에 금이 간 건 가능성 없는 서로에게 짜증이 나서였던 거야. 그리고 그 짜증이 출구 없이 지속되자 증오로 변한 거야. 하루의 절반은 당신에 대한 증오로, 그 나머지 절반은 나에 대한 증오로 보냈어."

그녀의 목소리는 해맑음과 천진성이 되살아나 있었지만 어쩐지 어색했다. 대화는 자주 끊어지고 바라보는 시선은 엇갈리고 생각은 더 멀리 가 있었다. 같은 자리에 무릎을 마주 대고 앉아 있었지만, 그녀와의 거리는 시동을 건 차 안과 차 밖처럼 멀었다.

"사랑이라는 게 만약 존재하는 거라면, 그 순간순간의 진실일 거야. 순간의 진실에 관해서 물은 거라면 난 당신을 영원히 사랑해."

"같이 밥 먹고 극장가고 입술이나 훔치는, 그게 사랑이야? 그리고 영원을 믿어? 있지도 않은 영원이라는 걸? 그게 사실이라면 같이 죽어. 같이 죽을 수 있어? 그러지도 못하면서 변함없다고 말하는 것은 거짓말이야. 사람은 누구나 다 그래. 당신도 나도. 진실? 진실이 어디에 있다는 거야? 책 속에? 빽 속에? 진실은 당신 발바닥 밑에 있고 당신 발길 닿는 곳에 있어. 난 솔직히 무서워. 당신이랑 헤어지는 게 무섭고 당신이랑 헤어질 수 없게 될까 봐 더 무서워."

그녀의 표정에는 알 수 없는 여백이 드리워져 있었다. 내 가슴 속에는 검은 안개가 피어오르기 시작했다. 사람들에게 드러낼 수 없는 우리 사랑, 당당하게 인정받지 못하는 사랑, 자랑할 수 없는 연인. 나는 내가 만든 사랑의 부피를 이해시킬 수 없어 정말 답답했다.

"다음 달에 결혼해."

그것은 믿고 있던 둑이 폭우에 무너지고 있다는 보고를 듣는 것처럼 허망한 느낌을 불러일으켰다. 나는 볼륨을 줄여놔 아무도 보지 않는 흑백텔레비전처럼 앉아 있었다. 꿈에 의해 지탱되던 내가 바로 그 꿈에 의해 주눅들 수밖에 없다니. 무인도에 갇혀 터무니없는 기적을 기다리는 사람처럼 현실을 상실해버린 인간과 폐기처분해야 할 소모품들만 남아 있는 것 같았다. 아니 나 자신까지도 폐기처분 대상이 되어버린 건지도 모른다.

그림을 몽땅 사준 돈 많은 홀아비와 보험 드는 기분으로 결혼한다는 걸 구경만 하고 있어야만 할까?

"당신을 사랑하지 않는 게 아니야. 당신 같은 안전 주의자가 평생을 나누어도 못 나눌 양의 사랑을 나는 했어. 그런데 당신과 지냈던 일을 감쪽같이 속이라고? 난 그럴 배짱도 용기도 없어. 그렇게 억울하면 당장 이혼해. 당신이야말로 그럴 용기도 없잖아? 나에게도 너만큼의 권리는 있어."

가슴 속에서 커다란 뭉텅이 하나가 쑤욱 빠져 달아나는 느낌이었다. 삶에 대한 모든 기대감을 잃은 사람처럼 허망한 눈빛으로 허공을 보는 그녀의 얼굴은 선연한 빛으로 물들어 있었고 분산되는 빛의 신기루를 볼 수 있었다.

일어서는 그녀의 뒷모습은 봄이 오기도 전에 뚝뚝 떨어져 내리는 목련과도 같았다.

　나는 내 안에서 모든 힘이 빠져나간다는 느낌을 지워 버리기 어려웠다. 헛된 정열만이 남아 있다는 생각이었다. 내가 갈구하는 것이 사랑인지 집착인지 자문해 보았다. 대답은 모두일 수도 있고 아닐 수도 있다.

　그녀가 결혼하던 날, 무수한 빛의 입자가 파종 되어 각양각색으로 명멸하는 주점에서 나는 녹색 지대의 「준비 없는 이별」을 불러대고 있었다. 애절한 가사가 길게 이어지는 노래에 취해 난 눈물을 훌쩍였다. 그것은 황폐하고 삭막한 남자의 한과도 같은 보상심리 혹은 비뚤어진 욕망이었다. 사랑하는 사람이 떠난 후에도, 사랑하고 있는 자기 자신의 모습을 그대로 지키고 싶어 하는 마음은 가장 이기적이고 본능적인 욕망이었다.

　한강이 바라다보이는 모텔에서 홀로 밤을 새웠다. 창백한 달빛이 가득한 그 공간 속으로 새 한 마리가 꽥꽥거리며 날아갔다. 그녀의 몸속에서 강이 흐르고, 노을이 지고, 바람이 불어서 안개가 걷히고, 새벽이 밝아오고, 새떼들이 내려와 앉는 환영이 밤새 마음속에 어른거렸다.

　문득, 돌아갈 길도 모른 채 가고 있는 존재가, 한순간 포말이 되어 공중으로 흩뿌려지는 것을 느꼈다. 나는 시간 속으로 빨려 들어가고 있다. 나는 흡입 당하고 있다. 나는 우주 속으로 버려진다. 고개를 흔들어서 생각을 떨쳐냈다. 하지만 생각은 떨어져 나가지 않았다.

아내가 차근차근 이혼소송 준비를 하고 있었다는 걸 난 꿈에도 몰랐다. 갑자기 자살한 여배우 소식보다도 더 까무러칠 노릇이었다. 사람의 속 깊은 심중을 투사할 기계는 왜 발명되지 않는 걸까? 뼈의 관절이나 내장 속에 숨어 있는 암세포까지 찍어내는 세상인데도 말이다. 생각을 찍는 카메라가 나온다면 아마도 내가 첫 구매자가 될 것이다. 남자의 결핍이나 공허가 얼마나 위험한 도화선인지 나는 그제야 깨달았다.

아내는 내가 외박했던 날짜며, 사소한 일로 다툴 때 했던 기억하지도 못하는 욕설들까지도 기록하고 있었다. 화났을 때 걷어찬 현관문의 신발 자국과 집어 던진 텔레비전 리모컨까지 전부 촬영해 놓았다. 카드 사용내역을 조회해 그녀에게 배달시킨 꽃이며 극장표 예매, 심지어 자주 간 레스토랑 종업원들의 진술까지 확보해 두었다.

"내가 찾았던 건 모험이었던 거야. 폭풍을 좋아한다고 말했잖아. 그런 차원일 거야. 늘어진 일상에 탄성을 부여하는 일, 긴장감으로 머리끝이 짜릿해지는 세계, 심호흡하면서 숨통을 트는 새로운 세계, 내게 필요했던 건 바로 그것이었어. 나는 당신보다 나은 사람을 찾았던 게 아니야. 눈을 감고도 알 수 있는 익숙함과 편안함, 그것들을 줄 만한 사람이 당신 이외에는 없다는 걸 잘 알아."

"당신이 가정을 파괴하려는 게 아니었다는 걸 나도 알아. 평생 한 사람만 사랑한다는 것이 인간의 본성에 맞지 않는다는 것도, 또 그 틀에서 벗어났다는 이유로 비난하는 행위가 우습다는 것도 알아. 하지만 그거 알아? 난 결혼이라는 벤처에서 완전히 실패한 투자자야. 그리고 당신은 나에 대해 아는 게 너무 많아. 갈빗집이 옛날에 칼국숫집이었다는 것도 그렇고, 내 코 높이가 어느 정도였는지, 어디다 칼을 댔는지, 속속들이 다 아는 사람하고 사는 건 별로 재미가 없어."

너저분한 분식집 딸을 신데렐라로 만들어준 사람이 누구였나? 태어나 한 번도 가져보지 못한 것들을 갖게 해준 남자는 또 누구였나? 그 은혜를 이혼청구소송으로 갚겠다고?

아침 햇살이 방안 깊숙이 들어와 어둠을 밀었다. 유리창 무늬를 관통한 두툼한 빛 몇 가닥이 침대 머리맡 사진액자에 닿았다. 파타야 해변에서 찍은 신혼여행 사진이다. 둥그스름한 얼굴에 도톰한 입술, 건드리기만 하면 눈물을 쏟아낼 듯 커다란 눈이 순정만화 주인공처럼 보이는 아내가 액자 속에서 나를 향해 웃는다. 아침 이슬에 젖은 꽃처럼 화사하고 푸른 미소. 입술을 일렁일 때마다 솔솔 풍기던 웃음 향기. 그러나 아내가 품고 있던 그 꽃은 이제 지고 없다. 아내한테는 알싸한 독풀 냄새만 난다.

애초에 우리는 얼마나 엄숙한 선서 속에 사랑의 학교를 세웠던가. 운명이나 약속과 같은 말들을 운운하며 반지를 주고받을 때, 그때 느꼈던 감정들이 과연 자신의 것이었는지 나는 의문스럽다. 하지만 부부라는 풍경의 밑그림으로 곧잘 인용되는, 미운 정이나 고운 정의 버무려짐 같은 것도 이제는 한낱 추상화에 불과해졌다.

한 번도 만난 적이 없었던 사람, 우리의 삶과 아무런 관계가 없는 사람에게 결혼을 마무리 짓는 걸 허락받기 위해 줄 서 있던 그 복도. 가정법원 판사가 대체 우리의 결혼에 대해 무엇을 안다고 그 사람에게 이혼을 허락받아야 하는지 우습기만 했다.

아내가 작정한 듯 이야기를 늘어놓기 시작한다. 텔레비전 토크쇼에 나와 시시콜콜한 주변 이야기를 늘어놓는 사람처럼. 텔레비전이 아니니 듣기 싫다고 채널을 돌릴 수도 없었다. 기억할 수 없는 것들은 부정할 수 없었고 부정하지 않은 것들은 사실로 인정되어 판결에 부정적인 영향을 미치고 있는 게 분명했다. 가정파탄에 대한 모든 책임은 나에게만 있었다.

누군가는 그것을 실수라, 누군가는 사랑이라, 누군가는 불륜이라 했다. 나는 그것의 온당한 이름을 알 수 없었다.

아내는 청순해 보이는 외모와는 달리 당찼다. 아내가 원하는 건 이혼만이 아니었다. 이미 아파트는 처분금지 가처분 결정이 되어 있었고 통장까지도 가압류를 해놓은 상태였다. 아내는 내 성격을 잘 알고 있었다. 내가 세 번의 금연 결심을 일주일도 못 채워 파기해버리는 유약한 사람이라는 것을. 빠져나갈 도리가 없었고 아내가 선고하는 모든 형벌을 받아들여야만 했다.

아내가 미소를 짓는다. 저 가증스럽고 교활한 미소. 자기가 우위에 있음을 인정하라고 강요하는 득의만면함. 나는 입꼬리를 살짝 올리며 웃는 아내의 미소를 볼 때마다 섬뜩한 한기를 느낀다. 암세포가 온통 신비로운 색깔들을 끌어안고 있다는 것이 떠올랐다.

아내가 처음과 같이 느껴지기도 했지만, 본질적으로 다른 사람처

럼 느껴지기도 했다. 마치 잉크 냄새나는 빳빳한 통장에 딱 한 줄 적
혀있던 잔고 금액 동그라미 개수가, 너절해지고 구겨져 깨알 같은
사연들을 포개 놓은 채 줄어들어 내버려도 아깝지 않을 만큼의 금액
만 남은 것처럼.

불륜으로 인한 이혼소송이 알려지자 병원장은 내게 퇴직을 요구
했다. 전국에 고작 이천 명 정도인 정신과 의사들 사이에서 소문이
눈덩이처럼 불어날 것은 시간문제였고, 사생활로 낙인이 찍힌 정신
과 의사가 설 땅은 그리 흔치 않을 것이다.

아무리 두드려 봐도 머릿속 계산은 절대 이익을 남겨주지 않았다.
무슨 수를 써서라도 우선 아내의 마음을 되돌려야만 했다.

원하는 대로 모든 걸 양보한 조정조서를 받은 날까지도 난 아내를
믿고 또 믿었다.

차트에 걸려있는 환자의 엑스레이 사진을 바라보았다. 검기도 하
고 희기도 하지만 세상에는 원래 아무런 색도 없다는 것을, 모든 빛
을 다 흡수해 버리면 검은색이 되고 모든 빛을 반사해 버리면 흰색
이 된다는 그녀의 말이 떠올랐다.

"빛의 삼원색인 빨강 초록 파랑을 모두 섞으면 흰색이 되지. 물체
의 삼원색인 빨강 노랑 파랑을 모두 섞으면 검은색이야. 모든 빛의
색깔을 합치면 흰색이 되고, 모든 사물의 빛을 합치면 검은색이 된
다는 얘기지. 세상의 모든 색은 검은색과 흰색으로 나뉠 수 있고,
어떤 아름다운 색도 그 두 색으로부터 비롯된다고 볼 수 있어. 나는

삶과 죽음도 그 원리와 비슷하다고 봐. 육안으로 보기엔 가장 딱딱하고 단순해 보이는 두 색이지만, 두 색이 함유하고 있는 색상으로 어떤 아름다운 색도 만들어내듯이, 희망과 절망이 함유하고 있는 다양한 속성을 이용해 나름대로 아름다움을 만들어 나가는 게 그림이고 인생이라고 하면 이해가 되겠어?"

아내가 그럴 줄은 꿈에도 몰랐다. 짐을 밖으로 내팽개치고 매정히 문을 닫을 때가 돼서야 사태의 심각성을 깨달았다. 나는 아파트 층계에 「로댕의 생각하는 사람」처럼 앉아서 어디로 갈 것인가를 놓고 고민했다. 변경될 수 없는 현실에 대한 막막한 절망감이 밀려왔다. 원하는 대로 살 수 없다는 것은 누구에게나 비참한 일이다.

외곽지 임대 아파트로 추적추적 쏟아지는 겨울비를 맞으며 이사했다. 비 온 뒤의 밤공기는 변심한 아내의 눈빛만큼이나 차가웠다.

주차장엔 밤새도록 차가운 바람이 서성였다. 외부 차량으로 간주하여 붙여진 주차장의 경고장은, 붉은색은 자극적이었고, 검은색은 냉철했고, 하얀색은 허무해 보였다. 그 색깔들을 보며 그녀를 떠올렸다.

그녀는 지금도 날 사랑하고 있을까? 그리고 행복할까? 지금쯤 돈을 크리넥스처럼 뽑아 쓰고 있을 테니 아마도 죽고 싶을 만큼 행복하겠지.

떠나간 여자를 떠올린다는 것은 날짜 지난 신문에서 오늘의 운세를 보는 것과 마찬가지겠지만.

그녀의 개인전 소식을 들었을 때 나는 그녀의 행복이 깨지길 빌었다. 개인전이 망쳐지길 바랐고, 가정불화가 일어나길 바랐고, 불행의 그늘이 슬금슬금 다가가 그녀의 인생을 좀먹기를 바라고 또 바랐다.

나는 아직도 그녀를 사랑하고 있고 또한 미워하고 있다. 심리학과 일 학년 학생도 인간을 동시에 사랑하고 미워할 수 있다는 것을 배우고 있지 않은가?

빛 가운데에 어둠이 있다는 것도 그때 알게 되었다. 단순히 빛이 없을 때는 그림자도 없으나 빛이 나타날 때면 어김없이 그림자도 생겨난다. 그림자 없는 빛이란 존재하지 않는다. 빛이 강할수록 오히려 그림자가 가진 어둠은 더 거대하고 짙어진다.

창으로 스며든 빛이 방바닥에 떨어지면 나는 그 빛 안에 얼굴을 들이밀고 눈을 감았다. 시야가 분홍빛으로 환해지면서 잠시 후에는 온갖 색깔의 구름이 뭉클뭉클 스쳐 간다. 이어 어둠이, 암흑이 뒤덮였다. 그 어둠은 어떠한 어둠보다도 어둡고 어떠한 빛보다도 현란하다. 빛이 다양한 색깔을 지니고 있다는 것은 놀라운 일이 아니었다. 빛이 만일 밝고 희기만 한다면 어찌 어둡고 음산한 저 온갖 색깔들을 비춰낼 수 있겠는가? 초에 불을 붙이면 빛이 결핍된 꼭 그만큼의 어둠이 지워졌다. 그러므로 어둠이란 빛의 반대말은 아니었다. 빛의 얼굴은 그 빛 가운데에 감춰져 있었다. 마치 우리 마음이 얼굴에, 말에, 표정에 감춰져 있듯이.

중매를 섰던 친척으로부터, 아내가 이혼한 지 꼭 두 달 만에 재혼했다는 소식을 들었다. 이혼 소송을 담당했던 연하의 젊은 변호사와.

모든 드라마가 왜 그처럼 수많은 우연에 얽혀 있었던가를 이제야 알 것 같았다. 이제 남은 감정은 영원 속에 익사시켜야만 할 것이다.

빛의 변화가 스러지고 나 스스로 절망의 주체가 되어 빛과 무관한 어두운 삶을 고수하는 날들이 시작되고 있었다.

나는 인터넷은 물론이고 신문이나 TV도 보지 않았고 술도 마시지 않았다. 차를 난폭하게 몰았고, 누군가의 전화를 기다렸고, 자주 거짓말을 했다. 정신과 전문의도 우울증에 걸릴 수 있다는 새로운 논문이라도 써야 하는 걸까?

가끔 서랍을 열어본다. 우윳빛 액체, 프로포폴 120mg. 아마 성인 한 사람에게는 충분한 치사량일 것이다.

엘리베이터는 낯선 세계를 향해 천천히 움직인다. 빌딩 모서리를 치고 반사해 날아오는 빛이 예민한 감각의 부위를 스쳐 간 느낌이 들었다. 파열된 빛 부스러기가 유리창으로도 여과되지 않은 채, 온몸을 덮치는 햇살은 잃었던 빛을 떠올리게 한다. 닫힌 창문에 부딪혀 떨어지는 빛살은 차고 투명한 것이지만 창안 빛무리의 화사함과 대조를 이루고 있었다.

빛에 의한 시각의 변화를 감지하고 그것이 인상으로 각인되고 다시 감각을 자극하는 지극히 짧은 동안에, 이 세계는 나의 오감 속에서 고스란히 해체되고 재구성되었다.

빛의 찰나적인 파장 속에서 순간적으로 강조되거나 덧없이 스러지는 것들의 향연은 얼마나 신비로운가!

그녀가 고속도로에서 연쇄 추돌로 차량이 전복하는 대형 사고를 당했다는 것을 보험회사 직원에게 들었다. 에어백이 터졌다지만 심한 부상으로 두 눈의 시력을 완전히 상실했다는 것도.

나는 그 얘기를 듣고 화장실에 가서 구토하며 울었다.

이제 그녀에게 색깔이나 빛은 무슨 의미인가? 눈앞에 펼쳐져 있는 시각의 세계를 감지하지 못하고, 청각이나 촉각만으로 느껴야 하는 세계란 어떤 것일까? 그리고 익숙한 것과 낯선 것의 경계는 어떻게 느낄까?

게다가 모든 보험의 수혜자가 나라는 사실은 또 어떻게 해석해야 할까? 그로 인해 이혼까지 당했다는 걸 보험사 직원은 친절하게 알려주었다. 그 소리는 확성기 바로 앞에서 들린 소리처럼 내 머릿속을 먹먹하게 만들었다.

저녁노을을 바라보며 그녀가 하던 말이 떠올랐다.

"눈에는 일억 이천칠백만 개의 빛을 감지하는 세포가 있어. 백만 가지 이상의 색을 식별할 수 있고 본 것을 시속 사백이십 킬로미터로 뇌에 전달한대. 음계가 일곱 가지인 것처럼 프리즘을 통과한 빛도 일곱 가지야. 빛이 프리즘에 반사되어 지구로 오잖아. 그때 꺾이는 각도가 중요해. 빨, 주, 노, 초, 파, 남, 보 중에서 붉은빛이 꺾이는 각도가 제일 크다는 거지. 당연히 지구에 맨 꼴찌로 도착할 수밖에 없어. 그게 바로 저 노을이야."

봉투 속 서류를 확인해 본다. 각막이식 수술동의서. 내 한쪽 눈으

로 그녀가 볼 수 있고 성공률도 90% 이상일 것이다. 이것이 그녀에
대한 나의 마지막 예의일지도 모른다.

　엘리베이터 문이 열리자 바로 커피숍이다.

　저만치 그녀의 모습이 보인다.

02

직지에게 길을
묻다

저기 가로등 아래 커브 길에서 몸집이
산만한 덤프트럭이 이쪽을 향해 달려오고 있었다.
그의 왼쪽에서 한층 더 환해진 헤드라이트가 미친 듯이 깜빡거리며 경고를 했다.
그는 또 한 발 앞으로 떼어놓았고 풀썩 몸이 꺾이며
두 무릎이 차례로 도로 바닥에 박혔다.

'빠앙!'

그가 추월차로에서 머뭇거리자 재빨리 주행차로로 차선을 변경한 빨간 승용차가 굉음을 쏟으며 앞질러갔다.

"야, 이 씨발놈아! 달리지 않을 거면 비켜!"

바로 또 한 대의 차가 비상등을 깜박이더니 같은 방법으로 앞질러 갔다.

"개새끼야, 운전 똑바로 해!"

빨갛고 노랑머리의 앳되어 보이는 그들에게 속으로 대답을 보냈다.

'가다 확, 빵꾸나 나라!'

쏜살같이 멀어져가는 차를 바라보며 담배를 빼어 문 그는 자신의 학창 시절을 떠올렸다. 그리고는 여학생들 앞에서 멋을 부리려고 외워둔 '한 잔의 술을 마시고 우리는 버지니아 울프의 생애와 목마를 타고 떠난 숙녀의 옷자락을 이야기한다'로 시작되는 시 한 편을 떠올렸다. 그때라면 왜 여자애들에게 윙크 같은 강스파이크를 날릴 궁리 같은 걸 하지 않고 고작 시 따위를 암송하고 있었단 말인가. 그러나 목마를 타고 떠나버린 숙녀를 그리워하며 그 아픔에 탐닉한 적이 없는 사람이 사실 어디 있겠는가. 그런 것이 없다면, 시 따위는 쓰여지지도 않을 것이고, 읽히지도 않을 것이다.

"돈 처들여 대학 공부할 거면 어디 갈 데가 없어서 국문관지 굶는 관지를 들어가? 나 원, 시 나부랭이 팔아서 부자 됐단 소리 못 들었네."

그의 아버지가 대입 선물로 보태준 거라곤 그런 말뿐이었다. 그래도 눈 질끈 감고 한 달 치 식권을 끊을 수 있는 달은 그나마 든든하고 행복했었다. 그 혹한의 시절 그를 지탱하게 해 준 것은 시였다. 시를 쓰는 일만은 이유 없이 좋았다. 시에 쓰인 언어의 울림 같은 것, 언어의 의미망에 내재된 뜻 모를 서글픔과 분노, 아련한 표정을 지어 보이는 시의 미묘한 얼굴 같은 것에 자주 감동을 받았다. 시를 쓸 때면 스스로 자신의 인생에 위문편지를 보내는 기분이 들었다. 그 속에는 무궁무진한 세계가 펼쳐져 있어 갑갑한 현실에서 벗어나 대리만족을 얻을 수 있었고, 막연하나마 미래에 대한 희망을 품을 수 있었다.

막상 취업한 출판사에서 그가 주로 하는 일은 교정이었다. 교정을 볼 때면 그는 자신이 교무실에 남아 반성문을 쓰는 학생 같다는 생각을 했다. 남의 글을 보며 맞춤법과 띄어쓰기를 고치고, 끝없이 문장을 뜯어보는 일은 진심이 담기지 않은 똑같은 말을 종이 가득 적으면서 사과를 하는 기분이었다.

그나마 그 직장이 있었기에 카드도 발급받을 수 있었다. 한국에서 시인은 '대출도 되지 않는' 직업이었다.

시만 쓰며 살고 싶어 했던 학생은, 어느덧 마흔을 바라보게 되어 지방대를 전전하는 보따리장수로 변해 있었다. 그도 어쩔 수 없이 꿈을 수정해나갔다. 오다가다 도로에서 카메라에 한번 찍히기라도 하는 날이면 그날 수강료가 다 날아가는 시간강사 노릇을 도대체 언제까지나 계속해야 할까.

"에이, 이게 다 그 인간 때문이야!"

C 대학교 명예총장의 회고록을 준비하다, 탈고를 두어 달 앞두고 그의 임종소식을 저녁 뉴스에서 보았다. 같이 저녁을 먹던 아내와 아이들은 숟가락을 든 채 슬며시 그의 눈치만 살피고 있었다.

흥분을 드러내지 않으려고 했지만, 술잔을 잡은 그의 손이 수전증에 걸린 것처럼 덜덜 떨려왔다.

"약속하신 대로 교수 임용을 해 주지 않는다면 나… 난, 조만간 학교에 피해보상을 청구할 겁니다. 다른 대학 강사도 때려치우고 편의점 알바생만도 못한 임금으로 일 년 반 동안이나 휴일도 없이 거의 매일 밤을 새웠습니다."

"난 당신의 말에 동의할 수가 없어. 당연히 피해보상도 해줄 수 없고."

눈물이 핑 돌았다. 벌렁거리는 속내를 간신히 억누르며 감정을 담지 않고 최대한 논리정연하게 반박하려고 숨을 가다듬었다. 식당엔 주말 저녁이라 다른 손님들도 많아서 말소리의 크기와 낱말 선택에 신중함을 기해야만 했기에 훨씬 더 어려웠다.

"현 총장이 약속한 게 아니잖나? 그리고 당신은 안돼. 왠지 알아? 스펙이 안 돼!"

재단 사무처장에게 기형도를 아느냐고 묻는다면 아마 남해안의 어느 섬 이름인 줄 알 것이 틀림없었다.

그의 멱살을 잡고 끌어내는 것은 어렵지 않았다. 통로가 비좁아 불편했지만 나름대로 적응할 수 있었다. 어쨌든 응원객이 많아서 외롭지 않은 싸움이었다. 욕설이 난무했지만, 그나 나나 먼저 상대방 얼굴에 주먹을 날리진 않았다. 바닥에 쓰러뜨려 발로 밟거나 걷어차는 우를 먼저 범하지도 않았다. 우리는 현대사회의 싸움의 법칙을 충분하게 숙지하고 있었기 때문이었다. 적당한 시기가 되면 누군가가 말려줄 거란 사실도 분명히 알고 있었다.

"자네, 그렇게 보지 않았더니 이게 무슨 추태야! 당장 그만둬!"

임 교수가 그의 뒷덜미를 잡아당겼다.

"다, 당장 자기 가슴으로 돌멩이가 날아오는데 그럼, 가만히 당하고만 있으라고요? 그게 늘 말씀하신 심오한 영혼을 지닌 사람의 처세술입니까?"

"우선 강사 자리라도 알아본다고 하지 않았나? 당장 처장님께 사과드리지 못해!"

약자에겐 언제나 선택의 여지가 별로 없다. 약자란 그렇다. 그들은 언제나 순간적인 폭발로 문제의 본질을 훼손시킨다. 기껏 욕지거리나 하거나 상대의 멱살을 한 번 잡고 마는 게 고작이다. 그런 행동으로 그들은 결과적으로 다시 약자임을 스스로 확인하고 또 희생당하는 것이다.

임용에서 탈락한 것이 벌써 몇 번째던가. 누가 인생을 도박에 비유했었지. 꽝, 다음 기회에. 그러나 인생의 다음 기회는 도박판에서처럼 자주 오지 않는다.

여태까지의 그의 삶은 다음의 한 문장으로 요약된다. 네 시작은 창대하였으나 네 나중은 심히 미미하도다. 더 짧게 줄일 수도 있다. 용두사미 혹은 작심삼일.

그는 한다면 하는 사람이 아니었고, 무엇을 시작하든 끝까지 해낸 적도 없었다. 인내와 끈기라고는 약에 쓰려 해도 찾아볼 수 없게 생겨먹은 그가 지속해온 유일한 일은 시 쓰기밖에 없었다. 평론가라는 작자들이나 주변에서 잘 쓰지 못한다고 하더라도 그는 꾸준히 시를 썼다. 잘 쓰고 못 쓰고는 별로 중요하게 여겨지지 않았다. 그러나 그가 오랜 시간에 걸쳐 최종적으로 깨달은 것은, 자신에게는 시에 대한 천재성이 전혀 없다는 사실이었다.

그렇게 사람이든 직장이든 쉬 떠나지도 못하고, 새 사람을 제대로 사귀지도 못하면서 인생의 가운데 토막을 지나왔다. 이제는 새장의 문을 열어놓아도 밖으로 날아갈 줄 모르는, 퇴화된 날개 근육을 지닌 가여운 새일지도 모르겠다. 그의 인생은 항상 그렇게 잘못 뽑힌

제비들처럼 꽝, 이었던 것이다.

물론 그도 한때는 좀 더 찬란한 무엇이 되리라 꿈꾼 적도 있었다. 방송에 출연하고 신문에 시가 실리고, 잡지사로부터 원고 청탁을 받고, 명사 특강에 초청받아 강연하는 일, 자신의 이름으로 된 시집이 베스트셀러가 되고, 외국에 번역 출간되고 네이버에 자신의 이름 석 자를 검색하면 (이름 석 자 뒤에 그 어떤 호칭도 없이) 자신의 사진과 프로필이 제일 먼저 보이는 일, 그리고 여러 기사가 연이어 뜨고, 트위터에서 누군가가 그의 시에 관해 이야기하는 일 등이 그것이다.

그러나 이제껏 한승규의 꿈의 변천사는 '되고 싶다'와 '될 수 없다.' 사이의 투쟁의 역사였다, 되고 싶다'가 번번이 패배했다. 기권패였다.

"김 기자에게 좋은 일이 있을지도 모르겠는데."

편집회의를 마치고 자기 자리로 돌아온 부장이 웃으며 그에게 그렇게 말했다. 그러면서 하얀 쪽지 석 장을 넘겼다.

"한번 읽어보기나 하라구."

맨 앞장의 왼쪽 윗머리는 이 쪽지들의 발신처가 주한 프랑스 대사관임을 알리고 있었다. 그는 대수롭지 않다는 듯이 종이를 훑어보았다.

주한 프랑스 대사관 공보과에서는 다음과 같은 자료를 보내드리니, 귀 언론사 기자들께서 돌려보실 수 있도록 조처하여 주시기 바랍니다. 자세한 사항은 본 대사관 공보과로 문의하시기 바랍니다.

　전화 513 7722 (교환 1106, 1107)

　팩스 513 6505

　총 3페이지(겉장 포함)

　그 뒤에 붙은 쪽지 두 장은 무슨 공문 같은 것을 담고 있었다. 똑같은 내용이 쪽지 하나엔 프랑스어로, 다른 하나엔 영어로 적혀 있었다.

　(발신-유럽의 기자들 재단

　내용-유럽의 기자들 2014 프로그램에 관한 건)

　유럽의 기자들이 2014 프로그램의 지원자들을 모집합니다. 유럽의 기자들은 1974년에 창립된 이래, 해마다 70명가량의 기자를 세계 각국에서 파리로 모아, 제시된 주제에 대해 연구, 취재, 기사 작성의 기회를 제공하고 있는 비영리 기관입니다.

　2015년 1월 15일에 시작돼 7월 15일까지 계속될 이번 학기 동안, 참가 기자들은 유럽을 현지에서 직접 배우고, 유럽과 세계 여러 지역 사이의 관계를 연구하며, 유럽 공동체와 다른 유럽 국가들의 형편을 취재하게 됩니다. 프로그램은 전문가들에 의한 사회, 경제, 문화 분야의 세미나와 열흘 단위의 취재 활동의 되풀이로 이뤄집니다. 참가 기자들은 그 세미나와 취재 활동을 통해, 잡지 (EUROP)를 만들게 됩니다. 이번 주제는 출판과

문화입니다.

참가 지원자는 적어도 5년 이상 신문, 잡지, 방송 등 언론 매체에서 일한 경력이 있어야 하고, 프랑스어와 영어를 읽고 쓸 수 있어야 합니다. 지원서와 관련 서류들은 2013년 2월 15일까지 파리에 도착해야 합니다. 자세한 문의는 프랑스어나 영어로 된 서신을 통해 다음 연락처로 해주십시오.

'유럽의 기자들'

파리, 루브르 거리 33번지.

전화 1-44 57 20 25

텔렉스 402584

팩스 1-45 07 25 83

"며칠 전에 국장 앞으로 그 공문이 왔대. 오늘 편집회의에서 그 얘기가 잠깐 나왔는데, 5년 이상 된 기자로 영어와 프랑스어를 할 수 있는 사람은 우리 회사에서 김 기자밖에 없는 것 같아서 내가 국장에게 김 기자 얘길 꺼냈지. 잘 생각해 보고, 지원하든지 말든지 알아서 해."

그는 잘 생각해 볼 필요를 그다지 느끼지 않았으므로 곧 지원했고, 운 좋게 뽑혔고, 더운 좋게 프랑스 외무부의 장학금까지 받을 수 있게 되었다. 다소 짜증스러웠던 심사 과정과 서신 왕래를 거쳐서 말이다.

장학금의 정확한 액수는 장학금 지급자에 따라 조금씩 다르기는 하지만, 대체로 이 프로그램의 등록금과 매달 생활비 7천 프랑 정도를 받는다. 한 달에 7천 프랑은 파리 생활에 넉넉하다고는 할 수 없지만, 프랑스 국내나 해외 출장 때 재단에서 지급하는 항공료, 기차 요금과 하루 취재 경비 4백 프랑이 등록금에 포함돼 있기 때문에, 가족을 동반하지 않는 그에게는 견딜만한 액수였다.

취재를 나갔다가 들어왔더니 부장은 그 두터운 입술이 더 튀어나와 있었다. 오늘은 법원에 가서 이름이라도 바꾸고 온 사람처럼 분위기가 묘하게 달라져 있었다.

부장은 실눈을 뜨고 김 기자를 째려보더니 서류봉투를 그의 책상 위에 확, 팽개쳤다. 부장의 입가에는 아직 웃음의 흔적이 남아 있었다. 그 흔적은 그가 김 기자를 우습게 보고 있다는 사실을 유추하게 했다. 상대방이 감추려고 하는 비밀을 알아차려 버린 사람이, 자기가 그 비밀을 알게 되었다는 사실을 상대방이 알게 하려고 힌트를 주는 것 같은, 우월감과 경멸이 뒤섞인 표정을 짓고 있었다.

"내가 할 얘기가 뭔지 알지? 자네가 변명하는 수고를 덜어주는 게 나을 것 같아. 왜냐하면 나도 민망해지거든."

"무슨, 말씀이신지….."

"읽어보면 알 거 아냐? 판결문이야! 영우건설 건 알지? 내가 그 때 뭐라고 했어? 기사 내보내지 말자고 그렇게 얘기했더니 부득부득 우기며 전부 책임진다고 해서 기사 나갔잖아? 언론중재위원회에 중재 신청한 게 법원으로 넘어가서 최종 판결이 났어. 회사에서

1억 5천 배상하라고!"

김 기자는 빙수를 온몸에 뒤집어쓴 기분이었다.

"그동안의 정을 생각하셔서 퇴직금이라고 생각하시고 덮어 주시죠."

"퇴직금 같은 소리 하고 자빠졌네. 당신 월급이 얼마나 된다고 그런 배짱을 부려? 그러니까 맨날 꼴통 기자 소리나 듣는 거지. 규정에 따라 회사에서 오십 프로 구상권 행사하기로 이미 결정 났어. 이번 정기 결산 때까지 해결해! 안 그러면 재정 보증인한테 청구할 테니까. 그리고 프랑스는 해결할 때까지는 보류야!"

욕지거리가 선고를 내리는 방망이처럼 떨어졌다. 탕탕.

건설회사에서 아파트 분양이 저조하다는 이유로 토지대금을 미루고 있던 사건이었다. 지주들은 땅을 팔고도 분양률에 따라 잔금을 지급한다는 일방적인 계약서 내용 때문에 땅값을 받지 못하고 있는 안타까운 사연이었다. 민사로 청구해 보아야 승산이 없다는 걸 알고 보도국으로 찾아온 것이었다. 대부분 그곳에서 농사를 짓던 사람들로 행색들이 남루했다. 그들은 집을 팔았지만 돈을 받지 못해 셋방살이하면서 기약 없이 기다리고 있는 사람들이었고 건설회사는 탄탄한 중견기업이었다.

김 기자가 심층취재를 했지만 부장은 대뜸 반대부터 했다. 한쪽 입장만 보도했다가 잘못 소송에 휘말릴 가능성이 있다는 주장이었다. 김 기자는 이런 일을 보도하지 못한다면 도대체 언론이 왜 필요하냐며 핏대를 세우며 따졌고, 결국 공채 1기라는 기자직을 걸고 보도할 수 있었다. 방송이 나가자 지주들이 땅값을 받은 것은 당연했다.

그러나 건설회사는 회사를 상대로 즉시 소송을 제기했다. 편파 보도로 건설사의 이미지가 추락했으며 이로 인해 더욱 분양률이 떨어졌다며 5억여 원에 달하는 명예훼손과 손해배상청구소송이었다. 회사의 고문 변호사는 보도에 공익성이 인정된다면 원고 패소 판결일 텐데, 몇 명의 지주가 과연 공익성을 대표할 수 있을지가 의문이라고 했다. 결국 염려하던 일이 벌어지고 만 것이다.

그는 언제나 삶에 자신 있었고, 자기의 행동이나 말에 당위성을 가지고 있었다. 그랬지만 오늘은 미치겠다고 생각했다. 그러나 미쳐지지도 않을 것 같아서 더 미칠 것 같았는데 사실은 미치는 것도 아무나 할 수 있는 게 아니었다.

그는 어깨를 늘어뜨리고 사무실을 빠져나왔다. 주머니에 손을 찌르고 제자리에서 우향우 좌향좌를 해대는 신병처럼 방향만을 바꾸면서 곰곰이 생각했다. 해결하지 않으면 부장의 그 불같은 성질에 틀림없이 재정 보증을 선 동생에게로 불똥이 튈 것이다. 기껏 동사무소에서 전입신고나 주민등록등본을 발급해주고 있는 말단이라지만 공무원 노릇 하는 데 지장을 줄 게 뻔했다. 어떻게 해결해야 할까, 누구한테 부탁해야 하나. 도대체 어디로 가야 하지? 김진혁은 그의 자동차에 달린 내비게이션조차도 안내해주지 못할 그곳을 향하여 모스 부호를 찍었다.

"어디로 가지?"

그건 서글픔과 소외감을 동반한 물음이었다.

KTX를 탄 남상미의 가방은 무거웠다. 단편소설 백여 편이 넘게 들었으니 그럴 만도 했다. 이 중 열 편을 골라 최종 심사를 맡은 소설가에게 전하면 된다. 그녀는 이걸 언제 다 읽어 보고 또 예심 심사평은 어떻게 써야 할까 걱정스러웠다.

다음번에 또 심사를 맡기 위해서는 응모작의 수준이 높아졌고, 진심에서 우러나온 글만이 우리에게 감동을 준다는 둥, 우호적인 평을 적당히 끼워 넣어야 하는데, 뻔한 말을 매번 다르게 표현하기란 그리 쉽지 않았다. 그래도 패기 있는 신인들의 작품을 읽는다는 것과 가방 안의 심사비를 생각하면 즐겁기만 했다.

KTX가 멈췄을 때 꽤 많은 승객이 들어왔다.

"실례합니다."

그녀가 머리를 들었다. 시선이 마주쳤다. 조각 같은 코, 꾹 닫은 입술. 눈매가 약간 매섭다.

"앉겠습니다."

남자는 그녀 쪽으로 몸을 살짝 굽히면서 말했다. 남자에게서 향기가 나는 것 같았다. 그게 샴푸인지, 아니면 스킨의 향인지는 알 수 없었지만 어떤 향이 그녀에게 전달됐다.

남자가 옆자리에 앉자 공기가 흔들거리면서 옅은 향내가 맡아졌다. 남자는 몸을 소파에 기댔다. 하지만 향기는 그녀의 코를 쫓아왔다.

일단 앉았던 남자가 다시 일어서더니 코트를 벗었으므로 또 향기가 덮여졌다. 이번에는 진하다. 남자는 크림색 코트 안에 흰색 스웨터와 진 바지를 입었다. 단화를 신었는데도 키가 크다. 창가에 앉은 그녀의 옆에 코트를 거는 바람에 남자의 얼굴이 눈앞까지 접근, 까슬한 턱에서 야생 미가 물씬 풍겼다.

남자의 눈매가 조금씩 부드러워지기 시작했다.

"대구가 집이세요?"

남자가 물었다.

"아뇨."

"저기….'

남자가 입술 끝을 올리며 웃었다. 갑자기 그늘에 해가 비친 것처럼 표정이 밝아졌다.

"비행기나 고속버스를 많이 탔지만 이렇게 옆자리 승객한테 말을 건넨 건 지금이 처음이거든요."

"네, 저도 마찬가지예요."

그녀는 웃지도 않고 동의했다.

"전 박현규라고 합니다."

남자는 지갑에서 명함을 꺼내더니 내밀었다.

'삼성전자 수석연구원 박현규'

"전 명함이 없어서….'

그녀가 멋쩍은 표정으로 말하자 남자는 머리를 끄덕였다.

"괜찮습니다."

KTX는 터널 속을 달리는 중이었다. 그때 특실 안에 이동매점 종업원이 수레를 밀면서 다가왔다.

"저, 그거 두 병 주세요."

남자가 음료수를 가리키며 말했다. 음료수병을 받아든 남자가 지갑에서 돈을 꺼내 지불하더니 그녀에게 한 병을 내밀었다.

"드십시오."

"감사합니다."

"집이 어디세요?"

병뚜껑을 비틀어 열면서 남자가 물었다. 시선이 똑바로 향해 있어서 그녀는 외면하지 못했다. 이제는 남자의 눈빛이 전혀 차갑게 느껴지지 않았다.

"청주예요."

"어, 저하고 가깝네요. 전 천안인데."

"그래요?"

그녀의 얼굴에 미소가 떠올랐다. 조금 전 보았던 것보다 더 기다란 유성의 꼬리가 남자의 입가에 번져나갔다.

병뚜껑을 연 남자가 음료수를 두어 모금 삼키다 다 마셨으므로 그녀도 마저 마셨다.

"혹시, 남자 친구 있으세요?"

"아뇨. 아직 없어요."

"저도 여친 없어요."

남자의 목소리가 은근하게 들렸다. 마치 먼 곳에서 울리는 실로폰

소리 같았다.

"물론 전에는 있었죠."

KTX 좌석은 등받이의 안정감이 좋다. 특히 그녀에게는 머리를 받치는 부분이 마음에 들었다. 남자의 말이 이어졌다.

"바쁘다 보니까 어느새 내 옆에서 사라져버린 것을 뒤늦게 알게 되더라고요."

그녀는 의자에 머리를 붙였다. 온몸이 나른해지면서 저절로 눈이 감겼다. 남자가 소곤대듯 말했다.

"어떤 경우에는 약속한 걸 잊어먹은 적도 있었어요. 그러니 어느 여자가 참아주겠어요?"

그녀는 웃음 띤 얼굴로 머리를 끄덕였다. 그럴 것이다. 약속을 까먹는 남자. 자존심이 있는 여자라면 펄펄 뛰어야 정상이다.

"때로는 여자 친구하고 여행을 떠나고 싶은 충동이 일어나기도 해요. 큰 가방을 들고 아주 멀고 먼 곳으로….."

그녀는 자신이 남자와 멀리 떠나는 장면을 떠올렸다. 눈앞에 넓고 푸른 바다가 펼쳐져 있다. 사진에서 본 와이키키 해변 같다. 수영복 차림으로 백사장에 선 남자가 웃음 띤 얼굴로 자신을 바라본다. 예상했던 대로 완벽한 몸매였다. 섹시하다.

"이리 와요."

남자가 손짓으로 불렀다.

"어서 일어나시라니까요."

남자의 목소리가 귓전에서 울렸다. 그녀는 이맛살을 찌푸렸다.

"손님, 도착했다니까요!"

이제는 거칠게 어깨까지 흔들었다. 눈을 뜬 그녀는 앞에 선 역무원을 보았다. 이곳은 와이키키 해변이 아니었다. 그런데,

"가방! 내 가방!"

덜컥! 심장이 발등으로 떨어지는 것 같은 충격을 받았다. 카운터 펀치를 얻어맞은 복서처럼 그녀는 숨이 멎고 다리가 후들거렸다. 망했다!

와락 이맛살을 찌푸린 사무국장이 그녀를 노려보았다. 섬뜩한 분위기를 풍겼다.

"그러니까…."

사무국장이 다시 눈을 가늘게 떴다.

"KTX에서 자는 사이에 원고가 든 가방을 통째로 날치기 당했단 말이지요?"

"네."

"옆에는 누가 앉았는데?"

"어떤 남자가…."

그녀가 시선을 내리깔았다. 남자의 얼굴이 눈앞에 떠올랐고 저절로 어금니가 물려졌다. 음료수 병에는 강력한 수면제가 섞여 있었을 것이다. 그 남자는 음료수병을 바꿔치기 해서 건넨 것이 틀림없었고, 확인했더니 삼성전자 연구원 중 박현규란 직원은 존재하지 않았다.

"심사비 받은 것도 가방에 그대로 있었거든요. 선생님께 전해드릴 것 까지도……."

"이것 봐요! 남 작가! 지금 그걸 말이라고 해요? 우리 재단의 문학상은 올해로 십 년째 됐습니다. 원고가 통째로 없어졌다면 이건 아주 중대한 망신입니다. 공신력의 문제예요. 어쩔 수 없어요. 예비심사를 맡은 소설가가 원고를 분실했다는 걸 밝힐 수밖에. 문학상 한해 예산이 얼만지 알기나 해요? 억대에 가깝게 들어요. 어이구, 별 수가 있겠어요? 우선 신문과 방송에 사과공고를 내고 응모자들에게 다시 원고를 보내달라고 해야지요. 시상식 땐 회장님이 참석하기로 되어 있어 일정을 바꿀 수는 없어요. 나, 원. 이거야 참. 그 모든 부대비용과 책임은 남 작가가 지는 거, 당연히 아시죠?"

남상미의 눈에 눈물이 핑 돌았다.

우암산 자락의 모교는 진입로 포장과 조경을 새로 해 분위기가 많이 달라져 있었다. 정문 왼쪽으로는 아름드리 적송 수십 그루를 새로 심어 한강이남 최초의 사학이라는 이미지에 걸 맞는 분위기였다.

임 교수의 강의실은 빈자리가 없었다.

"여러분들도 물론 다 보았겠지만 브레드 피트 주연의 트로이라는 영화를 본 적이 있었어. 지금으로부터 약 이천칠백여 년 전 호머가 쓴 서사시 일리아드에 나오는 트로이 전쟁을 다룬 영화였지. 이 트로이 전쟁은 약 삼천이백여 년 전 미세스의 왕 아가멤논이 그리스 연합군을 이끌고 트로이를 정복하기 위해 벌인 것이야. 아가멤논에게는 바다의 여신 테티스의 아들로서 불사신이라 불리는 아킬레우스가 있었어. 이 아킬레우스가 트로이의 여사제 브리세우스를 포로로 잡았는데, 어느새 둘은 좋아하는 사이가 되었지. 어느 날 아킬레우스가 브리세우스에게 물었어. '넌 신들을 섬기지? 너는 왜 신을 사랑하게 되었지?'라고 묻자 신들은 다 경배의 대상이기 때문이라고 브리세우스가 말했어. 그러자 아킬레우스는 아무도 모르는 비밀 하나를 알려 준다고 했어. '나는 신들을 직접 보았는데 신들은 인간을 질투해. 인간은 모두들 죽거든. 늘 마지막 순간을 살지. 그래서 삶이 아름다운거야. 이 순간은 다시는 안와.' 아킬레우스의 이 말은 그때 내게는 큰 충격이었지."

임 교수는 우리를 국문과 선배로 학생들에게 소개한 뒤 강의를 계속했다.

"나는 이 말이 시인 호머의 말인가를 확인하기 위해 도서관에서 일리아드를 빌려 꼼꼼히 다시 읽었지만 일리아드에는 이런 말이 어디에도 나오지 않았어. 그러나 그 말은 내게 큰 충격이었지. 사람들은 죽음 때문에 얼마나 절망하는가? 아니, 나부터가 영원히 죽지 않고 사는 신들이 얼마나 부러운가? 그런데 영원히 죽을 수 없는 신들이 죽을 수밖에 없다는 바로 그 한 가지 이유 때문에 인간을 시기하고 질투한다니? 사람이 무엇인가? 사실 휴머니즘이라는 개념이 생겨난 것도 신과의 비교적 관점에서였어. 신은 완전자야. 때문에 죽을 수 없고, 죽을 수 없기 때문에 철학할 필요가 없고, 철학을 통해 지혜로울 필요가 없지. 모든 것을 예견할 수 있기 때문에 절망할 필요가 없고, 절망이 없으니까 희망도 있을 수 없어. 영원히 죽을 수 없는 신이 무수히 흩날려 사라지는 꽃을 보고 그렇게 안타까워 할 수 있을까? 사랑하는 사람과의 이별이, 그리움과 기다림이 그렇게 절망적일 수 있을까? 영원히 살기 때문에 언제고 꽃을 볼 수 있고, 언젠가는 또 사랑하는 사람을 만날 수 있는 신이 인간처럼 그렇게 절실한 감정을 지닐 수 있을까? 여러분들은 어떻게 생각하지? 어쩌면 죽음은 인간의 어쩔 수 없는 운명이 아니라 엄연한 권리가 아닐까 하는 생각이 들어. 죽을 권리, 철학을 통해 지혜로워질 권리, 절망할 권리, 희망을 가질 권리, 그리고 신의 사랑이 아닌, 지극히 인간적인 사랑까지도 권리라는 생각이 들었고. 이런 권리로 인간은 진정 행복할 수 있고 인간다울 수 있는 것이 아닐까? 따라서 문학과 예술은 곧 죽을 권리로부터 오는 것이 아닐까? 오늘 강의는 여기까지."

강의실은 우레와 같은 박수가 이어졌다. 껑충한 키의 임 교수는 환한 얼굴로 제자들을 바라보았다. 그리고는 우리에게 눈을 찡긋하더니

"자, 우리는 삼미파전으로 가지."

학교 옆 골목은 크게 달라진 것이 없었다. 구멍가게인 중앙슈퍼와 거의 언제나 룸이 비어있는 지하의 만원노래방과 장충동도 아니고 할머니도 없으면서 장충동 할머니보쌈이라 간판을 내건 보쌈집과 홀이 다섯 평 남짓한 중국집 자금성도 그대로였다.

삼미파전은 언제나 반갑게 기억해주는 주인 때문에 학창시절로 되돌아간 느낌이었다. 그런데, 전에 여기 외상값을 다 갚았던가? 남았던가? 진혁은 잠시 헷갈렸다.

　"교수님, 여전히 건강하시죠?"

　"나야 뭐, 혈압이 좀 높은 거 빼고야 아직 건강하지."

　"에이, 그거 아세요? 혈압이나 당뇨 수치는 애국심과 비례한다는 것 말예요. 김구 선생이나 이순신 장군 같은 애국심 높은 사람들이 그만큼 혈압 수치도 높다는 거 아니에요."

　"그럼 혈압이나 당뇨가 낮은 사람은 십중팔구 친일파거나 매국노겠네?"

　"그럼요. 요즘 세상에 지나치게 혈압이나 당뇨가 정상이면 왠지 유행에 좀 뒤처지는 거 같지 않나요?"

　"맞아. 유행에 처지지 않으려면 암 한 개쯤은 있어야겠다. 가만있자. 그럼 상미는 무슨 암으로 할까?"

　"요즘 암 걸리면 대박이라는 거 모르세요? 조기 발견하면 거의 완치되는 데다가 보통 암 보험 몇 개씩은 들어 놨으니까 그게 바로 로또라잖아요. 저는 이미 걸렸어요. 평생 치유될 수 없는 소설이라는 암이요."

　"그래 소설은 잘 되지? 요즘 상미 소설은 어떤 거야?"

　"제 소설은 교통사고예요. 우기면 장땡이거든요. 그리고 방문판매죠. 믿으면 안 되니까. 게다가 사이다에요. 따고 나면 김빠지니까. 그리고 수면제예요. 읽으면 잠이 온대요."

"우, 하하"

"그런데 문득 소설이라는 게 인생에는 아무짝에도 쓸모없는 일이라는 생각이 들어서 이걸 계속 해야 되나 말아야 되나 사실 고민 중이에요. 기계 앞에 앉아 끊임없이 모음과 자음을 찍어내다 보면, 어느 순간 삭제키를 눌러 흔적 없이 몽땅 글자들을 없애버리고 싶은 충동이 들어요. 이거 해서 밥벌이가 되는 것도 아니고, 그냥 적당히 작가라는 명함만 달고 먹고 살 궁리를 했어야 되는 건데. 문학이란 대낮에 등불을 들고 존재하지도 않는 보물을 찾아 길을 떠나는 허망한 여행일지도 모른다는 생각이 들어요. 하지만 소설을 그만두면 도대체 내가 무얼 할 수 있을지 모르겠어요. 어디로 가야 할지 갑자기 방향 감각을 상실한 사람처럼 어리둥절해지더라고요. 어디로 가야 하나 하고…."

"남상미가, 덜컥 신춘문예에 당선되었을 땐 금방 베스트셀러 작가가 될 거라고 생각했는데."

"진혁 선배. 남상미 인생이 망가지기 시작한 게 바로 그때부터야. 그때 당선되지만 않았다면 소설로 이 세상을 뒤집어 보겠다는 원대한 꿈을 꾸어 보지도 않았을 것이고, 이상 문학상, 황순원 문학상, 온갖 문학상을 휩쓸겠다는 헛된 꿈도 꾸지 않았을 텐데. 자칭 문학가라는 족속들과 어울리면서 인생을 허비하느라 지난 세월에 못 번 은 돈을 떠올리면서 억울해하는 바보짓은 하지 않았을 것이고. 그놈의 소설만 당선되지 않았어도."

진혁이 웃으며

"지금도 늦지 않았어? 정 그렇게 억울하면 다른 길을 찾아 봐. 왜 꼭 소설이지? 찾아보면 다른 일도 있을 거 아냐."

"다른 일 뭐? 서른다섯이나 먹은 여자가 어디 가서 취직을 하겠어, 아니면 결혼을 하겠어?"

"결혼이 뭐 어때서. 그것도 명백히 취직에 속하는 일인데. 안 그래?"

"참, 왜 난들 그런 생각을 안 해 봤겠어. 근데 이제는 연애조차 하자는 남자가 없네."

"작년에 나온 상미 소설을 읽었어. 어느 정도 감명을 받았지만 솔직히 상실감을 다룬 주제를 감당하기는 힘들었지. 그래도 상미의 정확한 언어와 간략하고 함축적인 문장은 여전히 마음에 들었어."

한승규는 꽤 진지한 표정이었다.

"한 선배. 잘 알잖아. 책이 나오면 뭘 해. 인쇄비 될까 말까 하게 팔리고 도서관에서 케케묵은 먼지나 뒤집어쓰고 일 년에 몇 번 대출될까 말까하고 있을 텐데. 그게 바로 남상미의 분신이라는 책의 신세일 텐데. 김영하가 그의 소설에서 이 시대에 신이 되고자 한다면 두 가지의 길이 있을 뿐이라고 했어. 창작을 하거나 아니면 살인을 하거나. 그래서 여전히 창작을 하고 있는 거야. 다른 소설가들도 나 같은 생각을 하고 있는지 모르겠어. 그런데 다른 작가 소설을 읽다 보면 착하고 틀에 박힌 결과로 나가는 바른 소설만 쓰는 작가는 나쁜 놈 일 확률이 높은 거 같아. 그토록 세상이 너그럽고 따뜻한 곳이라고 주장해야 하는 이유가 뭘 것 같아? 나쁜 짓을 많이 했기 때문이야. 세상을 착하게 만들어 놓아야 제가 계속 나쁜 짓을 할 수 있잖아. 나쁜 놈인 게 왜 또 맞냐면 그 기준이 자기한테만 적용 돼. 그런 사람일수록 권선징악을 좋아하거든. 다른 사람은 용서받아서는 안 된다는 뜻이지. 웃기는 일이야. 나쁜 놈이 아닌데도 착한 소설을 줄 창 써댄다고? 그건 권위에 주눅 든 소심한 인간이거나 그 권위에 아 부해서 출세하려는 작가정신이라고는 손톱만큼도 없는 놈일 거야. 요즘 꿈에서 내 소설 속 인물들이 내게 자꾸만 속삭여. 은행 빚 좀 갚아달라고, 로또 한번 당첨되게 해 달라고 계속 속삭여. 그랬다간 정말 소설 같지 않은 소설이 되고 말 텐데. 내가 너무 집중해서 그런 건지 신경쇠약인지 도통 모르겠어. 소설은 모호하고 정답 같은 것 은 존재하지 않는 것 같아. 그래도 인간에 대한 관심과 애정이 없으 면 소설을 쓸 수 없다는 점에서 소설가는 다 휴머니스트 아닐까. 자 기 자신에게는 신랄할 필요가 있겠지만. 아, 언젠가 내가 소설로 대 박을 한번 치긴 쳐야 되는 건데. 뭔가 전 인류에게 남기는 거창한 글 같은 걸 쓰고 떠나야 할 것 같기는 한데. 선배는 어때?"

"알다시피 요즘 누가 시를 읽냐? 나만 해도 남들이 쓴 시는 어려 워서 못 읽겠더라. 왜 갈수록 시를 어렵게들 쓰려고 하는지 모르겠 어. 내가 어려워하는데 독자들은 어떻겠어. 안 그래?"

"나는 자네가 쓴 시도 어렵던데."

"거봐, 교수님도 선배 시가 어렵다잖아. 현대시는 도통 이해할 수 가 없어. 열 줄밖에 안 되는 짤막한 시 한 편에 무슨 해석을 이백 줄 씩 붙여야 하는지, 작가가 진짜 그런 의도로 썼는지 아님 전혀 딴생각으로 썼는지 알지도 못하면서 이말 저말 다 끌어다 붙이는 거 같아. 책을 팔아먹기 위해서 출판업자와 평론가들이 짜고서 억지로 거창한 해석을 갖다 붙인 게 확실하다고 나는 굳게 믿고 있어. 그런데도 책으로 낼 거야?"

"팔리던 안 팔리던 시집은 계속 내야지."

"그러자면 우선 제목이 자극적이고 선명해야 돼. 쓸데없이 늘어지거나 어려워서는 절대 안 된다니까. 신경림이나 고은이라도 되면 뭐 모르겠지만."

"진혁 선배까지 계속해서 시를 썼으면 아마 당장 쫓아가서 내가 선배 주둥이를 꿰매놓았을지도 몰라. 선배나 나나 시를 버린 지 오래됐잖아. 이제 와서 하는 얘기지만 가끔 선배가 쓴 기사 보고 절망할 때가 한두 번이 아니었어. 선배가 전에 썼던 시를 베껴서 기사를 만든 게 여러 편이더라고. 오죽하면 그랬겠냐만 나까지 참담해 지더라."

진혁도 한 때 시를 쓴다고 껍죽거린 적이 있었다. 그러나 누구의 말마따나 대가리가 나빠서, 시어의 함축과 예리한 관찰력 부족으로 시인의 방석을 밀어버리고 이제는 신문기사를 긁적이고 있지만.

"그럼 제대로 된 시는 못 만났어도 남자는 만났어?"

진혁의 말에 상미는 발끈하는 표정이었다.

"아까 얘기 했잖아! 그냥 친구는 많은데 이놈들이 그 이상은 접근을 안 하네? 요즘 남자들은 모험심이 아예 없는가 봐."

"어떤 남자가 여자하고 친구로만 지내고 싶어 하겠어? 식당에 들어가서 밥은 먹지 말고 앉아만 있으라는 것과 같은 건데, 경주용 자동차에 앉기만 하고 운전하지 말라는 것과 같은데. 어때, 김진혁? 같은 총각 처녀끼리?"

"하하하! 적극 추천!"

상미는 그런 식의 오해나 헛소문이 자신도 모르는 사이에 주변에서 일어났다 스러지곤 한다는 사실을 잘 알고 있었다. 어떤 것은 순전히 말할 기회가 없어서 비밀이 되었고, 어떤 것은 그가 비밀로 유인했고, 저 스스로 비밀이 된 것도 있었다. 비밀은 세포처럼 자생하거나 소멸해서, 이제는 쓸모가 없어진 것도 있고 새로 생겨난 것도 있고 시효가 남아 여전히 효력을 발휘하는 것도 있었다. 그녀는 알고 있었다. 그런 소문이 세상을 돌고 돌다가 자신에게 닿을 때면 이미 쇠퇴기에 해당한다는 것도.

"자, 한 잔씩 하면서!"

"잠깐만 교수님, 제가 오랜만에 옛날식으로 건배할게요. 아시죠? 자, 천만 번 떠들어도 기분 좋은 말!"

"사랑해!"

일행은 일제히 외치며 잔을 부딪쳤다.

"자네들을 이렇게 부른 것은 청주시에서 직지를 홍보할 목적으로 직지 시나리오를 공모한다고 학교로도 공문이 와서야. 자, 청주라는 도시의 문화나 역사, 지역적 특성에 대해서, 또 직지에 대해서 여러분들만큼 잘 아는 사람들이 또 있을까? 시인이고 소설가에다 김진혁은 스토리텔링으로 상도 탄 적이 있었잖아? 공모에 당선된다면 아마 한승규 임용에도 결정적 영향을 미칠 걸세. 자네들이 바로 적임자라고 생각했어. 훌륭한 작품을 한 번 만들어들 보지."

임 교수는 잠시 좌중을 둘러보았다.

"게다가 상금도 대단하고."

"얼마나요?"

동시에, 셋이 완벽하게 일치했다.

"왜 상금 액수에 관심들이 많은가 보지?"

분위기가 머쓱해지자 좌우를 둘러본 남상미가 재빠르게 말했다.

"아니 뭐, 꼭 그렇다는 건 아니지만 그래도 궁금해서요."

"하하하!"

임 교수는 호탕하게 웃었다.

"시간도 짧지만 혼자서는 무리라고 생각했어. 그래서 세 명이 함께 하면 어떨까 하고 생각했지. 교수 노릇 30년째인 내 연봉이 일억이야. 그런데 상금이 내 연봉보다도 많아. 이 정도면 베스트셀러 작가 대우 아닌가?"

"우와 아!"

신기하게 또 똑같이 탄성이 나왔다.

"하지만 지식인으로서 현실의 부당함과 역사의 처절함에 대해 이성적 분노와 논리적 증오를 가슴에 품고 있지 않다면 그건 지식인일 수 없는 거야. 작가로서 이성적 분노와 논리적 증오가 가슴에 담겨 있지 않다면 그는 작가일 수 없는 거다. 명심해야 한다."

주방 앞의 구형 텔레비전에서는 연속극이 시작되었다. 고뇌하는 젊은 청년이 친구의 어깨를 붙잡고 흔들며 부르짖었다.

"우리는 순수를 잃어버렸어! 더 이상 순수하지 않단 말야, 알겠어?"

진혁은 그 젊은이를 향해 천천히 고개를 끄덕여주었다. 자신이 순수하지 않다는 고민은 순수한 나이에만 할 수 있는 것이다. 마치 자기 삶에 아무 의미가 없다고 고민하는 삶이야말로 의미 있는 삶인 것처럼. 그러나 그의 머릿속은 오늘 이 자리의 술값은 누구의 지갑에서 나올까 하는 생각으로 갑자기 분주해졌다.

2차로 들른 포장마차는 바짝 마른 아줌마가 주인이었다.

"소주는 뭘로 드릴까요? 참이슬? 시원?"

"제일 안 팔리는 걸로 주세요. 오래된 걸로요. 술은 오래 묵은 게 좋다고 하잖아요."

아줌마가 적극 권하는 (주인이 적극적으로 권한다는 것은 이문이 많이 남는 안주거나 오늘 지나면 버려야 하는 것 중 하나인 경우가 대부분이지만) 닭갈비와 굴이 나왔다.

"참, 홍기숙은 뭐해?"

상미는 대기업에 취직하고 시집도 잘 가는 친구들을 보면 부러웠다. 그러면서도 한편으론 '친구가 잘돼 좋지만 또 지나치게 잘되지는 않아 다행'이란 생각이 들 때도 있었다. 홍기숙은 상미 주위의 몇 안 되는 '인물 좋고 공부 잘하고 성격까지 좋은' 친구 중 하나였다. 질투심에 이불을 뒤집어쓴 채 그녀의 친절을 의심하고 분석한 밤도 여러 날이었지만.

"어디 단란주점인가 나간다고 들었어요."

모두가 놀라는 눈치였다.

"뭐? 단란주점? 같은 술을 팔아도 호프집하고 단란주점은, 말하자면 같은 국방부 소속이지만 방위와 해병대만큼이나 차이가 나는 거다."

예상한 대로 그들은 어리석은 물고기처럼 덥석 미끼를 물었다. 거짓말이 예상 이상의 효과를 올린 것을 보고 남상미는 히쭉거렸다.

"진혁 선배, 뭐 찔리는 거라도 있어? 그렇게 못 잊겠으면 적극적으로 대쉬해 보던가! 그도 저도 아니면 아예 빨리 결혼을 하던지!"

진혁은 착잡해지는 마음을 감출 수가 없었다. 홍기숙. 얼마나 많이 낙서했던 이름인가? 또 얼마나 많이 그리워했던 이름인가? 그토록 오래 가슴에 남아 계절이 바뀔 때마다, 비가 내리거나 바람이 불 때마다 떠올랐던 사람이 바로 그 사람이었다. 시간이 흐르면 나아지겠지. 또 다른 사랑이 찾아오면 잊히겠지, 지금의 기억은 추억 속으로 밀려나겠지. 아무리 그렇게 자위해 봐도 확신할 수가 없었다.

늘 그렇듯이 그들은 술자리에서 토론되면 곧바로 세상이 바뀌기라도 할 것처럼 잘못 돌아가는 세상의 이모저모를 들추어내며 열을 올렸다. 꿈과 용기는 술이 약한 놈에게 가장 먼저 찾아왔다. 술자리의 열기가 식어 간다는 징조였다.

"근데 있지. 민정이가 잘 나간다는 거 혹시 아세요? 글쎄 사장 비서래요. 친구 중 연봉이 젤 많다니까."

"뭐, 비서?"

모두 눈이 휘둥그레졌다.

"민정이가 다니던 대형 마트의 사장 비서가 됐대요. 사장이 소문 난 바람둥이였다나 봐요. 걔가 비서가 될 수 있었던 것은 순전히 사장의 바람기 덕분이었대요. 비서를 음흉한 눈길로 바라보는 남편을 못마땅하게 여긴 사장의 부인이 계산대에 있던 민정이를 비서로 뽑았대요. 사장 부인은 뚱뚱하고 눈이 작은 걔를 아주 마음에 들어 한 대잖아요."

진혁은 이미 혀가 꼬부라진 상태였다. 그가 양들의 침묵의 렉터 박사처럼 물었다.

"아직도 소설 속 인물들의 속삭임이 들려?"

상미는 스탈링 요원이 아니었다.

"아니, 지금은 안 들려. 전혀."

진혁이 정신이 들어서 보니 어느 골목에 깨질 듯한 머리를 싸안고 쭈그려 앉아 있었다. 그의 앞에는 몇 시간 전 그의 위장을 채웠던 일용할 양식들이 토사물이 되어 둥글게 펼쳐져 있었다. 직경으로 보아 앉아서 토했는지 낙차는 별로 크지 않았다. 꽃향기가 잔인한 5월 밤이었다.

"직지심체요절은 세계에서 가장 오래된 금속활자로 인쇄된 책이야. 원제목은 '백운화상초록불조직지심체요절'로 스님 백운화상이 쓴 것을, 제자 승려들이 1377년 고려 우왕 3년 청주 흥덕사에서 발간한 거지. 상하 2권 2책인데, 상권에는 인도와 중국의 유명한 스님들 이야기가 적혀있고 하권에는 스님들의 게송, 찬송, 법어, 문답들이 적혀진 불교 서적이야. 직지심체는 직지인심견성성불이라는 도를 깨닫는다는 문구를 줄여서 나타낸 것으로 사람이 마음을 바르게 가졌을 때 그 심성이 곧 부처님의 마음임을 깨닫게 된다는 뜻이지."

"우와, 한 선배 그렇게 상세히도 알다니! 혹시 우리한테 잘난 척하려고 미리 인터넷 쳐보고 온 거 아냐?"

그러나 직지는 현재 상권은 없이 하권만 남아있고 그 첫 장은 없어진 상태이다. 그것도 우리나라에는 없고 프랑스 파리에 있는 국립도서관에 단 한 부가 소장되어 있을 뿐이었다. 자료를 검색하던 진혁은 중대한 오류를 발견했다. 많은 사람이 프랑스 국립도서관이 아닌 프랑스 박물관으로 잘못 알고 있었던 것이다. 인터넷은 물론 전문 서적에도 버젓이 프랑스 박물관에 보관되어 있는 것으로 표기되어 있었다. 그는 실소를 금치 못했다.

그는 전에 전국의 5일 장을 취재한 적이 있었다. 봉평장을 취재하면서 추억에 젖어 고전이 된 이효석의 '메밀꽃 필 무렵'을 다시 읽어보았다. 봉평장 다음날 대화장으로 떠나는 장면이 나오는데 조사한 바로는 분명히 봉평장 다음날엔 대화장이 아니었다. 아니, 대가도 이런 실수를 할까?

이청준의 '잔인한 도시'에서는 10년간 수감생활을 하고 저녁에 교도소에서 출소하는 사람이 등장한다. 법무부 출입 기자를 해봐서 정확히 알고 있는데 실형을 복역한 사람은 새벽에 출소하지 저녁에 출소할 수는 없었다.

가장 대표적인 오류는 드라마로 방영된 동의보감일 것이다. 유의태는 허준보다 백 년이나 뒤에 태어난 사람으로 둘 사이엔 아무런 연관도 없지만 전 국민이 유의태를 허준의 스승으로 잘못 알고 있지 않은가.

직지가 프랑스 국립도서관에 소장되게 된 경위는 이렇다. 초대 및 3대 주한 프랑스 공사로 근무했던 콜랭 드 플랑시는 고문서 수집가로서, 공사생활을 마치고 본국으로 귀국하며 가져간 많은 고문서 속에 직지심경 하권이 포함되었다고 한다. 그 후 골동품 수집가였던 앙리 베베르라는 사람에게 매매되었고, 1950년 그가 죽으면서 남긴 유언에 따라서 프랑스 파리에 있는 국립도서관에 기증된 것이라고 한다. 2001년 직지심체요절은 유네스코 세계기록 유산으로 등재되었다.

진혁과 자료를 검토하던 한승규는 눈을 비비며 일어났다. 갑자기 현기증이 이는지 그는 어지러움을 느꼈다.

"이 자료를 다 검토하려면 며칠은 밤을 새워야겠다. 이제 우리가 무엇을 어떻게 쓸 것인가? 방향을 정하고 써야 돼. 직지라는 특이한 소재로 시나리오를 쓴다는 게 생각처럼 쉬운 문제는 아니거든. 잘못하면 진부한 다큐물이 될 소지가 많아. 직지가 세계 최초의 금속 활자라는 건 이미 누구나 다 알고 있는 사실이야. 그렇지만 간행하는 실제적인 출판 경비를 시주하신 분이 묘덕스님이야. 그 스님의 일대기를 조명해 보는 것은 어떨까. 묘덕이란 분은 상당히 개방적이고 사교적인 인물이었거든. 속성이 임 씨였다는데 신륵사의 나옹화상

석종 비 건립 때에도 시주하였다는 기록이 있어. 아마 대단한 재력가였던 모양이야. 게다가 결혼도 의문이야. 충숙왕의 사위인 허종과 혼인한 걸로 되어 있는데 그럼 정실은 아니었나봐. 고려사에 충숙왕이 허종을 불러 옹주를 23년간이나 한결같이 아끼는데 탄복하여 정안부원군으로 높여 책봉했다고 나오니 이건 또 어찌 된 영문인지. 직지와 묘덕스님의 생애를 연관 지어 플롯을 짜 보는 건 어떨까?"

"상미는 승규 선배의 의견에 무조건 반대야! 묘덕스님 얘기는 연극과 뮤지컬로 이미 많이 알려져 있어서 뒷북치는 일 밖에는 안 돼. 시주한 스님보다는 백운화상을 차라리 직접 다루는 게 더 낫지. 그래 봐도 직지라는 커다란 주제 앞에서는 어차피 깃털에 불과해. 몸통이 있고 나서 깃털도 있는 거 아닐까? 그보다는 하마터면 영원히 잠들어 있을지도 모르는 직지를 찾아내 세상에 알린 박병선 박사를 중심으로 이야기를 풀어나가는 게 어떨까 해. 흘러간 역사 앞에 혼자 외롭게 도전한 학자의 고뇌와 열정, 그리고 밝혀낸 진실, 뭐 이런 게 감동으로 다가오지 않을까?"

"내 생각은 아무리 예술성이 높아도 문제는 대중성이야. 영화는 관객보다 두세 발짝 앞서가서는 안 되는 거야. 딱 반 발짝만 앞서가면 되는 거야. 그래야 애들도 보고 할배도 보고 흥행이 되는 거야. 작품성 높은 게 꼭 성공하지는 않아. 송두율 사건을 영화화한 '경계도시 2'는 그렇게 높은 예술성에도 불구하고 팔십 개 상영관에서 겨우 구천 명을 동원하는 데 그쳤어. 완전히 미친 짓이었지. 영화라는 장르에서 가장 중요한 것은 어쨌든 흥행이거든. 어떻게 해야 영화가 성공하는지는 다들 알잖아? 우선 스피드하게 나가고 웃기고 재미있고, 또 예상 못 했던 반전이 있어서 불이 켜졌을 때 멍한 울림이 있으면 되는 거잖아. 영화 지루하게 만들어놓고 안 먹히면 무조건 예술성이 뛰어나서 그렇다고 우기는 놈들, 그거 범법자야. 남의 돈 갈취하고 시간 뺏고."

"진혁 선배. 누가 그걸 몰라서 못해? 앉은뱅이가 가는 길을 몰라서 못 가느냐고? 말만 그렇지 그게 어디 그렇게 쉽다고 생각해?"

"대중들은 감격하고 싶어 해. 긴장감과 함께 잔뜩 감정을 압축시켜 놓고는 그걸 절묘하게 터뜨려주면 감동하고 박수를 보내지."

"한 선배 말이 맞아. 영화광들이란 탈출구를 찾는 사람들이긴 해."

"직지가 프랑스에만 있지 우리에게는 없잖아? 그걸 찾아 떠나는 거야. 모험과 권선징악, 그리고 로맨스. 대중들이 원하는 건 바로 그런 것들이야. 얼마나 드라마틱해? 호기심이 들지 않아? 그걸 한번 써 보자고."

김진혁이 좌우를 둘러보자 모두 고개를 끄덕였다.

"그럼 그쪽 자료를 집중적으로 준비하고, 일단 제목은 정해놓고 시작해야 하지 않을까?"

상미가 천정을 바라보며 몇 차례 눈동자를 돌렸다.

"잃어버린 직지를 찾아서, 어때?"

"뭐야, 꼭 인디아나 존스 시리즈 같잖아."

"그런데 선배, 과연 직지가 있긴 있을까? 국내에 있다면 벌써 발견되고도 남았을 텐데…. 혹시, 일본이 강점기에 가져간 건 아닐까? 그럼 우리 일본까지 취재하러 가야 하는 거 아냐. 어, 좋겠다. 상미는 아직 일본 안 가봤는데."

그들은 호프집 안으로 들어섰다. 어둑어둑한 실내엔 손님이라곤 찾아볼 수 없었다. 진혁이 어깨를 으쓱해 보였다.

"봐, 얼마나 좋아?"

"그래, 전세 냈다, 전세 냈어."

"옛날 생각난다, 그치?"

그녀의 말에 그들은 벌써 까마득하게 느껴지는 대학 시절의 일을 떠올리지 않을 수 없었다.

캠퍼스가 노란 은행잎으로 뒤덮인 비 오는 일요일, 셋은 학교 앞 대폿집을 말 그대로 전세 낸 일이 있었다. 창밖으로 내리는 비를 바라보며 서서히 취해가는 그 기분이 너무도 소중해서 김진혁이 주인에게 제안했던 것이다.

"문을 닫아걸고 손님을 받지 말아 주세요. 대신 우리가 가진 돈은 주머니를 다 털어 드리겠어요."

학생들에게 '삼촌'이라고 불리던 그 주인은 선선히 동의해 주었다. 일요일이라서 어차피 손님도 많지 않을 테니 하고.

항상 넷이서 몰려다녀서 국문과 사인방이라고 불렸었는데 그날따라 웬일인지 홍기숙은 빠져있었다. 셋은 그치지 않고 내리는 비를 바라보며 밤늦게까지 술을 마셨다. 그 시절 그들을 술자리로 끌어내고, 눈물과 토사물을 분출할 기회를 주던 한승규의 감격적인 말이었다.

"너 요즘 고민이 뭐니?"

이 질문은 혹한의 시절을 견디게 해준 그들 세대의 겨울 간식과 같았다. 겉은 델 정도로 뜨겁고 검지만, 속은 노랗고 부드럽고 질척하고 달콤한 군고구마처럼.

한승규의 질문은 그처럼 감격스럽고 맛있었다. 복학생이라지만 진혁보다 고작 두 살 많은 주제에 독판 어른인 척했지만 말이다.

얼마나 취했던가. 문득 이상한 느낌에 진혁이 고개를 들어보니 문을 닫아 걸은 대폿집 창밖에 홍기숙의 얼굴이 있었다. 비에 젖은.

그는 보았다. 그녀의 눈빛에 미묘한 파문이 이는 것을. 사랑의 모든 형태가 운명적인 것은 아니지만, 그러나 때로는 운명적인 순간을 향유하기도 한다. 아주 짧은 순간이었지만 그녀와 맞부딪치는 시선 속에 반짝이는 빛을 본 것 같았다. '전등에 반사된 빛이야.'하고 진혁은 자신에게 타일렀다. 그러나 가슴이 저려오는 것 같아 더는 앉아 있을 수 없었다. 바로 그날이었다. 그녀를 여자로 느끼기 시작한 것이.

"술 시키자, 술."

남상미가 어깨를 치는 바람에 기억을 적시던 가을비는 그만 그쳐버렸고 그는 옛 생각에서 깨어났다. 덩치가 커다란 주인 사내가 주문을 받으러 와 있었다. 병맥주와 마른안주를 주문했다.

"기숙이 생각하지?"

"어, 어떻게 알았지?"

그는 목이 타는지 상 위에 놓여 있던 맥주 컵을 들어 올렸다. 그러나 유리컵을 쥔 손이 심하게 떨리는 바람에 컵을 채 입으로 가져가기도 전에 옷 위에 맥주를 엎지르고 말았다. 흰 와이셔츠에 금세 누런 얼룩이 번졌다.

"여자의 안테나는 그런 걸 잡아내는데 원래 탁월하거든."

그녀는 이런 상황을 어떻게 전환해야 하는지 사실 잘 모르는 여자였다. 그런데 마치 계시와도 같이 머릿속에 어떤 생각이 떠올랐다. 그녀는 그 생각이 문장으로 변해 자신의 입을 통해 대기 중으로 흘러나오는 것을 보았다.

"기숙이가 암 센터에서 누군가를 간호한다는 얘길 소문으로 들었어. 그럼 혹시 돈 많은 노인네가 아닐까?"

그녀는 자신의 즉흥적 거짓말이 이렇게 잘 먹혀든다는 데 대해서 죄책감도 느꼈지만, 동시에 썩 유용한 물건을 만든 장인만이 느낄 수 있을 우월감도 들었다. 무에서 유를 창조했고 그 유의 효용이 즉각적으로 입증된 것이다.

"그거 알아? 식물은 가꿔 주고 예뻐해 주면 꽃도 피고 열매도 맺고 하는 거야. 여자도 마찬가지야. 나이와 관계없이 관심받고 사랑받으면 화려하고 예쁜 꽃처럼 피게 되어 있어."

"나도 그게 답답해. 전화기는 늘 꺼져 있고 기숙인 닿을 수 없는 무지개 같아. 우리가 찾는 직지처럼. 그게 어쩌면 너 때문인지도 몰라"

진혁이 생각하기에 지난 시간은 압축 파일처럼 지나갔고 홍기숙은 압축 파일을 열어볼 엄두도 내지 않은 채 시간의 바깥에 서 있는 것 같았다.

"인제 보니 이거 완전 생사람 잡고 있네. 기숙이 결혼한다는 거 알아? 왜, 놀랬어? 그 나이에 그만한 미모에 그럼 남자 하나 없겠어? 게다가 술집까지 나간다는데. 그런 데 있으면 남자들이 막 덤빈다며?"

"기숙이가 그러냐?"

'오래도록 한 사람을 가슴에 품고 있었어. 그 사람에 대한 사랑과 그 사랑에 대한 그리움으로 일상을 버텨왔어. 난 이제 어떻게 해야 하는 거지?' 상미는 진혁이 말하지 않아도 다음 대사까지 말할 수 있을 것 같았다.

"그런데 나도 별로 다를 것 같지 않아. 그렇게 드러내놓고 말을 해서 뻔뻔스럽고 나쁘게 보이는 거지, 잘 생각해 보면 요즘 사람들, 다들 그렇게 사는 것 같아. 쉽게 만나 사랑하고 헤어질 때는 쿨하게 헤어지고 얼마 안 가서 또 다른 사람을 만나 사랑하고. 나도 그런 거 나쁘다고 생각 안 하거든. 자신의 감정에 충실한 거잖아. 나도 인생을 송두리째 바치는 사랑 따위 안 믿고 목숨 걸 만큼 절절하게 하는 사랑이 있다고 믿을 만큼 순진하지 않으니까. 세상에 해야 할 일이 얼마나 많은데 누가 그깟 사랑에 전부를 걸겠어?"

그래도 진혁은 자꾸만 피어오르는 희망의 끈을 놓치지 않고 잡고만 싶었다. 잡으면 연기처럼 사라지고 상처만 더 깊어질 것 같아서 두려웠지만 무조건 자꾸만 잡고 싶었다.

휘청거리며 술집을 나오자 많은 별들이 씨앗 꽃술이 바람에 날리는 것처럼 무색공간에 떠다녔다. 그러다 하늘의 별들이 일제히 머리

위로 쏟아져 내렸다.

워드 프로세서의 자판을 두드리는 소리가 들려왔다. 상미가 두들겨대는 탈각 탈각거리는 그 소리는, 아주 잘 닦여진 황톳길을 한가롭게 지나가고 있는 말발굽 소리를 연상시켰다.

시나리오는 #50을 넘어 중반을 향해 치닫고 있었다. 주인공 백승우가 직지를 찾아 일본을 헤매는 장면들을 쓰느라 상미는 인터넷에서 일본을 헤매고 있었다.

한승규가 새로 찾아낸 자료를 출력했다. A4용지를 상미에게 건네자 그녀는 페이지를 넘기며 우리나라만큼 국사라는 과목을 재미없고, 외우기만 하는 과목으로 만든 나라는 아마 없을 거라는 투정을 했다.

그들은 일제가 1910년 11월부터 1년 2개월 동안 전국에서 그들이 지목한 불온서적에 대한 1차 압수수색을 실시, 51종 20여만 권을 수거했다는 기록이 총독부 관보에 있었고, 특히 단군관계 조선 고사서, 조선지리, 애국충정을 고취하는 위인전, 장지연의 대한신지지, 이채병의 애국정신, 신채호의 을지문덕 등이 집중적으로 수난을 당한 것을 알게 되었다.

일제는 이어 5년여 동안 강압적인 수색을 추가로 실시했으나 책이 여전히 남아있는 것으로 판단되자 어용단체 조선사편수회를 통한 조선사 편찬을 핑계로 1923년부터 15년 동안 4천9백50종의 책을 수탈한 사실이 조선사편수사업개요에 기록돼 있었다. 조선사편수회의

구로이타 고문의 자료를 볼 때 세상에 알려지지 않은 해동제국기, 당장서화첩 등이 있었는데 이들 책이 국내에 없는 점으로 미루어 일제가 수탈해갔을 가능성이 높다고 그들은 생각했다. 이런 귀중한 문화재들은 해방 직전 미군 비행기의 폭격이 심해지자 황실문고에서 오하리 공작의 집 지하로 옮겼다가 일제 패망 이후 다시 황실 문고로 옮겨졌거나 오하리의 집에 남아 있을 것으로 추측되는 자료들도 있었다.

한승규는 과거 일본이 가져간 수많은 문화재 등 세계 곳곳에 흩어져 있는 사료들을 모으려는 노력도 미흡했고, 외국의 교과서에 우리 역사가 심각하게 왜곡 서술돼 있거나 잘못 기술되어 있는데도 현재까지도 개선되지 않고 방치된 실정이라는 것을 깨닫고 답답해졌다.

그는 커피를 마시며 생각에 잠겼다. 직지는 과연 어디 있을까. 금속활자로 만들어 보급한 인쇄물이 정말 세계에 단 한 권밖에 존재하지 않는 것일까? 그는 한숨이 나왔다.

이때, 황급히 들어온 진혁은 흥분하고 있었다.

"주일 대사관에 내 동기가 있어서 알아봤거든. 아키라는 전설적인 인물이 있었대. 조선에서 어마어마한 골동품과 고서적을 긁어모아 몽땅 일본으로 반출한 장본인이야. 기막힌 것은 아키라는 죽었지만 그의 아들인 요우다가 도예가로 한국에 들어와 있다는 거야. 그것도 청주에, 청주국제공예비엔날레 행사 때문에 온 거야. 그런데 그 사람이 기숙이네 가계 단골손님이라잖아! 한번 만나보면 뭔가 나오지 않을까? 아, 통역은 필요 없어. 한국어가 아주 유창하대. 어릴 적 군산에서 자랐다니까."

　라마다 호텔에서 만난 요우다는 예술가의 전형 같은 생김새를 하고 있었다. 숱 많은 백발의 머리를 뒤로 쓸어 올려 묶었고, 뿔테 안경 뒤에 가려진 날카롭고 짙은 눈매와 굵직한 콧대가 남자다워 보였다. 굳게 다문 입술은 양 끝이 살짝 기울어 약간 음울해 보이기도, 강단 있어 보이기도 했는데 또 그와는 반대로 웃는 인상이 꽤 부드러워서 상미는 '이 사람 젊었을 적 여자 여럿 후렸겠군.'하는 생각을 잠깐 했다. 그리고 숙소까지 알고 있는 걸 보면 어쩌면 홍기숙과 보통 사이가 아닐지도 모른다는 생각이 번개처럼 머리를 스쳤다.

　"작가시라구요? 공예나 시나리오나 창조한다는 점에서는 일치하지요. 단 작가들은 재료나 공구들이 필요 없으니 원가 개념이 거의 없는 셈 아닌가요? 하하, 부럽습니다. 저도 한국에서 어린 시절 15년 가깝게 살았으니 어쩌면 반은 한국인인 셈이죠."

　"그러시군요. 그런데 혹시… 부친께서 한국에서 무슨 일을 하셨는지 아시나요."

　한승규의 질문에 요우다는 별 망설임 없이 대답하였다.

　"제 선친은 오하리 공작의 수하에 있던 사람이었습니다. 그분은 황족이었고 저희 지역의 영주셨습니다. 대단하시던 분이죠. 조선에 엄청난 땅을 사들였죠. 호남평야의 그 방대한 토지는 물론 해방과 더불어 모두 몰수당했지만요. 제 부친께서는 그 일을 하던 사람입니다. 토지를 매입하고 수확을 거둬들여 일본으로 보내고 하는 일들이

죠. 가을이면 군산항에 쌀이 정말 산처럼 쌓였었지요. 덕분에 저 역시 어린 시절 꽤 유복하게 자랐으니까요."

"그런 일 외에, 혹시 골동품이나 고문서 같은…."

"아! 그거요? 그것 때문이었군요. 절 만나자고 하신 게. 맞습니다. 알고 계신 대로입니다. 조선의 내로라하는 골동품상들이 끊임없이 저의 집에 드나들었었죠. 저 역시 부친을 따라 가마터 같은 델 많이 다니다 보니 어깨너머로 봐서 안목도 생기게 되고, 아마 그래서 제가 자연스럽게 도예를 시작하게 된 건지도 모르지요."

"그럼 수집하신 서화나 골동품은 아직도 소장하고 계신가요?"

"웬 말씀을! 수집한 물품은 모두 오하리 공작에게 보내졌습니다. 저희가 소장한 것은 전혀 없습니다. 그랬다간 아마 공작께서 틀림없이 자결을 명하셨을 겁니다."

진혁은 서서히 자신의 깊숙한 곳에서부터 스멀스멀 의심이 피어나는 걸 느끼기 시작했다. 그 정체를 알 수 없는 의심의 칼날에 가슴이 쿡쿡 쑤시기 시작했다.

"공작님은 생존하지 않으시겠죠?"

"물론입니다. 마사야 라는 아드님이 뒤를 잇고 계시죠."

"혹시… 그분을 만날 수 있을까요?"

"하하하……. 남상미 작가라고 하셨죠? 꽤 당돌한 아가씨네? 그분은 그런 분이 아닙니다. 그렇게 쉽게 만날 수 있는 분이 아니에요. 아니, 아마 만나지 않는 것이 서로에게 좋을 겁니다. 단지… 미우라라는 회사가 있어요. 보일러를 생산하는 다국적 기업입니다. 공장이 천안에 있었는데 작년에 풍세로 옮겼습니다. 준공식 때 제가 갔었거든요. 고타로 회장이라고 한국의 일은 그분과 상의하면 됩니다. 물론 그럴만한 충분한 가치가 있을 경우에 한해서겠지만 말이죠."

라마다 호텔은 금연 건물이었다. 담배를 피운다는 핑계로 세 사람은 주차장으로 나왔다.

"내가 일본 대사관에 있는 동기한테 들은 얘기로는 마사야가 일본을 움직이는 대단한 숨은 실력자라고 했어. 그쪽에 무언가 있는 것은 확실해."

"자, 선배 이렇게 하면 어떨까. 내 말은, 그러니까 생각을 좀 바꾸면 어떨까 싶어서 말이지. 우리가 그를 만나기 위한 방법으로 그가 있는 곳을 알아내려고만 하고 있잖아. 그러나 어떤 사람과 만나고자 할 때는 두 가지 방법이 있지. 찾아가는 방법만이 있는 건 아니란 말이야."

상미의 말에 진혁은 화가 나서 내뱉듯 물었다.

"그럼 뭘 어떻게 하라는 거야?"

"우리를 찾게 하는 거지."

"그게 무슨 소리야? 사람을 놀리는 거야, 뭐야?"

상미는 의미심장한 웃음을 지으며 말했다.

"기숙이를 한번 이용해 보자는 거야. 국보급 문화재에 관한 일이라면 그럴만한 충분한 가치가 있을 거야"

하늘은 체한 것처럼 파랗게 질려 있었다.

초인종을 누르자 자물쇠가 풀리는 쇳소리가 철컥하고 들리더니 철문이 살짝 열렸다. 진혁이 문 안으로 들어서자 곧 철문이 스르르 움직이면서 닫혔다. 다시 쇳소리와 함께 자물쇠 채워지는 소리가 났다.

안쪽은 200평쯤 되는 정원이었다. 달력에서나 볼 듯한 소나무 분재들의 둥치가 한 아름씩은 되어 보였고 연못에는 팔뚝만 한 붉은색 잉어 떼가 노닐고 있었다.

그가 현관으로 향하는 대리석 계단을 오르자 이번에는 현관문이 소리 없이 열렸다. 이것도 철문이었다. 현관문 안으로 들어선 그는 숨을 멈췄다. 덩치 좋은 사내가 노려보며 서 있었다. 용의 꼬리가 사내의 팔뚝을 감고 있다.

눈앞의 응접실은 우선 넓었다. 안이 이렇게 넓을 줄은 상상도 못 했다. 1층 건평이 백 평은 넘는 것 같았고 응접실은 테니스장 반만 했다. 온 벽면이 난과 골동품으로 장식되어 있었고 응접실 한복판에 남자가 하나 서 있었다. 짧은 머리의 어깨가 딱 벌어진 땅딸막한 남자였다. 그가 보기에 그는 50대 중반 정도로 보였다. 한눈에 알아챌 수 있을 정도로 범접할 수 없는 대단한 카리스마를 풍기고 있는 사내였다. 바로 고타로였다.

그는 심장이 터질 것 같아서 몇 번이고 마른 침을 삼켰다. 정말 이래도 되는 걸까? 그렇지만 왠지 기분이 나쁘진 않았다. 무언가 대단한 사람이 된 기분이랄까, 중요한 임무를 맡은 요원이 된 기분이랄까. 악당들이 이래서 나쁜 짓을 하는 걸까, 흥분과 긴장이 동시에 몸을 감쌌다.

중동산 향차라며 하녀인 듯한 여자가 말린 꽃잎이 깔린 유리 주전자를 내왔다. 뚜껑을 열고 뜨거운 물을 부었더니 꽃잎에서 우러난 찻물이 찰랑거리며 투명한 유리 주전자에 칠부 가량 차올랐다. 아주 유혹적인 노란색이었다. 그녀가 차를 따르자 흰 잔에 그려진 팬지꽃이 노란 물을 머금은 것 같았다. 차의 향은 독특하고 신비로웠다. 그로선 맡아본 적이 없는 향이었다.

"선생께서 귀한 물건을 가지고 계시다던데."

고타로는 한국말이 유창했다.

"귀한 물건을 살 만한 돈은 있으신지."

"우리가 지구에서 살 수 없는 물건은 없지. 원하기만 한다면 지상에 있는 모든 것과 거래할 수 있지. 그것이 핵폭탄이라도."

"1907년 충남 부여군 규암면에서 발견된 금동불상, 백제의 미소라 불리는 금동 미륵보살 반가사유상을 아시오? 백제 말기의 빼어난 수작."

"삼면화관을 쓴 머리에 내리뜬 눈과 입가에 어려 있는 미소, 부드럽고 곱게 흘러내린 천의와 군의 자락, 섬세하고 아름다운 자태를 지닌 보살상. 오! 오! 백제의 미소…. 하지만 그건 국립 중앙박물관에 있는 걸로 아는데."

"발견 당시 두 점이었던 것을 빼돌렸던 걸로 알고 있오."

"문제가 되면 당장 물건은 압수에, 문화재보호법 위반으로 십 년 이상의 중형이 선고될 텐데, 과연 그걸 안전하게 거래할 수 있다고 생각하나? 그건 목숨을 건 도박일 텐데. 그걸 감당할만한 자신이 있는 건가? 자신이 있다면 원하는 조건이 무엇인가."

"교환이오."

"무엇과? 금괴, 주식? 일본의 부동산?"

"직지를 가지고 있다고 들었소. 맞바꿉시다."

그의 눈이 살모사처럼 빛났다.

태양이 땅 그림자를 그리기 시작하는 황혼이었다. 남아있는 노을 빛과 켜지기 시작하는 전등 빛, 차츰 드러나는 어둠이 어우러져 거리는 몽환적 분위기였다. 자신의 차로 걸어가던 진혁은 뜨끔했다. 뭐가 잘못되었다고 꼭 집어서 말할 수는 없었다. 그러나 뭔가 이상했다. 이상한 느낌. 그러나 이미 때는 늦었다. 주택가 모서리에서, 상점 안에서, 나무 그늘에서 사내들이 나타났다. 그들이 양팔을 낚아챘다.

"타!"

사내 가운데 한 사람이 명령했다. 일행 중 우두머리로 보였다. 삼십 대 중반쯤의 나이에다 주먹 뼈에 단단한 꽹이가 박혀있었다. 정권을 단련한 흔적이었다. 합기도나 공수도. 저 정도면 벽돌 대여섯 장은 간단하게 맨주먹으로 깨뜨릴 것이다. 그는 시키는 대로 눈앞의 승합차에 탔다. 사내들도 따라 올라탔다. 그리고 시동을 걸더니 차는 이내 달리기 시작했다. 자신이 한 일에 대한 두려움이 독약처럼 혈관을 타고 퍼졌다.

"어이구."

저도 모르게 신음을 뱉은 순간 다시 뒤통수에 충격이 왔고 눈앞에 수백 개의 별이 튀어나오는 느낌을 받으면서 진혁은 쓰러졌다.

그는 지금 마치 사로잡힌 짐승처럼 승합차 바닥에 뒹굴면서 사내들에게 테이프로 손발이 감기고 있는 중이었다. 그는 어금니를 물었다. 분노가 몸속 곳곳을 폭격하고 있었다. 이를 악문 그는 눈을 감았다.

머리가 깨질 것처럼 아팠다. 누가 뒷좌석에 모로 누운 그를 일으켜 세웠다. 그는 두 손이 등 뒤로 돌려져 테이프로 묶여져 있는 상태였다. 승합차는 왼쪽 차선으로 붙으며 속도를 높였다.

어둠이 소나기처럼 쏟아졌다. 차창 밖은 캄캄한 밤이었다. 멀리 앞장서서 달려가는 자동차의 빨간 미등이 보였다. 도로 표지판은 보이지 않았다. 그는 자신의 시계, 휴대폰, 허리띠가 사라진 것을 알았다.

사내가 갑자기 주먹을 휘둘렀다. 그 주먹은 믿어지지 않을 만큼 빠르게 그의 명치를 갈겼다. 눈앞에 불이 번쩍하면서 귀가 멍해졌다. 마치 총을 맞은 듯한 충격이었다. 그는 정신 줄을 놓아버릴 것처럼 가쁜 숨을 몰아쉬었다.

사내는 등받이 쪽으로 몸을 눕히면서 앉은 자세 그대로 그를 걷어차기 시작했다. 빠르고 정확한 발길질이었다. 진혁은 외마디 비명을 질렀다. 사내의 발이 배와 갈비뼈, 허파를 예리하게 파고들었고 사타구니를 정확하게 짓이겼다. 사내의 타격이 어떻게 이런 고통을 일으킬 수 있는가. 온몸이 각기 다른 부분으로 절단되어 가는 듯한 통증에 그는 급기야 비명조차 지를 수 없었다. 혀가 입천장에 달라붙고 눈꺼풀이 저절로 감겼다.

사내가 아무 감정이 없는 목소리로 말했다.

"한 번만 말하지. 또 직지인지 지랄인지를 떠들고 다니다간 넌 죽어. 네 가족까지 몽땅 컨테이너 밑바닥에 묶어서 중국으로 보낼 거다. 거기서 산 채로 배를 가르고 간, 콩팥, 심장, 안구를 적출한 뒤 쓰레기 소각장에 버릴 거다."

"억!"

또다시 불길과도 같은 통증이 온몸을 휘감았다.

거의 1세기가 지난 것 같았다. 지독한 한기가 느껴졌다. 몸이 부들부들 떨렸다. 기억이 모아졌다가 흩어지기를 반복했다. 드문드문 정신이 돌아왔다. 목이 아파 고개를 조금 숙이자 이마에 차가운 돌의 감촉이 느껴졌다. 손목이 묶인 채 조금만 움직여도 통증이 몰려왔다. 허벅지와 옆구리가 화끈거렸다.

오직 살아야겠다는 욕구뿐이었다. 무슨 수를 써서라도 살아남아야 한다는 생각, 인류 진화의 원동력이 된 가장 강력하고 원초적인 본능에 철저히 지배당했다.

가까스로 묶인 걸 푸는 데 성공했다. 기자증과 신분증만 없어진 채 지갑은 그대로 있었다. 엉금엉금 기다가 비탈에서 한바탕 구르고 나자 희뿌옇게 시멘트 포장도로가 시작되고 있었다. 비틀대며 무작정 길을 따라 걸었다.

　어떻게 걸어도, 걸어도, 끝도 없이 내려갈까 이해가 안 될 정도로 오직 내려가기만 했다. 아무것도 없었다. 집도, 사람도, 불빛도. 다리가 후들거렸다. 포장도로에서 내려왔다. 그러지 않아도 맥없이 주저앉으려는 다리가 충격흡수까지 안 되니 무릎이 심하게 아프고 팍팍 꺾였다. 흙길로 걸으니 좀 나았다. 내리막은 대체 어디까지 내려가는 것일까.

　다리가 땅속 깊은 곳에서 끌어당기는 것처럼 무거웠다. 정말 더는 못 걷겠다 싶은 순간 개울이 보였다. 허겁지겁 달려가 얼굴을 처박고 물을 들이켰다. 갈증을 해소하고 나자 시원했다. 어느새 캄캄한 밤도 끝나 있었다. 푸르스름해질까 말까 하는 새벽이었다. 그는 주변을 살폈다. 저 앞 멀리에 개울을 가로지르는 다리가 보였다. 그의 발걸음이 빨라졌다. 마음으로는 그랬는데 실제 속도는 그렇게 빨라지지 못했다. 오히려 점점 느려지기 시작했다. 다리 근처에 오자 다리 건너편 도로 저 멀리에 가로등이 보였다. 그 가로등이 비추고 있는 급커브 길은 산을 깎아놓은 절벽 밑동을 감싸 돌고 있었다. 그 절벽 뒤쪽에서 불빛이 번쩍하며 트럭 한 대가 나타났다가 개울가를 쭉 따라 어느새 사라져버렸다. 그는 걷는 게 아니라 천 근 같은 다리를 나르는 기분이었지만 멈추지는 않았다. 다 해봐야 몇 발자국 안 될 개울다리가 한강다리보다 길게 느껴졌다. 멈추지만 않으면 언젠가 건너겠다는 생각이 들었다. 그러자 정말 다 건넜고, 아까 봤던 커브길 가로등 불빛이 더 노랗고 따스하게 느껴지는 거리까지 와 있었다. 눈도 머리도 자기 몸이 어디 서 있는지 확신할 상태가 못 되었다. '저 가로등 불빛을 바로 아래에서 쬐면 훨씬 노랗고 훨씬 따스할 텐데 조금 더 가지 못하고 여기에 서 있는 거구나.'라는 생각도 했다. 밤공기 맞으며 두 시간 꼬박 헤맸더니 가로등이 난로로 보였다. 머리칼도 안 날리는 바람에 덜덜 떨려오기 시작했다. 차도 바로 아래 흙바닥에 발만 딱 붙이고 서 있을 뿐 그의 몸은 이리저리 흔들리고 있었다. 왼쪽으로 휘청했다가 앞쪽으로 휘청했다가를 반복했다. 지나가는 차가 하나도 없는 게 불행일 수도 다행일 수도 있었다. 겨우 뜨고만 있을 뿐 눈에 힘이 풀렸고, 꺼질락 말락 하는 촛불처럼 의식은 가물가물 이미 저만치 가로등께로 멀어지고 있었다.

그렇게 십 분을 넘겨 서 있었다. 아직 어둑해도 조금씩 푸른 기가 감돌며 동이 트고 있었다. 왼쪽에서 환한 자동차 불빛이 나타났다. 그는 빛을 향해 고개를 돌렸다. 저기 가로등 아래 커브 길에서 몸집이 산만한 덤프트럭이 이쪽을 향해 달려오고 있었다. 그의 왼쪽에서 한층 더 환해진 헤드라이트가 미친 듯이 깜빡거리며 경고를 했다. 그는 또 한 발 앞으로 떼어놓았고 풀썩 몸이 꺾이며 두 무릎이 차례로 도로 바닥에 박혔다. 그는 트럭을 향해 고개만 겨우 돌렸다.

술 취한 남자의 행패인 줄만 안 트럭 기사는 남자를 피해 반대편 차선으로 넘어가 얼른 지나쳐갈 생각이었다. 또 움직이기라도 할까 봐 이번엔 경적을 세게 올리려고 손을 들었다 관두었다. 헤드라이트가 비추고 있는 남자의 상태가 눈에 들어왔기 때문이다. 술 취한 사람이 아니었다.

기사는 놀란 눈이 되어 차를 세웠다. 날카로운 마찰음이 울렸다. 시동도 전조등도 끄지 않은 채로 일단 내리기부터 했다. 차 문도 활짝 열어둔 채 그에게 달려왔다. 쓰러지기 직전의 눈빛 하며 한겨울도 아닌데 땡땡 얼어붙은 것처럼 핏기없이 새하얗고 군데군데 시퍼런 얼굴하며, 더러운 들쥐 꼴인 옷에 여기저기 묻은 피. 입이 딱 벌어진 기사는 그를 내려다보며 뭐부터 말해야 할지, 어디부터 손을 대고 부축해 줘야 할지, 모르고 있었다.

진혁의 눈이 감길락 말락 하고 있었다. 저기 가로등께로 멀어져갔던 의식이 절벽을 끼고 커브를 돌아 점점 더 멀어져 갔다. 졸음이 몰려왔고 잠이 들었다. 따뜻한 햇볕을 받으며 잔디밭을 맨발로 걷는 꿈을 꾸었다.

그가 눈을 떴다. 낯선 안전벨트가, 낯선 자동차 시트가, 낯선 기어가 있다. 화들짝 놀라며 고개를 들었다.

염색 안 해 희끗희끗한 머리의 트럭 기사가 그를 쳐다봤다. 빳빳한 그의 생머리는 귀 둘레 머리끝 부분이 가장 희었다. 그 덕인지 작고 갸름하게 빠진 얼굴형 때문인지 정직하고 온순해 보였다. 그는 둘러봤다. 트럭 안이었다. 기억이 난다. 산만한 트럭이 오는 걸 봤고, 더는 못 버티겠다는 생각이 스친 게 마지막이다. 창밖을 바라봤다. 꽤 환해져 있었다. 황량한 산이 지나갔고, 아무도 없는 버스정류장이 지나갔다.

"곱상하게 생긴 사람이, 아니 어쩌다가 그런 데서 그러고 있어. 난 처음엔 야생 동물인 줄 알았다니까. 딱 보기엔 어디 몹쓸 놈들한테 납치됐다가 겨우 탈출한 꼴이던데. 그럴 리는 없을 거고, 뭔 일이 있었는지 기억은 나요?"

그는 조용히 머리를 뒤에 댔다. 기운이 없어 좌석에 몸을 푹 맡겼다. 널찍한 전면 유리에 시선을 던져주고 계속해서 닥쳐오는 풍경들을 멍하니 바라봤다. 대부분은 하늘과 도로뿐이고 아주 가끔 맞은편에서 오고 있는 차들이 있었다. 그렇게 한참을 갔다.

"오늘이 며칠인가요?"

"오늘? 19일이지. 아니 날짜를 묻네? 진짜로 어디 갇혀 있었나?"

트럭 안은 다시 조용해졌다. 걱정하는 눈으로 기사가 쳐다봤지만 그의 입은 더는 열리지 않았다. 아침이 밝고 보니 그의 몰골은 더욱 보아줄 수 없게 딱했다. 깊이 물어볼 생각은 없지만 분명 피해자이지 가해자 쪽은 아닐 거란 믿음이 처음부터 있었다. 좀 더 가면 작은 휴게소가 나오니 뭘 좀 먹이든 세수라도 하게 하든 잠깐 들러야겠단 생각을 하는데 그의 목소리가 들려왔다.

"이런 트럭은 얼마나 해요?"

"어? 왜. 화물차 몰게? 보통 된 일이 아닌데 이게. 할 수 있을까? 뭔 사연인지는 몰라도, 다른 일 할 수 있으면 다른 일 하지."

말도 없고 표정도 없는 그를 힐끗 보던 기사는 다시 말했다.

"가진 돈이 얼마나에 달렸지. 중고? 새것?"

"아무거나 상관없어요. 단단하고, 강하기만 하면 돼요. 탱크처럼."

기사는 영문을 모르겠단 얼굴로 그를 빤히 바라봤다. 다른 데는 몰라도 그의 눈빛만은 냉기를 회복하고 있었다.

휴게소에 도착한 진혁은 지갑에 든 돈을 탈탈 털어 기사에게 내밀었다. 이곳까지 데려다 준 데 대한 감사의 표시였다. 기사는 이게 뭐냐는 듯, 흘끔 쳐다봤다.

"기름값에 보태시라고요."

"그냥 넣어두쇼."

돈이 적어서 그런가 싶어 그는 덧붙였다.

"지금 현금을 가진 게 이거밖에 없어서…."

두어 번 실랑이가 오갔다. 기사는 끝내 사양했다. 덕을 베풀되 보답을 바라지 않는 게 '봉화 정씨'의 팔백 년 가풍이라고 했다. 그는 봉화 정씨가 그 가풍을 지킬 수 있도록 돈을 거둬들였다.

방안에 어둠이 찾아들고 있었다. 낡은 아파트 곳곳에는 보기 흉한 얼룩들이 있었다. 주인이 당한 얼룩진 일처럼.

진혁은 형광등을 켜지 않았다. 그리고 몇 시간 동안 자신의 내부에 자라난 식물을 마주했다. 그것은 빠르게 가지를 뻗어 나가며 성장했다. 그것은 분노였다.

그는 손등으로 눈을 비비고는 스탠드 등을 켰다. 까맣게 물든 어둠 위로 문득 한 사람의 얼굴이 스쳐 지나갔다. 그래, 어쩌면 그 사람이 이 일을 도와줄지도 모르겠군. 그는 일어나 밖으로 향했다. 창밖을 보니 깜깜하고 텅 빈 하늘, 그 하늘 깊숙한 곳에서 별똥별 하나가 휙 지상으로 떨어지고 있었다.

고타로는 집을 나와 국도를 탔다. 따분할 정도로 오가는 차들이 별로 없는 도로를 십 분쯤 달렸다. 앞 갈림길에 안전모를 쓰고 신호봉을 든 키 큰 남자가 서 있었다. 고타로는 공사가 시작되나, 사고 난 곳이 있나, 뭐 이런 생각 따위는 전혀 하지 않았다. 자기가 가야 할 왼쪽 도로를 안 막아놓았으니 그거면 된 것이다. 신호봉을 든 남자를 무심하게 스쳐 제 갈 길로 들어갔다. 고타로의 차가 지나가자마자 그 남자는 잽싸게 안전 펜스를 네 개나 세워 길을 완전히 막았다. 그 앞에 서서 다른 차가 나타날 때마다 오른쪽 길로 우회시켰다. 안전모 아래 남자의 귀 둘레 머리끝 부분이 희끗희끗했다. 그 트럭 기사였다.

남자는 씩 웃더니 몸을 돌려 트럭으로 향했다. 덤프트럭이 출발했다. 길가에 서 있던 대형 덤프트럭은 달리기 시작했다. 트럭은 흙먼지가 노랗게 끼어 지저분한 데다 여기저기 녹슬고 찌그러진 곳도 많았지만, 아주 단단하고 강해 보였다. 탱크처럼.

쾅! 누가 뒤에서 들이박았다. 앗! 고타로는 목과 허리가 휘청했다. 깜짝 놀라 핸들을 꽉 잡고 룸미러를 보니 웬 대형 덤프트럭이었다. 저걸 가만두지 않으려고 차부터 세우기 위해 속도를 줄이는데 또 쾅 받쳐 차가 앞으로 튕겨져나갔다. 바가! 칙쇼! 욕을 하는 고타로의 의지에 곧장 찬물을 끼얹는 건 덤프트럭이었다. 뒤에 있던 트럭이 중앙선을 넘어 옆으로 오는 것을 봤기 때문이다. 왜 이러는 건지, 얼마나 미친놈이기에 이딴 짓을 하는지 생각할 겨를도 없이 쾅! 아악! 찌그러져 들어온 차체에 왼쪽 다리가 눌렸다. 찍힌 무릎에선

피가 났다. 허리와 다리에선 통증이, 입에선 신음이, 고타로의 몸은 이제 안팎으로 난장판이었다. 그러나 잠시 후, 무서운 속도로 후진해 오는 트럭을 고타로는 보았다. 방향이 똑바로 돌려진 터라 전면 유리로 그걸 바라보고 있자니 트럭이 다가오는 게 아니라 산이 덮쳐 오는 것처럼 느껴졌다.

"어, 어어어…."

상미는 굳이 어떤 일이었냐고 묻지 않았다. 그의 몰골이 그의 처지를 일러바쳤을 것이다. 시퍼렇게 멍이 든 얼굴을 보고 상미는 연거푸 한숨을 푹푹 내쉬었다. 압력 밥솥처럼 머리 위로 김이 활활 오르는 게 보일 정도였다.

"이제 모든 것이 확실해졌어. 이 일은 사소한 일이 아니라 시대적으로 나타나는 필연에 의한 것이 다 그 말이야. 세기마다 일본이 이웃 국을 향해 울리는 불길한 전조라 할 수 있지. 이를테면 침략하기 전 미리 하는 상징적인 사악한 징후라고나 할까. 일본은 겉모양은 선진국이지만 안은 여전히 제국주의, 군국주의, 패권주의 국가야. 자본과 기술은 최첨단을 달리는 데 반해 일본인의 정신은 여전히 국수주의라는 뜻이야."

상미는 한숨을 쉬었다.

"기분은 충분히 알겠어. 하지만 너무 확대하여 해석하는 것 같아. 21세기는 무역경쟁과 환경경쟁의 시대이지 군사전쟁의 시대가 아니잖아? 그리고 무슨 부귀영화를 누린다고 이런 꼴을 당해. 우리, 시나리오 그냥 여기서 그만두자."

"그렇게 단순하게 단정 지을 문제가 아니야. 역사적으로 봐도 세기마다 일본은 우리나라를 넘보았고 두 번이나 한반도를 점령하고 통치하는 승리를 맛보았어. 일본은 잘 차려진 밥상 같은 가장 가까운 이웃인 우리나라를 절대로 포기하지 않을 거야. 그들은 1세기 전에 세계대전까지 치른 나라야. 두고 보라고."

"그럴 거라는 걸 어떻게 알아! 솔직히 나는 잘 이해가 가지 않아."

"지구 온난화로 인해서 극지방의 얼음이 녹는다는 것은 이미 과학자들에 의해 경고되고 있어. 이것은 4천여 개의 작은 섬으로 이루어진 나라인 일본으로서는 매우 큰 국가적인 위협이야. 극지방의 얼음 두께가 겨우 몇 센티미터씩만 녹는다고 해도 일본은 해안지방부터 큰 홍수가 난 것처럼 바닷물이 넘쳐들 걸. 그런 경우 섬나라에 있어서 국가 존멸과 민족 생존이 걸렸을 경우 일본이 과연 어떤 행동을 취할 거라고 봐? 그렇다면 치고 들어오겠지. 이웃 나라에 올라타야 한다면 그 대상은 여지없이 한반도 아니겠어?"

"그것은 미래를 지나치게 비관적으로 보는 거라고 여겨지는데."

진혁은 또다시 가슴이 답답해져 왔다.

"역사는 수레바퀴야. 돌고 도는 것이지. 미래는 과거의 재현이란 뜻이지. 시대에 따라 방법이 다를 뿐. 일본 놈들이 중국인을 3,500만, 한국인을 400만이나 죽이고도 진심으로 사죄하기는커녕 그 살육자들을 애국자라고 신사에 모시고, 역대 총리들이 줄줄이 참배를 해대고, 16만 명이나 되는 한국 여자들을 일본군 강제위안부로 끌고 가 이국의 전쟁터에서 죽게 하고 당사자들이 엄연히 살아서 증언하고 있는데도 강제로 끌어간 증거가 없다고 떠들어대고 있잖아. 임교수님 강의 못 들었어? 사람은 누구나 죽기 마련이고 죽음이 있어야 삶이 빛나는 거야. 수없이 많은 항일 투사들이 그렇게 죽어갔어. 그래서 시나리오를 바꾸자는 거야. 이번에 일본의 만행을 만천하에 알려야 해! 명성황후 시해사건부터 철저히 밝히고 주인공 백승우가 마사오를 암살하는 걸로 하자고. 그리고 직지를 훔쳐내오는 걸로 하자니까? 비록 백승우는 야쿠자에게 처참하게 살해되지만, 그걸 기회로 대규모 일본 규탄 시위가 연일 일어나고 세계적으로 일본상품 불매운동과 일본인에 대한 테러가 곳곳에서 이어져 결국 일본은 손을 들게 되는 거야."

"소설 같은 얘기야."

"때로는 소설이 현실이 되기도 해. 미국 작가 톰 클랜시의 소설이 지난 뉴욕 테러로 나타났듯이. 관객들이 영화에서 원하는 건 현실과의 먼 거리, 일상의 망각이야. 난 각오했어. 독립운동가의 자손으로 태어나지 않은 게 한이었어. 나도 애국 좀 하자. 인간은 누구나 죽어. 대통령도 죽고 교황도 죽고 마이클 잭슨도 죽어. 어차피 한 번뿐인 인생, 대의가 있으면 기쁘게 순국하겠어. 이 시나리오가 발표되어 내가 죽는 한이 있더라도 서운할 거 하나도 없어. 김진혁을 온 국민들이 열사로 영원히 기억할걸?"

"그건 선배의 감정일 뿐이지 우리가 쓰려는 작품과는 길이 달라. 생각해봐. 이게 무슨 테러영화야? 우리가 써야 하는 시나리오는 문화에 관한 거라고."

"너도 작가라면 한번 생각해봐. '진정한 작가이길 원하거든 민중보다 반발만 앞서가라. 한발은 민중 속에 딛고'라는 톨스토이의 말을 떠올려봐. 그리고 진실과 정의, 아름다움을 지키는 것이 문학의 길이라고 타골이 말했어. '작가는 모든 비인간적인 것에 저항해야 한다.'는 빅토르 위고의 말이고, 노신은 또 이렇게 말했어. '불의를 비판하지 않으면 지식인일 수 없고 불의에 저항하지 않으면 작가일 수 없다.' '나랏일을 걱정하지 않으면 글이 아니요, 어지러운 시국을 가슴 아파하지 않으면 글이 아니요, 옳은 것을 찬양하고 악한 것을 미워하지 않으면 글이 아니다.' 다산 정약용의 말이야. 이번 기회에 교과서 왜곡이나 독도는 지네들 땅이라고 우기는 놈들을 모조리 잔인하게 처형하는 걸로 하자. 생각해봐. 폭력영화에 대한 수요는 무한한 거야. 사람들은 더욱 극단적인 폭력과 적나라한 자극을 원해. 왠지 알아? 하루하루를 보잘것없는 기대감 속에서 살아가다 보니 현대인들은 자기도 모르는 사이에 생이 권태 속에 내던져져 있게 된 거야. 내일이 보이지 않는 직장인의 분노, 암울한 결혼에 발목 잡힌 기혼자들의 분노, 하루하루 희망 없이 살아가야 하는 보통사람들의 분노는 측정이 불가할 만큼 팽배해 있어. 그들은 분노를 어떻게 해소할 수 있을까? 그들에게도 배출구가 필요한 거야. 포르노영화, 쇼핑중독, 극단적인 영상물이 끊임없이 소비되는 이유가 뭘까? 우리는 바로 그 부분을 노리는 거야. 스토리도 없고 액션만 있는 영화가 대박을 칠 수 있는 이유지. 사람들은 야만적일 만큼 잔인한 복수

극에 카타르시스를 느끼는 거야.”

“골든 라즈베리 상 타겠다.”

“그게 뭔데?”

“그해 최악의 영화에 주어지는 상이잖아. 어쨌든 골치 아픈 소리 그만하고 밥이나 먹으러 가자고.”

“지금 상황에 밥 생각이 나냐?”

“인간이니까 그런 거지. 오디세우스도 사랑하는 부하들이 다 죽었는데 밥부터 먹었고, 배가 부르니까 그제야 눈물이 나왔다고 하잖아.”

“핑계 한번 아주 그럴듯하다.”

“명색이 소설가가 그런 생각도 못 하겠어?”

진혁이 바라보는 거리엔 어디를 가도 전화를 걸고 받고 통화하는 사람들뿐이다. 그들은 휴대전화로 끊임없이 누군가를 붙들고 이야기하고 인터넷에 접속한다. 사람들은 누군가를 향해 주파수를 맞추지 않으면 불안한 모양이다. 어쩌면 사람들은 교신하기 위해 스스로 중독됐는지도 모른다. ‘나의 교신 주파수는 어디일까’하고 잠시 진혁은 생각했다. 그러자니 자연 기숙이 떠올랐다. 그러자 풍선처럼 가슴이 부풀어 오르기 시작했다. 한 줄기 어렴풋한 빛이 뚫고 들어왔다. 가벼운 흥분이 그의 몸 구석구석으로 퍼지며 차츰 커지기 시작했다. 진혁은 기숙과 공유했던 추억들, 그들 사이에 오갔던 은밀한 시선과 사랑의 기호들, 터무니없이 큰 의미를 부여한 사소한 기억들을 계속 생각하고 있었다. 그것은 시간이 지나면서 윤색되고 부풀려진 흔적이 역력했고 실재했던 것이라기보다는 환상에 가까워 보였다. 어차피 환상 속의 사랑이라면 그 대상의 실체는 별로 중요한 게 아니지 않으냐고 스스로에게 반문하려다가 그는 입을 다물었다. 그것은 환상에 대해 생각할 때 진심으로 궁금한 사랑이었지만 입 밖에 내어 말하는 순간 결혼을 앞둔 여자에게는 폭력이 될 수 있을 것 같았기 때문이다.

일생에 사랑이 몇 번이나 찾아올까? 열 번? 백 번? 터무니없다. 그런데도 사람들은 앞으로 더 좋은 일이 있을 거로 생각하면서 여든 살, 아흔 살까지 살아버린다. 내일은 분명히 다양하고 경이로울 것이며, 아마도 또 사랑이 있을 것으로 생각한다. 눈을 뜨면 행복이 꿈처럼 남아있는 아침. 내가 진실로 그 사람의 사랑이었고 그 사람의 일부였고 그 사람의 존재가 줄 수 있는 모든 행복을 다 받았다는 느낌이 이어지는 아침. 그런 아침은 일생에 한 번만 올지도 모른다.

한번 지나가면 영원히 돌아오지 않는 것들이 있다. 우리가 '처음'이라 이름 붙이는 모든 것들이 그렇다. 따라서 모든 처음은 하나의 예외도 없이 '마지막'이다. 존재하는 모든 것들이 존재하는 방식은 늘 과거다. 과거는 더이상 존재하지 않는다는 이유로 영원히 존재한다. 순간은 경계이고 접점이며 고비이다. 그래서 위험하지만 생기 있고, 불안하지만 생산적이다. 이 순간 나는 어디로 가고 있을까?

상미는 소곤대던 휴대전화의 폴더를 눈치를 살피며 접었다. 진혁은 자신도 충전기에 몸을 꽂고 에너지를 좀 채워 넣을 순 없을까 생각했다. 그의 몸은 방전 경고음이 들린 지 오래된 배터리처럼 겉만 멀쩡했다.

설렁탕집에서 식사가 끝나갈 무렵 진갈색 머리카락을 어깨까지 늘어뜨린 여자가 식당에 혼자 들어섰다. 아름다운 얼굴 탓에 여자는 식당 안 뭇 사람들의 시선을 한몸에 받으며 걸어오더니 스스럼없이 진혁의 앞자리에 앉았다. 진혁은 순간적으로 그릇째 마시던 뚝배기를 떨어뜨렸다. 다행히 국물을 거의 다 마신 후라서 뚝배기만 식탁 위에서 떼굴떼굴 굴렀다.

그녀는 청바지에 굽이 낮은 플랫 슈즈를 신고 줄무늬 셔츠를 입은 수수한 옷차림이었다. 생머리에 화장하지 않은 앳된 얼굴, 어깨에 멘 크로스 백 때문에 대학생처럼 보였다.

그녀의 얼굴을 마주 보았다. 그녀의 매력은 그 불가사의한 미소에 있었다. 꽃봉오리가 터지는 장면을 고속 화면으로 볼 때처럼 주위의 공기가 환하게 변하면서 마치 흐드러지게 피어 있는 벚꽃 아래 서 있는 기분이 드는 것이다. 그녀의 두 눈동자에 가을 구름이 몰려와 있었고 줄무늬 셔츠 사이로 가슴이 봉긋하게 드러났다. 가끔 진혁의 꿈에 등장하는 가슴이었다.

"상미야. 소설은 잘 되지?"

"얘, 기숙아! 그걸 어떻게 한마디로 말하니? 그러면 내가 진작에 하산하지, 이렇게 아직까지 쓰고 있겠니?"

"넌 원고 분실한 덕에, 아주 멍청하고 대책 없는 소설가로 그 바닥에 소문이 쫙 났다며? 이젠 남상미란 작가를 모르는 사람이 아예 없다더라. 덕분에 그 멍청한 작가의 소설집이 9쇄를 찍었다고 인터넷에 떴더라."

"그래. 이번 시나리오 쓰면서 느낀 건데 이제까지 내가 너무 안이하게 살았다는 생각이 들었어. 정말 치열하게 써야 할 이유를 이제야 찾은 거 같아. '새롭지 않은 것은 부도덕한 소설'이라는 쿤데라의 말을 떠 올려 보았어. 새롭고 놀라운 게 아니라면 굳이 쓸 필요가 없을 것 같아. 하지만 요즘 젊은 작가들의 소설이나 신춘문예당선 소설집을 읽다 보면 여전히 이해하지 못할 때가 많아. 거미 알에서 고양이가 태어나고, 냉동실에서 전복이 기어 나와 밖으로 가고 도대체 무얼 말하려는 건지 이해하지 못할 때가 많아. 나는 어느 지점에서 시대적 흐름을 그냥 놓쳐버린 것 같다는 생각이 들었어. 세상과 공감하고 세상을 향유하는 감수성을 어느새 잃은 것 같아. 어쩌면 우리 시나리오도 그렇게 느껴지는 게 아닐까 해서 한편으로는 불안해져. 늘 새로운 영감이 필요하지만 그것은 고갈되기 일쑤고 무척 빈곤하기만 해."

"실은 나도 그래. 최신 유행가나 흥행 영화, 계절마다 바뀌는 패션 같은 것들을 함께 누릴 수가 없어. 이질적이라는 느낌 때문에 말야."

그것은 30대를 넘기고 40대를 바라보는 사람들이 맞게 되는 공황 같은 것이라고 진혁은 생각했다. 지난 십 년 동안 그들은 삶의 모든 가치들이 일시에 뒤집히는 듯한 경험을 했다. 절약 대신 소비가, 근면보다는 여가 활용이, 겸양보다는 자기표현이, 인내 대신 정당한 분노가 더 적절한 가치가 되어가고 있었다. 변한 세상에 적응하기 위해 가장 열심히 한 일은 이십대에 형성된 정체성을 해체하는 일이었고, 또 한편으로는 그 시기를 의미화하는 일이었다. 그 노력은 때로 비겁한 청산 주의나 나약한 복고주의라 규정되기도 하지만 말이다.

"기숙아, 요즈음 젊은이들은 의식이 아주 달라졌어. 우리 때는 이기적이라는 말을 부정적인 의미로 사용했던 것 같은데 요즈음 젊은이들은 '나는 피자를 좋아해요.'라고 말하듯 '나는 이기적이에요.'라고 당당하게 말하는 것을 자주 들어. 이기주의를 개인주의와 혼용하는 것 같기도 하지만."

설렁탕집 앞으로 보이는 PC방, 노래방, 비디오방, DVD방 들을 손짓하며 상미가 덧붙였다.

"저게 다 그 개인주의의 첨병들이잖아."

상상할 수 없을 정도로 공간을 잘게 분할하고, 그 칸마다 개인들을 수용해서 단절과 고립을 즐기는 문화일 거라고 상미는 말했다.

"시나리오는 잘 되고 있어? 진짜 재미있는 대본을 만들어 봐. 그 시나리오 내가 좀 볼 수 있을까?"

"왜? 어쩌려고?"

"응, 궁금하기도 하고 또 재미있을 것 같아서. 그리고 나도 엄연한 국문과 출신인 데다가 문학도였단 걸 까맣게 잊은 건 아니겠지?"

"시놉시스만 메일로 보내줄게. 하지만 아직 발표하기 전이니까 절대 유출하면 안 돼? 그리고 결혼한다며, 상대는 누구야?"

기숙은 생각했다. 그동안 두 사람이 시나리오만 쓴 것은 물론 아니겠지. 공통의 관심사를 가진 청춘 남녀가 사흘이 멀다 하고 밤늦도록 붙어 있다 보면, 뭔가 특별한 감정이 싹트기 마련인 것이 자연의 섭리야. 그렇지 않다면 인류라는 종은 진작에 멸종하지 않았을까?

"벤처 사업가야."

자기 약혼자는 렉서스를 몰고 다니며 백화점이나 어디에서나 카드를 죽죽 그어대는 능력 있는 남자라고 했다. 여자를 대하는 매너가 초짜가 아니라 진짜 프로라고 자랑하는 기숙을 보며 진혁은 자신이 아무것도 아니라는 생각이 들었다. 인제 보니 기숙에게도 자신은 정말 아무것도 아니었다. 누군가가 자신을 돼지 꼬리를 붙여 삭제해버린 것 같았다. 그는 고개를 힘없이 떨어뜨렸다. 그의 가슴은 두근거렸고 불안은 무럭무럭 증식했다.

그녀의 인생은 어디로 가고 있을까? 로또에 연거푸 세 번 당첨된 것만큼 운 좋은 그놈은 도대체 어떤 놈일까? 그는 궁금했다.

한승규는 점심으로 때운 허름한 국수와 소주가 명치끝에 대롱대롱 매달려 내려가지를 않는다.

기계음이 울렸다. 휴대폰 액정에 익숙한 번호가 반짝거렸다. 오늘 러닝머신 할부금이라는 거 알지? 그의 아내는 휴대전화 문자 마지막에 느낌표를 세 개나 찍음으로써 그 단호함을 표현했다. 뱃살이 빠진 건 아내가 아니라 자신이었다. 러닝머신을 쳐다보며 할부금을 갚으려면 몇 달이 남았는지를 생각하면 저절로 살이 빠지는 것 같았다.

돈벌이에 관해 그는 거의 무력했고 그의 아내는 완전히 무력했다. 그는 때론 돈 몇만 원 때문에 우울해지는 사람이며, 현금지급기 앞에서 항상 뒷사람을 의식하는 사람이기도 하다.

차창 밖으로 여름이 청록색 띠처럼 지나가고 있었다. 가로수 터널이었다. 이 더위에도 서로 꼭 껴안은 젊은 남녀들이 쌍쌍이 차창을 지나쳐간다.

그는 창밖을 바라보다 한숨을 쉬었다. 그리고 창유리를 조금 내렸다. 그러자 뜨거운 공기가 훅하고 불어 들어온다. 달아오른 아스팔트 냄새, 새들이 몸을 널어 날리는 바람 냄새. 그는 이 플라타너스 길을 걸어 아내와 데이트하던 시절을 회상했다. 그때 아내가 입었던 원피스의 꽃무늬까지도 선명하게 눈앞에 떠올랐다.

그는 서글픈 추억 속으로 걸어 들어갔다. 그 시절의 친구들은 다 어디로 갔는가? 우리를 애태우게 했던 여자들은 다 어디로 갔는가?. 청운의 꿈과 앳된 사랑과 설익은 고뇌는 다 어디로 갔는가? 이른바 잿빛 노트에 적었던 푸르른 시는 어디로 갔을까? 모든 것은 그렇듯 '어두운 기억의 저편'에 놓이고 만다는 안타까움, 삶의 어쩔 수 없는 한계가 문제인 것이었다. 그토록 소중했던 사랑의 순간들도 결국 '어두운 기억의 저편'으로 사라져버린다.

이런 기분으로 집에 들어가고 싶진 않았다. 그럼, 어디로 가지? 달리 갈 곳이 없었다. 그는 힐끗 하늘을 올려다봤다. 이미 살포시

어둠이 내리고 있었다.

사무실로 돌아온 그는 컴퓨터를 켜고 셋이 나누어 쓴 시나리오들을 한곳으로 정리하며 살펴보기 시작했다.

67 오사카. 마사야의 성.

호화스러운 내실. 대로 만든 주렴에 봉황새와 자작이 날고 들보와 기둥에는 호랑이 문양의 황금색 조각들이 새겨져 있고 십장생의 화려한 병풍이 처져 있다. 침소 오른쪽으로 신단이 차려져 있었고 두 자루의 사무라이 보검이 걸려 있다.

암전. 빗소리. 빗소리가 거세진다.

고타로는 서재에 걸린 사진 속 인물을 바라본다.

나레이션

〈5백 년이나 통치한 막부를 타도하고 메이지 천황의 초대내각 총리대신이 되어 청국, 러시아와의 전쟁에서 승리하고 조선을 병합하는데 초석을 놓은 인물 이토 히로부미. 비록 안중근이라는 조선 테러리스트에 의해 하얼빈에서 쓰러졌지만 그의 이상은 일본을 세계 최강의 국가로 만들어 냈다.〉

금빛 미닫이문이 스르륵 열린다. 혈색 좋은 노인이 보랏빛과 진홍빛을 섞어 수놓은 가미시모를 입었다. 그 예복에는 마사야가문의 문장이 다섯 개 장식되어 있다.

나레이션

〈고타로는 흰 수염을 길게 기른 이토 히로부미의 모습을 보고 있는 듯한 착각을 한다. 그는 마사야 같은 인물이 이토의 뒤를 잇기만 했더라도 일본이 지금보다 더욱 강한 나라가 되어 있을 것이라고 생각한다.〉

마사야

"강한 나라가 약한 나라를 점령하고 그들을 보살피는 것은 인류의 신성한 의무이며 권리이다. 일본은 언젠가 아시아를 점령해서 그들의 후진적이고 나태한 민족성을 일신해야 한다. 그 일의 시초는 일본의 영토를 되찾는 것에서부터 시작해야 한다. 알겠는가?"

고타로

고타로는 감격하여 목이 메인 표정을 짓는다.

나레이션

〈마사야는 새벽까지 명상에 잠겨 있었다. 그의 뒤에 고타로가 앉아 밤새 한숨도 자지 않은 마사야를 감탄스러운 눈으로 지켜보고 있다. 노인에게서 저런 체력이 나온다니 기적이라고 생각한다. 사흘 동안 뜬눈으로 지새우고 전혀 피곤한 기색을 보이지 않으니. 고타로는 자신의 눈앞에 보이는 마사야의 초인 같은 모습이 바로 일본 황실의 힘이자 일본을 지키는 힘이라고 생각했다.〉

마사야

"이토 선생께서는 조선을 일본에 합하려고 밤낮으로 정성을 다하느라 하룻밤 사이에 검은 수염이 하얗게 새버렸다. 그런데 내 수염은 아직 검은빛이 남아 있어 심히 부끄럽다."

고타로는 잠시 눈을 붙이고 새벽녘에 거실로 나온다. 마사야는 여전히 정좌하고 미동도 없이 명상 중이다.
마사야는 비서가 준비해온 녹차를 마신다. 인기척을 알아차린 마사야가 뒤를 돌아보았다.

마사야

"인간은 파괴함으로써만 완전한 지배자가 될 수 있다. 인간은 파괴를 통하여 생명을 초월할 수 있다. 초목을 가꾸는 정원사가 나무를 불사르는 것, 왕이 백성을 학살하는 것, 오직 완전히 지배하고 소유하며 점령한 자만이 파괴할 수 있다. 오직 파괴자만이 신과 동등한 자격을 가질 수 있다. 신은 자신이 창조한 세계뿐만이 아니라 생명을 초월하여 모든 것을 지배할 수 있는 존재이다. 완전한 지배는 바로 파괴이다. 명심해라!"

고타로는 깊게 고개를 숙인다. 천둥소리와 함께 번개가 친다.

68 여의도 전광판

지나는 행인들이 모두 전광판을 바라보고 있다. 전광판 자막. 속보! 대통령 특별 담화문 발표. 화면 곳곳에서 플래시가 터지며 카메라 철컥거리는 소리. 이윽고 대통령 등장.

대통령

친애하는 국민 여러분! 우리 정부의 노력에도 불구하고 일본 정부는 사태를 더욱 악화시켜가고 있습니다. 이제 정부는 양국 간의 미래를 위해 다음과 같은 조치들을 발표하지 않을 수 없음을 밝혀두는 바입니다.
정적 속에 시선이 모두 대통령을 향했다.

대통령

첫째, 이 시각부터 일본인에 대한 비자 발급을 전면 중단하며 한국인의 일본 방문도 허락하지 않습니다. 둘째, 지금부터 24시간 이후부터 양국 간의 항공 및 해상 운행을 전면 중단합니다. 셋째, 한국 내의 모든 일본 국적 재산을 동결합니다. 이는 한국 내의 일본기업, 은행, 증권 투자사 등 모든 공, 사적 재산을 망라합니다. 넷째, 한일 양국 간의 모든 교역을 전면 중단합니다. 이는 수출입뿐만 아니라 모든 형태의 교류 행위를 일체 포함합니다. 다섯째, 한국 정부는 일본인의 안전을 보장할 수 없으므로 개인의 신변안전은 전적으로 그 자신에게 달려있음을 밝혀두는 바이며, 일본에 체류 중인 한국 국민의 조속한 귀향을 권고하고자 합니다. 이상의 5개 항목은 대통령 긴급조치법에 의거, 즉시 그 효력을 발생하며 별도의 조치가 있을 때까지 유효합니다.

시나리오를 정리하던 한승규는 자신들이 꿈에 부풀어 하고 있는 일들이 어쩌면 부질없는 짓일지도 모른다는 생각이 들었다. 전국의 내로라하는 시나리오작가들이 전부 응모할 게 뻔하다는 생각이 들자 맥이 탁 풀렸다. 본선은 고사하고 예선에서 탈락할지도 모르는 일이었다. 이제까지 굽이마다 겪어온 자신의 인생처럼. 그렇다고 여기까지 와서 돌아설 수는 없는 노릇이었다.

그의 얼굴에 쓸쓸한 웃음이 어렸다. 그는 유리에 비치는 고단한 삶에 지친 한 사내의 모습을 물끄러미 바라보았다. 산다는 것은 무엇인가…. 이 고달픈 길은 어디로 이어져 있고 왜 이리도 멀기만 한 건가…. 삶의 길목에서 문득문득 밀려왔다가 사라지곤 하는 우수가 또 파장을 이루고 있었다.

세상이라는 게 속속들이 들여다보면 결국 통속이고 진리와 진실이라는 것도 그 통속 바깥의 것이 아니라는 사실을 깨닫는 데에 그는 심한 갈증을 느꼈다. 갈증은 목덜미에서 시작해서 점차 온몸으로 퍼져나갔다. 그는 생수를 벌컥벌컥 들이켰다. 이때, 그의 전화벨이 울렸다.

가로등이 켜진 거리에는 퇴근길 정체로 애가 타는 차들이 분통을 터뜨리듯 매연만 푹푹 뿜어대고 있었다.

한승규는 주차된 자동차 사이에서 금세 그녀를 알아보았다. 그것을 '알아본다.'라고 표현한다는 사실을 그는 깨달았다. 많은 사람들 무리에서 유독 눈에 띄는 사람, 멀리 떨어진 곳에서도 정확하게 찾아낼 수 있는 그런 사람이 바로 홍기숙이었다.

둘은 찻집에 마주앉았다.

"혹시 이번 시나리오, 공모에 응모하지 않으면 안 돼요?"

"인제 와서 그게 무슨 뚱딴지같은 소리야? 설마 그딴 얘기 하자고 날 불러낸 건 아니겠지?"

"내가 나가는 가게 사장님이 교포라서 일본에 오래 살았던 분이거든요."

"그 룸살롱인지 단란주점인지 한다는 데?"

"한 선배. 말은 똑바로 해요. 룸살롱도 아니고 단란주점도 아니고 그냥 가라오케에요. 사장이 지금도 일본을 자주 들락거리려요. 그러다 보니 자연 일본 손님들이 많은데, 손님 친구 중에 꽤 유명한 영화 제작자가 있어요. 일본의 동북아 역사 왜곡이나 영토분쟁에도 꽤 관심이 많은 분이라기에 시놉시스를 보내줬더니 작품에 꽤 관심이 많은가 봐요. 직지라는 소재가 아주 독특하고 스릴이 있대요. 일부 수정을 해 준다면 상금보다 훨씬 좋은 가격에 시나리오를 영화화하고 싶다고 하던데."

"우리 시나리오는 일본을 한 방 먹이는 각본인데 그게 가능할까? 그리고…그런 얘기는 진혁에게 직접 했더라면 훨씬 좋았을 텐데."

"아시잖아요. 우리 사이가 좀 그렇다는 거. 그런 생각을 하게 되면 자연히 우울해져요."

"우리가 우울하다는 표현을 자주 쓰고는 있지. 하지만 그 단어가 생긴 것은 불과 백 년밖에 안 되었어. 1910년에 이광수가 신문에서 요즘 젊은 지식인들 사이에 권태나 우울이라는 신조어가 쓰이고 있다고 했거든. 그 이전까지는 막연하게 기분이 좋지 않았던 거지 그것이 우울한 건지 몰랐다는 것이지. 좀 놀랍지 않아? 언어가 이렇게 중요하다는 게. 우리는 과거와 상관없는 듯 살고 있지만, 자세히 보면 과거와 연속 선상에서 살고 있는 거야. 세월이나 역사 앞에 우리는 그냥 한 점 먼지일 뿐이야."

홍기숙의 눈동자는 한승규를 지그시 살폈다.

"선배. 잘 생각해 보세요. 어쩌면 일본에서 상영되어 갈채를 받는 게, 우리 한국의 뛰어난 문화를 세계에 널리 알릴 수 있는 좋은 기회라고 생각되지 않아요?"

"혼자 결정할 수 있는 문제는 아니니까 일단 생각 좀 해 볼게."

"흥행 수입의 일부도 지분으로 약속했어요. 그리고… 부탁이 하나 있어요."

"무슨?"

"진혁 선배는 유럽기자단에 꼭 가도록 했으면 좋겠어요. 유럽기자단에 참가해 직지를 세계에 알리고 프랑스 정부와 유럽 언론에 반환을 요청하는 게 국가적으로도 이익이라고 봐요."

한승규는 그녀의 얼굴을 똑바로 바라보았다. 둘의 눈이 마주쳤다. 잔주름이 눈에 띄게 늘긴 했지만 자신이 예전에 알았던 얼굴 그대로였다. 순수했고 신뢰할 수 있는 후배의 모습에서 크게 변한 게 없었다. 한승규의 눈을 피해 그녀는 가습기처럼 웃음을 흘렸다. 쉬이익. 그는 그녀의 생각이 갑자기 썩 마음에 들었다. 그리고 미로의 끝에 다다라 있다 가야 할 길을 보는 것 같았다. 이번 시나리오가 어쩌면 잘 되리라는 느낌도 들었다.

"와아, 이렇게 상상 이외의 반전이라니 놀라워. 일본이 약탈해간 문화재를 모두 반환하고 천황 제도를 폐지하다니? 역시 진혁 선배의 발상은 달라! 그래도 이건 너무 심한 비약이 아닐까?"

"영화 마스크 봤어? 거기서 짐 캐리는 못 하는 일이 없잖아. 핑핑 건물 사이를 날아다니고 총알도 입으로 받아서 다시 쏘고. 그리고 그건 관객의 상상일 뿐이지 실제 그런 장면을 보여 주지는 않았잖아."

남상미는 흡족해하는 눈치였다.

"하기야 재미는 하나도 없는 영화 선전 문구에 '임산부나 심장이 약한 분은 사절함'이라는 공갈 협박이 으레 붙는 것보다는 낫지."

"공포 영화에서 제일 두려울 때는 괴물은 보이지 않고 음향과 조명만이 가득할 때야. 일단 괴물이 등장하고 나면 공포감은 더는 커지지 않아. 그래서 관객이 원하던 장면은 끝내 보여주지 말아야 하는 거야. 예상했던 관객의 기대감을 슬쩍 무너뜨리는 것이야말로 나의 가장 강력한 펀치 중 하나지."

시나리오는 드디어 탈고했다. 아쉽기는 했지만 응모 마감일이라 어쩔 수 없이 마침표를 찍어야만 했다. 프린트하고 우체국에 가서 원고를 부치던 진혁은 지난 일들이 주마등처럼 스쳐 갔다.

밤을 새워가며 토론하던 일, 자판을 두드리며 고민하던 일, 문득 알 수 없는 공허가 안개처럼 몰려오던 그 새벽…. 후련하기도 했지만 한편으로는 아쉽기도 했다. 응모에 당선되지 않는다면 일본 제작자에게 판권을 넘길 것인가에 대해서는 후에 생각하기로 했다.

원고를 접수하고 나자 갑자기 할 일이 없어진 진혁은 무심히 커피숍 창밖을 바라보았다. 바람이 창 앞을 지나고 있었다. 지나가다가 걸음을 멈추고는 갈 곳을 잃은 듯 서성이기도 했다. 서성이다가 다시 바쁜 걸음으로 골목을 빠져나가는 소리가 들렸다.

사람들은 눈앞에 보이는 것을 중심으로 그저 하루하루를 살아간다. 그러다 어느 한순간 멈추고 돌아보니 그렇게 의식 없이 보내버린 시간이 쌓여서 바로 자기 인생이 되었다는 걸 깨닫는다. 그때 우리는 이렇게 말할지도 모른다.

"뭐라고? 나는 좋은 인생이 오기를 바라고 이렇게 살아가고 있는데, 아직 인생다운 인생을 살아보지도 못했는데, 그런데 내가 무턱대고 살아왔던 그것이 바로 내 인생이었다고?"

한 선배와 상미에게 연락했지만 모두 나오려면 삼십 분 이상은 걸려야 한다는 대답이었다. 만나기로 한 사람이 30분 정도 늦는다고 하면 이 30분은 신의 선물이라고 진혁은 생각했다. 그 선물을 가장 아름답게 받는 방법 중 한 가지는 좋은 작가의 단편소설 한 편을 읽는 일이라고 생각했다. 시는 너무 짧고 장편 소설은 너무 길다. 단편 소설을 한 편 읽고 책을 덮을 때의 멍한 그 울림이 좋을 거 같았다. 고개를 들면 시간은 음악처럼 흐르고 풍경은 회화처럼 번져갈 것이다. 그리고 기다리던 사람이 올 테니까.

커피숍 서가로 책을 고르러 가던 그의 눈에 낯익은 광경이 눈에 띄었다.

은행 이파리들이 소복소복 떨어져 앉은 저녁 길은 유리창 밖에서 저만치 익어가고 가을 냄새가 쌉쌀한 바람과 함께 밀려들고 있었다. 누구라도 불러내 아무도 위로해줄 길 없는 쓸쓸함을 말하며 시린 가슴을 슬며시 내밀면, 소갈머리 없는 여자들은 제 가슴으로 그 허전함을 덮어주고 싶어 두근거리며 안달을 내겠지. 자신도 이제 지루한 숨바꼭질을 끝내고 결혼이라도 해야 하는 걸까.

기억 너머 그때의 황홀했던 은행잎이 이상스럽게도 그의 뇌리에 생생하게 펼쳐지는 걸 느낄 수 있었다. 그랬다. 그 가을 이후로 그에게 화려한 가을은 다시 오지 않았다. 한 번 썩어 문드러진 가을은 때때로 뒷골목의 뜬소문처럼 떠돌다 흔적 없이 사라질 뿐 그의 앞에서 소생할 줄을 몰랐다. 그런 건가. 일생일대의 마지막 가을이 단한 번의 부활도 없이 정녕 그렇게 지나가 버려도 된단 말인가.

진혁은 서가 앞에 놓인 컴퓨터 바탕화면의 아이콘을 보았다. 그리고 오랫동안 인터넷에 접속하지 않았다는 생각이 그때서야 들었다. 무심코 인터넷 익스플로러 아이콘을 클릭했다. 익숙한 포털 사이트가 떴다. 아이디를 치고 비밀번호를 입력했다. 그리고 엔터를 때렸다. 읽어보지 않은 편지가 무려 87통이나 되었다.

지긋지긋한 스팸 메일들. 대부분 불법 도박 사이트나 성인 만남을 주선하는 사이트였다. 간혹 건강식품 광고도 있었다. 제목을 읽어가면서 하나씩 삭제 버튼을 눌러 지웠다. 그러다 화면에 뜬 열 개씩을 한꺼번에 죽 훑어보고 '모두 선택'을 누르고 한꺼번에 지웠다. 여섯 번째였나, 일곱 번째였나, 아무튼 이것도 지겨워질 때쯤 갑자기 이상한 것이 눈에 띄었다. '모두 선택' 아이콘을 누르고 반사적으로 '완전삭제' 아이콘을 누르려다 말고 멈칫했다. 마음속에 작은 파동이 일었다.

메일 제목은 평범했다. '나야.' 친한 놈들이 가끔 이런 식의 제목으로 메일을 보내기는 한다. 벌써 보낸 지 닷새가 넘은 메일이었다. 클릭했다.

몇 번인가 전화를 눌렀다가 내려놓곤 했어.

지나가는 차의 번호가 네 전화 4255면 꼭 너를 떠올리곤 했어.

그때 기억해? 노란 은행잎이 지천이던 비 오던 날 대폿집….

내게 넌 늘 기다려야 하는 존재였어. 너희 둘 사이에서 내가 소외당하고 있다고 생각했어.

그 시절 너희 두 사람이 서로 좋아했고, 지금도 여전히 만나는 관계일 거라고.

물론 그것이 환상이라는 것도 알고 있어. 그것이 환상인 줄 번연히 아는 동안에도 환상은 활동하고 있었고, 그 대상과 무관하게 환상은 번성했어. 그럼에도 왜 환상은 깨지지도 않고 지워지지도 않고 퇴색되지도 않는지, 다만 그것이 알 수 없었어.

아무 생각이 없었어. 머릿속에서 계속 바람 소리가 나는 거야. 가슴에 구멍이 뻥 뚫린 거 같고 자꾸 눈물이 나려고 하고. 나 많이 미워했지?

많이 망설였어. 하지만 이제 더는 기다리지 않을래.

아빠가 오랫동안 암으로 투병하셨어. 그래서 어쩔 수 없이 술집 카운터를 본 거야. 이제 많이 좋아지셨어. 그래서 아빠와 한 약속을 지키려고 해. 결혼할 사람이 기다리고 있다고 했던.

벤처사업가라는 결혼 상대는 있지도 않아. 단지 너를 떠보고 싶었을 뿐이야.

이제 그 사람을 꼭 보고 싶으신가 봐.

프랑스…. 같이 갔으면 해.

얼굴 보고는, 전화론 더 못할 것 같아서…. 나, 참 바보 같지?

그는 너무나 멀리 떠나왔던 것일까. 그는 거친 바다에서 표류하고 있다가 드디어 육지에 발을 내디딘 기분이었다. 항상 고장이라도 난 것처럼 떨고 있던 그의 나침판의 바늘도 정확히 남북을 가리키며 가만히 멈춰 있었다.

문득, 지금 그의 머릿속에서 그녀를 그려내기 위해 수많은 세포가 움직이고 있다는 것을 느꼈다. 그의 심장은 뛰고 피는 흐르고 있다. 폐는 산소를 흡입하고 이 모든 행위가 그녀를 머릿속에 그리기 위함임을 느꼈다.

이것이 무엇일까. 영혼의 심연을 치고 오르는 이 느낌! 그의 내면을 충만하게 메운 이 느낌. 아, 세상에는 이런 느낌도 있었구나!

그는 몸이 붕 뜨는 것 같았다. 그리고 가슴 깊은 곳에서 벅찬 희열이 솟구쳐 올라왔다. 이상한 일이었다. 시간 속에서 풍화되어 닳아 없어졌다고 생각했던 사랑이라는 단어가, 방금 캐낸 다이아몬드 원석처럼 찬란하게 빛나고 있었다.

그는 생각했다. 내가 혹시 사랑에 빠진 걸까? 누가 우스갯소리로 그랬지. 사랑은 마치 눈길의 교통사고처럼, 감기처럼 오는 거라고, 이 기분, 이 느낌…. 아! 드디어 깨달았어. 나는 비로소 사랑을 찾은 거야. 알겠니? 그 누구도 망가뜨릴 수 없는 진짜 사랑을 찾은 거라고!

갑자기 맹렬한 기세로 배고픔이 찾아들었다. 그는 미친 듯이 거리로 뛰쳐나왔다. 가을의 끝, 밤기운이 싱그러웠다. 밤하늘에 무수한 별이 쏟아지고 있었다.

이제 당장 하고 싶은 말이 무엇인지는 분명해졌다. 이제껏 누구에게도 건넨 적 없는 진실의 불씨, 듣기만을 바랐을 뿐 단 한 번도 진심으로 들려준 적이 없는 그 진부하고 흔한 말을 할 참이었다.

그는 충동적으로 공중전화 부스에 들어가 동전을 넣고 수화기를 들었다. 번호가 생각나지 않았다. 발신음이 웅- 하고 울린다.

"…. 다시 걸어 주십시오. 다이얼링 이즈 레이트, 플리즈 콜 어겐."

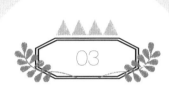

아웃토반 레이스

삶도 절망이든 희망이든
상충하고 부딪히면서 새로운 에너지가 되고
또 하나의 가능성이 된다.

　벌써 두 달째 차를 한 대도 팔지 못했더니 지점장은 회의 때마다 나를 바라보며 침을 튀기었다. 실적난의 그래프는 한 칸에서 더는 올라갈 기미를 보이지 않고 있다.

　내일이면 또 요양원에 계시는 어머님 치료비를 보내야 하는 날이다. 서른이 넘은 지가 언제인데 봉급은 항상 제자리이고, 이러다 장가는 가기나 할는지.

　"글쎄, 네 사주가 우라지게 좋긴 한데 고독 수가 들었다지 뭐냐."

　오래전에 어머니가 했던 얘기가 어쩌면 맞는지도 모르겠다.

　중매해 달라는 핑계로 툭하면 들르던 화장품 가게에 하이브리드 소나타 한 대를 계약한 건 이달 16일이다. 무섭게 치고 올라오는 신입사원들에게 그나마 간신히 체면 유지는 한 셈이다.

　"이수인 사장님, 어서 오세요. 서류 준비는 다 되셨어요?"

"응, 서류는 다 되었어. 그런데… 혼자 온 게 아니고 누구와 같이 왔어. 가게 오는 동생인데 같이 가자고 그래서. 혹시 아는 사람일지도 모른다고 하기에."

"열두 시가 다 됐는데 우선 식사부터 하러 가시죠."

거리의 벚나무는 만개해 있었고 여자들이 비껴 쓴 양산 위로 한낮의 햇살이 눈부시게 쏟아져 내렸다.

룸미러로 뒤쪽을 힐끔 보았지만, 선글라스를 쓴 여성은 생소하기만 했다. 하늘색 투피스 차림의 오뚝한 코가 돋보이는 늘씬한 서구형 미인이었다.

"박근혜 대통령 당선되고 나서 만난 여자분 중에는, 제일 미인이신 것 같습니다."

웬걸, 뒷좌석에선 아무 반응도 없었다. 잠시 후,

"치매 증세가 좀 있으신가 보네요."

"……"

갑자기 머릿속이 윙윙 성능 떨어진 기계처럼 소리만 요란하게 낼 뿐 좀처럼 기억을 불러내지 못했다.

"호, 혹시?"

"못 알아보면 그냥 내리려고 했어."

선글라스를 벗으며 그녀가 미소를 지어 보였다. 치약광고 모델 같은 하얗고 가지런한 치아의 미소. 흠잡을 데 없는 완벽한 미소였다.

그녀를 알아본 순간 해물탕을 먹다 미더덕에 그만 입천장을 홀랑 덴 기분이었다. 미더덕이 품고 있던 뜨거운 국물이 터질 때의 그 당혹감, 너무 뜨거워서 고함이라도 지르고 싶건만 입속에 콩나물 등이 잔뜩 담겨있어 아무 소리도 지르지 못할 때의 그 난처함.

"언니가 화장실에 갔는데 휴대전화가 계속해서 울리더라고. 이름이 박관우라고 뜨는데 그렇게 흔한 이름이 아니잖아. 언니한테 물어보니 나이도 같고 키가 크다기에 따라와 본 거야. 곰곰이 생각해보니 17년 만이네."

어떻게 운전을 했는지 정신이 없었다. 신호를 지키지 않는다고 뒤차가 빵빵거렸고 옆 차와 부딪칠 뻔하기도 했다.

"희수가 복요리를 좋아한다던데."

이수인 씨의 말에 관공서가 밀집한 거리의 복 전문집으로 들어갔다. 주방은 분주해 보였고, 방 안은 손님들로 붐볐다. 메뉴를 보니 복국과 복 매운탕, 복껍질무침 등 다양한 요리 이름이 적혀 있었다.

"복어가 피를 맑게 하고 피부미용에 좋다고 하잖아. 하지만 복어는 치명적인 독을 품고 있어 알을 먹으면 즉사하지. 내장과 알을 제거하고도 하루 정도 소금물에 담가둔대. 알코올 해독에는 최고라고 하더군. 독은 독으로 푸는 거래. 다이아몬드는 다이아몬드로 자르고, 사랑은 사랑으로 이겨낸다잖아. 내 말이 틀렸나?"

그녀의 웃음소리가 벚꽃 꽃잎처럼 팔랑이며 허공에 울렸다. 나는 그저 어깨만 으쓱했다. 다이아몬드는 다이아몬드로 자른다는 말은 당연했다. 세상에 다이아몬드보다 강한 물건은 없으니까.

"복어는 위험에 처하면 크게 보이려고 배를 점점 부풀린대. 어쩌면 우리가 믿는 것들의 실체도 바로 그런 것이 아닐까? 부풀어 오른

복어의 배."

종업원이 음식을 날라 왔고 상 위의 버너에 불을 켜고 매운탕 냄비를 올렸다. 그녀는 중요한 이야기라는 듯 목소리를 낮추고 몸을 앞으로 내밀며 속삭였다.

"복어는 산란기에 독성이 제일 강해서 청산가리의 13배에 달해. 해독제조차 없는 테트로드톡신. 종종 요리사들이 실수하기도 해. 독의 치사량은 사람마다 다 달라. 초기 증상은 취한 듯 어지럽지만 잠이 쏟아진대. 그 잠에서 깨어나지 못하면 죽는 거지."

그녀는 복 매운탕이 끓자 뚜껑을 열고 콩나물과 미나리 위에 고춧가루를 듬뿍 쏟아 넣었다. 그녀는 테니스 선수처럼 활달하고 제멋대로이면서 동시에 독을 품고 있는 듯 위험한 느낌을 주었다.

"술 마시면 점수 깎이나?"

그녀가 테니스공처럼 탄력 있게 말했다.

이수인 씨는 식사를 끝낸 뒤 다른 볼일을 핑계로 요령껏 자리를 떴다. 역시 장사하는 사람이라서 그런지 눈치 하나는 빨랐다.

호프집으로 자리를 옮긴 뒤, 그동안 어떻게 지냈느냐고 물었다. 대답이 궁금해서가 아니라 왠지 그래야 할 것 같아서였다.

"싱가포르에 있어. 거기서 사업을 하는 오빠가 있거든. 같이 방수제를 팔아."

"외모는 완전 연예인 스타일인데 웬 방수제?"

"응, 베스톤이라고 일본 나가노 현에서 나는 천연제품이야. 시간이 지날수록 콘크리트의 강도도 높여주고 균열을 방지하는 기능도 있어. 콘크리트의 모세 구조를 규산칼슘 겔이라는 게 채워주어 물의 이동을 완전 차단해주는 원리야. 별도 방수가 필요 없는 반영구적인 제품이지. 한국엔 일찍 들어와서 한국사장은 떼돈 벌었어."

"어떻게 그런 사업을 시작했어?"

"오빠가 딜러로 하던 걸 내가 나서서 확 키웠지. 나, 인맥 대단해. 동남아 5개국 판권을 갖고 있는 에이전트거든. 좀 비싸긴 하지만 댐 공사 같은 데는 필수적이라 수입이 대단해."

나는 그녀가 건네는 술잔을 마다치 않고 거뜬히 받아넘겼다. 그리곤 그녀가 무슨 말을 할 때면 고3 때 보충수업 시간보다 더 집중해서 들었다. 그리고 눈을 맞부딪치며 고개를 끄덕인다든가 눈을 깜박거리는 것으로 그녀의 말을 주의 깊게 듣고 있다는 표시를 했다. 그녀가 지루하거나 혹은 자신만이 떠들고 있다는 느낌을 주지 않으려는 배려에서이었다.

"혹시, 결혼은…."

"웬 결혼? 싱글인 거 몰랐어?"

"그만한 미모에 따르는 남자들도 많았을 텐데."

"돈 버느라고 뭐. 몇 번 오빠 소개로 만나보기는 했는데 도대체 아무런 감정도 생기지 않는 거야. 그러다 보니 그냥 친구처럼 되더라. 아마 널 만나려고 그랬나 봐."

탄산음료 기포가 식도를 타고 내려가 가슴 한 부분에서 온몸으로 퍼지는, 알싸한 자극. 그 순간 사랑 고백을 들은 사춘기 소년처럼 가슴이 울렁거리기 시작했다.

"차는 어떤 거 타?"

역시 직업은 못 속인다니까.

"응, 싱가포르에서 벤츠 500 탄다."

그녀가 내게 분에 넘치는 것은 점점 분명해졌다. 역시 비틀림 없이 잘 자란 사람이라는 생각이 들었다. 세상살이에 한 번도 부대껴본 적 없는 온실 속의 화초. 태어날 때부터 성장에 필요한 빛과 수분과 영양을 충분히 공급받은 그들은 언제나 자신과 주위를 환히 밝힌다. 그들이 발산하는 밝음과 화사함에 힘입어 누군가는 스스로의 어둠과 굴절을 몰아내기도 할 것이다.

"이번에 급히 귀국한 것도 유산 때문이야. 아버지가 돌아가셨는데 토지 보상금이 꽤 공탁되어 있어. 전에 엄마 돌아가시고 적적하신 것 같아서 오빠가 과수댁 하나 들였거든? 글쎄 그 여자가 호적에 떡하니 올라 있는 거 아냐? 기가 막혀서. 엄마를 생각해서라도 어떻게…. 게다가 나보고 10억만 받고 떨어지라고 해서 할 수 없이 소송 중이야. 양로원에 기부하는 한이 있더라도 절대로 바보가 될 수는 없어."

술병이 비어가는 것과 속도를 같이하여 나는 비틀거렸고 우리는 하얗게 취해 있었다. 첫눈처럼 하얀 벚꽃 잎들이 분분히 쏟아져 내리고 있었다.

그녀는 언제나 눈부신 존재였다. 그녀를 옆에서 바라볼 수만 있어도 나는 좋았다. 같은 공기를 마시는 같은 도시에 살고 있다고 생각하면 어느새 주체할 수 없이 행복해졌다. 그녀는 시골 남학생들이 밤새 쓴 어설픈 연애편지를 눈앞에서 좍좍 찢어 허공으로 흩뿌렸다.

그녀는 명백히 오만했고, 그 오만은 눈부셨다. 그럴수록 남자아이들은 그녀에게 열광했다. 나 역시 그 무리 중 하나였다. 그녀의 존재는 내 의식을 거의 지배하고 있었고, 시시때때 사사건건 모든 상념의 끝자락은 어김없이 그녀한테 귀결되었다.

기적처럼, 우연히 길에서 그녀에게 우산을 빌려준 적이 있었다. 폭우가 쏟아지던 어느 여름날이었다.

"이거… 쓸래요?"

"네?"하는 표정으로 그녀가 쳐다봤지만 눈을 마주칠 수 없었다. 난 하나 더 있어서…. 거짓말까지 나왔다.

"고마워요."라는 목소리에 심장이 터질 것 같았다.

"방향이 같으면 같이 가실래요?"

그런 말을 들었다. 정말로, 정말로 지금 죽어도 좋다는 생각이 들었다.

"우리 집은 반대방향이라…."

온몸이 떨렸지만 눈을 감고 그대로 내달아 버렸다. 그녀의 집은 같은 방향이었다. 길을 돌아 꼬박 삼십 분을 비를 맞으며 걸어갔다. 그러나 김일성이 죽었을 때보다도 사실 더 기뻤다. 나는 열여덟 살 여드름투성이였다.

선망의 대상이던 그녀가 나같이 평범한 남학생을 기억할 리 없다. 그녀가 스타라면 나는 영화에 출연한 추억으로 평생을 살아가는 엑

스타일 뿐이다. 그렇다고 불만은 없다. 별이 인간을 헤아릴 순 없다. 인간이 별을 헤아릴 뿐이니까. 그런 그녀가 갑자기 내 삶 속으로 또각또각 걸어 들어왔다.

남에게 자랑하지 못하는 수입차나 다이아몬드가 무슨 소용이 있단 말인가? 나는 희수를 친구들에게 자랑하지 못해 거의 안달이 날 지경이었다. 횟집으로, 카페로, 갖은 핑계를 만들어 친구들을 불러내서 희수의 미모와 재력을 과시하는 데 열중했다. 만난 지 17년이나 되었다는 대목에서 친구들은 눈이 휘둥그레지며 입을 다물지 못했다.

"박관우 저거, 왜 장가를 안 가나 했더니 다 꿍꿍이속이 있었던 거야. 이런 미인 제수씨를 숨겨놓고 이제껏 음흉하게 내숭을 떨었다. 이거지?"

그들은 하나같이 영화배우처럼 웃었다. 나와 다른 점이 있다면 그들은 모두 자신 명의의 집이 있고 그 집에는 아내가 있었다. 처가의 도움으로 프랜차이즈 사업을 벌여 성공한 친구도 있었다.

"시청 앞 표지판을 보니 시민이 271만 8,836명이더군요. 그렇담 이곳은 271만 8,835명과 관우 씨가 사는 도시네요."

우리는 자리를 옮겨서 먹고 마셨다. 이제껏 해온 다른 이야기들은 긁고 보니 꽝인 즉석복권처럼 팽개쳐진 지 오래였다.

"제가 같이 사업하자고 그랬어요. 관우 씨와 같이라면 환상의 콤비일 거예요."

이처럼 광채가 나고 능력 있는 여자가 내 옆에 있다는 게 믿어지질 않았다. 어릴 적 점쟁이가 예언했다는 그 우라지게 좋다는 사주대로 이날을 위해 그동안 고생을 했단 말인가?

"그런데 탈모 증세가 있네? M자 형이야."

세상 모든 사람에겐 아니지만, 누군가에겐 정오의 공작처럼 보이고 싶은 순간이 있게 마련이다.

"글쎄, 유전인가 봐. 그래서 고민이야. 가발이라도 쓸까?"

"아직 나이가 있는데, 차라리 짧게 깎는 게 당신한테는 더 어울려. 그리고 모발 이식 수술을 해. 잘 아는 강남 성형외과 원장이 있거든. 서울대 나오셨고. 전화해 볼게."

삼천 모쯤 심으면 만족할 거라고, 가격은 오십 퍼센트 할인이라며.

"맘에 들어?"

귀에 익은 목소리. 나무가 수액을 빨아올리듯 저 심장의 밑바닥으로부터 그리움을 뽀글뽀글 떠오르게 하는 음성. 나지막하지만 귀에 쏙쏙 박히는.

나는 그런 생각을 했다. 이 여자를 위해 당장 죽을 수도 있겠다는.

사랑은 능력이다. 사랑에 빠지는 것은 운명이지만, 빠진 사랑을 지키는 데는 절대적으로 능력이 요구된다. 그렇다면 나의 능력은? 이제 나는 짧은 머리가 어울린다는 당위성을 부여받은 셈이다. 눈에 보이는 미장원으로 대뜸 들어갔다.

"바리깡으로 확 밀어주세요."

"후회하실 텐데요?"

"괜찮으니까 얼른 밀어주세요."

나는 선생님께 칭찬받기를 기대하는 어린아이의 말투로 말했다. 거울을 보니 교도소에서 갓 출소한 사람처럼 보였다. 그래도 나는 행복해서 웃음이 절로 나왔다.

"어머머, 그래도 너무 짧게 깎았다. 말을 했어야지이……. 그나저나 돈 가진 것 좀 있어? 변호사한테 연락이 왔는데, 얼마 후면 판결인데 사례금을 미리 달라는 거야. 내가 지금 현금 갖고 있는 게 없잖아. 우선 돌려줘 봐."

"에이, 내가 그런 돈이 어디 있어?"

대답이 용수철처럼 튀어나왔다. 용수철은 저쪽에도 있었다.

"신용 하나로 살았다며? 그럼 대출받으면 되지? 내가 임시로 쓰고 있는 당신 체크카드 있지? 그 계좌로 보내면 돼. 그 대신 우리 피서 같이 가자."

감출 수 없는 생의 에너지가 정오의 분수처럼 뿜어져 나오고 구르는 돌멩이도 생기가 충만했다.

사랑은 소중하게 다루지 않으면 안 돼. 소중하게 다루지 않으면 아름다운 사랑은 망가져 버릴지도 몰라. 사랑하는 사람을 다시 만나는 시간은 아무리 빨리 돌아와도 늦은 거야. 그렇게 지루한 시간을 나는 견디어냈어.

근로소득 원천징수표, 급여통장, 신용정보조회 동의서…. 웬 서류는 이렇게 많은지. 마이너스통장, 카드론, 캐피탈을 거쳐 저축은행, 대부업체까지 서류를 팩스로 보내느라 눈코 뜰 새 없이 바빠지고 나서야 간신히 부탁한 금액을 맞출 수 있었다.

　얼굴에 와 닿는 바람이 삽 삽 했다. 고속도로에 진입하자 요란한 소리를 내며 달리는 빨간색 스포츠카를 가리키며 희수가 말했다.

　"방금 우리를 추월해 간 저 차를 봐. 다시 차선을 바꾸어서 위험하게 트럭을 추월하고. 저러면 무척 빠를 것 같지? 하지만 저렇게 지그재그로 곡예 운전해서 앞서간 차가 다음 톨게이트에 가보면 겨우 거기 서 있는 거야. 그 차의 운전자는 모를 거야. 자기는 약삭빠르게 한참이나 앞서간다고 생각했을 테니까. 그게 아니라면 어쩌면 위반 자체를 즐기고 있는지도 모르지. 위반이 어떤 성공보다도 강렬한 성취감을 동반할 수도 있거든. 세상이라는 거, 어쩌면 고속도로 같은 건지도 몰라."

　고속도로는 점점 정체가 심해졌다. 거북이걸음을 반복하다 보니 조수석이 깔아뭉개진 차가 전복되어 있었다. 앞 유리창이 박살이 난 채로 찌그러진 차의 운전자가, 휴대폰으로 어디론가 계속 연락하는 모습이 보였다.

　쏟아진 유리 조각들이 햇빛을 받아 마치 다이아몬드처럼 황홀하게 빛나고 있었다. 어찌하여 깨진 것들이 성한 것들보다 더 빛나는 것일까. 구급차는 오지 않고 렉카만 다섯 대가 보였다.

　파도소리가 들리는 펜션에서 희수는 부끄러워했다. 그녀의 껍질을 하나씩 벗겨낼 때 숨죽이는 모습에 난 역시 어설프고 서툴렀다.

　두 사람의 몸이 하나의 심장이 되어 뜨겁게 타오르는 일은 분명

마력이었다. 그녀의 몸은 아득했고 저쪽 끝에 흐린 등불이 하나 켜져 있는 듯도 했다. 나는 그 길 속으로 들어갔고, 투항하듯이 무너졌다.

희수가 나의 머리를 안았다.

"어땠어? 좁아서 꼭 끼었는데, 아주 넓어서 닿을 수 없을 것도 같았어. 이상하지? 너무나 좋고 이상해. 넌 어땠니?"

"난 꽉 찼는데, 텅 비어서 허허로운 것도 같았어. 좋고 안타까웠어."

그랬구나. 둘이 똑같았구나.

휴일마다 어김없이 가던 요양원을 희수를 만나고 나서부터는 가을이 다 되도록 못 가보았다. 이번 주말에 꼭 같이 가야겠다고 생각할 때 어머님이 돌아가셨다는 전화를 받았다. 지병인 협심증과 고혈압이 있었다고는 하나, 일흔둘의 나이에 세상을 등진다는 건 너무 애석한 일이었다. 고통 없이 주무시다 운명하셨다는 요양사의 말이 그나마 위로가 되었다. 희수는 부득부득 장례식에 같이 가겠다고 우겼다.

가을은 찬란한 빛을 뿌리고 있었다. 나뭇잎이 단풍드는 것은 엽록소의 생명이 다해 푸른빛이 떠나기 때문이라고 한다. 생명의 환이 소멸된 자리가 불꽃이 튀어 오르듯 아름다운 것은 또 어떤 비의인지.

마을 이장인 숙부는 우리를 번갈아 보았고 나는 쭈뼛거렸다.

"결혼할 사람이냐?"

나는 기어들어 가는 목소리로 그렇다고 했다.

"상복 입히거라. 진작 데리고 왔으면 네 엄마가 얼마나 좋아하셨을까."

빈소 옆에 세워진 화한의 흰 국화꽃들은 삼가 고인의 명복을 빌기에 열중하고 있었다. 장례식은 적당히 엄숙했고 적당히 번잡했다. 죽음은 슬프지 않으며 슬픈 것은 슬픔뿐이다. 어쩌면 떠나보내는 슬픔보다도 남아있는 자신의 처지가 더 슬퍼서 우는 것일지도 모르겠다.

검은 한복에 흰 버선과 하얀 동정, 큰 키의 그녀는 우아했다. 사뿐사뿐 걷는 그녀를 보니 군계일학(群鷄一鶴)이라는 단어가 절로 떠올랐다.

희수는 역시 전천후였다. 내가 해야 할 일들을 요모조모 알려주는 게 꼭 상조회사에서 나온 사람 같았다. 나는 상을 당한 사람이 아니라 조문객처럼 느껴졌고 가끔 히죽거리기까지 했다. 나는 울음이 나오지 않아 민망했는데 희수는 꺼이꺼이 곡도 구성지게 잘했다. 며느릿감이 아주 미인이고 효부라는 말들이 심심치 않게 들렸다. 희수는 어른들의 존칭도 금세 기억해 살갑게 불러드리고 여러모로 신경을 써 드려서 금세 분위기를 휘어잡았다. 내가 한밤중에 찰떡이 먹고 싶다면 당장에 찹쌀이라도 빻아 떡을 쪄줄 여자였다.

어른들은 탈상하고 바로 혼인 날짜를 잡으라고 했다.

"당신 어깨가 좀 휘었어. 이제 어깨 좀 확 펴고 살아봐. 내가 있잖아."

그 말은 그동안 내 몸을 묶고 있던 단단한 밧줄을 풀어내고 있었다. 나는 스르륵 풀리는 밧줄의 느낌에 몸을 흠칫 떨었다.

"능력 부족에 대한 자격지심 때문인가 봐. 인물도 스펙도 없지, 게다가 물려받을 유산이나 개인 사업을 할 만한 자본도 없고, 그저 월급쟁이로 살아가야 하는 자신에 대한 지겨움에 생각이 미치면 사는 게 무슨 장애물 경주만 같았어. 하지만 이제라도 널 만나서 다행이야."

희수는 삼우제도 지내기 전 싱가포르에서 중요한 손님이 왔다면서 급히 서울로 떠나갔다. 안갯속 고속도로로 택시는 줄행랑을 놓듯 파묻혀 갔다.

차원의 경계에서 일어나는 순간적 소멸, 그런 것 같았다.

무심코 내다본 하늘은 수상했다. 맑던 하늘에 먹구름이 덮치더니 해를 가리고 우박이 쏟아졌다. 우박이 퍼붓기까지는 채 오 분도 되지 않은 짧은 시간 안에 이루어졌다. 모든 게 한순간에 달라질 수 있다는 것. 삶도 또한 그렇게 갑자기 변할 수 있는 것일까.

희수의 휴대전화는 계속 꺼져 있었다. 게다가 이런저런 장례비용도 계산하지 않고 조의금을 몽땅 받아갔다는 것을 숙부로부터 들었다.

"도무지 조카자식 키운 공이 없구나. 네 아버지도 염치 좋게 제삿밥만 날름날름 받아먹었지 뭐냐. 귀신도 아무 쓸모가 없다니까."

세상일이란 기대와 진행 결과가 다를 때가 많이 있다. 그게 인생이라지만 정말 고통이 무엇인지 알게 된 것은 그녀로부터 연락이 끊긴 이후였다. 가슴은 찢어지고 영혼은 산산조각이 나는 것 같았다. 나락으로 떨어져 내려가는 추락의 속도감 속에서 나는 비틀거렸다. 그리고 꿈같은 이야기를 들었다.

희수가 내 친구들을 전부 찾아다녔던 것이다. 싱가포르에 골프와 호텔을 예약해 놓을 테니 부담 없이 놀러 오라며, 싱가포르에서 송금된 돈이 웨이팅이 걸려서 찾을 수 없으니 돈 좀 돌려달라는 얘기였다. 상중인 관우 씨나 다른 친구들에게는 절대 얘기하지 말라고, 자기를 얼마나 우습게 보겠느냐고 공범의식까지 심어주면서.

그들은 아마 수상쩍은 미소를 난수표처럼 서로 주고받았으리라.

약속한 날이 지나도 입금이 되지 않자 미심쩍은 생각에 친구들끼리 연락해 보니 여덟 명 모두가 피해자였다. 이용했던 휴대전화는 그중 한 친구의 휴대전화기로 밝혀졌다. 영업상 휴대전화를 두 개 가지고 있는 친구인데, "제가 비싼 전화를 쓰고 있으니 며칠만 쓰면 안 돼요?" 해서 별생각 없이 빌려줬다는 얘기였다. 마치 짜고 치는 고스톱판에 나만 멋모르고 불려 나가 앉아 있었던 기분이었다.

그녀가 내가 알았던 사람 중 가장 고결한 사람이길 바랬다. 하지만 인제 보니 발밑의 덫에 걸린 꼴이었다. 스스로 놓은 덫, 그래서 더욱 치명적인.

누구나 한두 가지의 재능은 타고나는 모양이다. 성장하는 과정에서, 뼈와 살갗에 스며들고 길들여진 삶의 방편 같은 것. 하지만 어쩌면 그렇게 완벽할 수 있었을까? 희수는 이미 수배 중이었다. 나

혼자만 절절한 러브스토리였지 드라마 소재도 되지 않을 흔해빠진 삼류 스토리였다.

사랑도 게임이라면 이건 페어플레이가 아니다. 아니, 사랑이 욕망의 또 다른 이름이라는 사실을 내가 잠시 잊고 있었을 뿐이다. 모든 인간은 무엇인가를 끝없이 소유하려 하고, 얻은 것을 지키려 애쓴다. 욕망 자체가 결핍에서 비롯된다면 나의 결핍이 무엇인지 잘 알고 있었다. 신기루엔 보는 사람이 원하는 환영만 떠오른다고 하지 않는가.

많은 이들이 나에게 착하다고 말했고 법 없이도 살 사람이라고 했다. 나는 신호위반도 하지 않으며 규정 속도를 준수했고 고속도로에서 갓길운행 같은 것도 하지 않았다. 그러나 사랑은 교통사고처럼 닥쳐왔지만 이별은 보험처리처럼 지지부진하기만 했다.

마음속에 이름 붙일 수 없는 감정들이 지나치게 많이 엉겨 있었다. 그 감정이 어떤 것인지, 무엇인지, 정확히 이름을 붙일 수만 있다면 그것이 외로움이든 슬픔이든, 미움이든 견뎌낼 수 있을 것 같았다.

뜨거운 커피에 얼음을 넣어서 마시고 싶었다. 차가움과 뜨거움이 동시에 느껴지는 그런 커피. 갈피를 잡을 수 없는 내 속에 그런 뜨거움과 차가움이 제각각의 온도를 유지한 채 엉겨 있었다.

그녀와의 모든 기억을 키 하나만 누르면 흔적도 없이 지워지는 컴퓨터의 파일처럼 그렇게 지워 버리고 싶었다.

그러나 슬픔보다 더 강하게 나를 압박한 건 빚이었다. 난 연인을 잃은 슬픈 남자보다 갚지 못한 빚에 대한 내용증명의 수취인이었으며 민사소송의 출두 요구서에 찍힌 피고였다. 역시 자동차나 여자나 좋은 것은 비싸다는 것과 한번 소유했다고 영원히 내 것이 되는 것은 아니라는 걸 깨달았다.

고통을 통과해 본 영혼만이 그만큼 깊어지는 삶의 깊이를 느낄 수 있을까? 이제 울적할 때면 다른 생각을 하지 않으려고 노래를 불렀다.

"오빠 강남 스타일, 강남 스타일. 낮에는 따사로운 인간적인 여자… 밤이면 심장이 뜨거워지는 여자, 그런 반전 있는 여자….”

싸이는 전용기를 타는 세계적인 스타가 됐다던데, 한국 대통령은 몰라도 가수 싸이는 세계가 다 안다니….

나의 구형 소나타는 늙은 말처럼 풀썩 주저앉은 채, 도저히 시동이 걸리지 않았다. 배터리까지 방전되어 도로를 따라 걷기 시작했다. 분주히 가을이 지고 있어 거리엔 플라타너스 낙엽들이 뒹굴고 있었다. 가로수 잎은 독촉 고지서처럼 거리로 투둑, 떨어져 내렸다.

친구들이 기다리는 식당 이 층으로 올라가자 그들 사이의 대화가 끊어지고 술 마시는 소리, 안주 뒤적이는 소리들이 들려왔다. 안으로 들어서려는데 목소리가 들려왔다.

"짜식은 어떻게, 그따위 여자를 우리한테 데려 오냐?”

"우린 박관우 통장으로 보냈으니까 당연히 박관우가 해결해야 돼!"

아무리 독한 잔이라도 내 앞에 놓였다면 어차피 마셔야 할 터였다. 그러나 그들의 상식을 깨뜨리고 싶은 충동을 느꼈다. 너희들의 시야가 얼마나 좁은지, 그 시선은 얼마나 오류를 범하기 쉬운 것인지 보여주고 싶었다. 하지만 그들은 당장에라도 물을 뿜을 준비를 갖추고 있는 소방관이었고 나는 물줄기를 피하려고 전전긍긍하는 생쥐의 꼴이었다.

그 순간, 어릴 적 놀이 때처럼 한번 크게 외쳐보고 싶었다.

"자, 지금부터 바꿔서, 반대로!"

그들은 A4 용지 수십 장 분량으로 써도 모자랄 것 같은 나에 대한 말을 단 한 단어로 압축했다.

병신.

나는 발소리를 죽이며 힘없이 돌아서야만 했다. 미닫이문 건너편에서 호기심과 흥미로 반짝거리고 있을 눈들, 바깥에 널려있는 구두 짝들과 정확하게 똑같은 숫자의 눈들이 떠올랐기 때문이었다. 만약 지금 문을 연다면 그 여러 개의 눈들이 내 얼굴을 향하여 일제히 빛을 뿜을 것 같았다. 나는 돌아서기 전에 고개를 숙여서 구두의 수를 세어 보았다. 검은색 계통의 것이 열두 개, 갈색 계통의 것이 네개. 나는 되돌아서면서 그것들 중 가장 가까이 있는 것을 세게 짓밟았다. 내가 할 수 있는 것은 고작 그 정도뿐이었다.

달려오던 자동차의 전조등 빛살이 내 얼굴을 강타하고 지나갔다. 나는 너무나 지쳐 있었다. 취한 사람이 운전하는 자동차의 라이트 불빛처럼 나의 발걸음은 좌우로 심하게 흔들렸다. 걸으면서도 수시로 브레이크를 밟거나 핸들을 급하게 꺾어야만 했다.

지쳐 돌아온 낡은 빌라에는, 수십 개의 가스통과 연결호스가 무질서하게 방치돼 있어 폭발물 벨트를 온몸에 휘감고 있는 알 카에다 조직원처럼 비장해 보였다. 나는 침대 속으로 기어들어 간다. 그리고 이불을 뒤집어쓴 채 어깨를 들먹인다.

아고라 억울 난에 이야기를 올렸다. 나 같은 피해자가 없어야 한다는 생각에서였다. 같이 찍은 사진을 보니, 사진 속의 나는 바다를 뒤로 한 채 활짝 웃고 있었다. 도대체 근심과 고통이 뭔지 모르는 푼수처럼.

이튿날, 하루 만에 무려 5만 7천 명이 조회한 게 아닌가! 일주일 내내 검색어 순위 1위였다. 댓글들도 다양했다. 성금을 모아 현상금을 걸자는 사람들도 있었고, 전국의 대형 전광판에 공개 수배하자는 다혈질도 있었다. 사진 속 여자를 역삼동의 여성전용 찜질방에서 보았다는 신빙성 있는 제보도 있었지만 구태여 찾으려 하지 않았다. 어차피 돌이키거나 변경시킬 수 없는 과거일 뿐이었다.

그런데 이게 웬일인가? 갑자기 전국에서 나에게 차를 사겠다며 벌 떼처럼 연락이 오기 시작한 것이다. 내 사연에 공감한 사람들의 대대적인 홍보 덕분이었다. 지점장은 조회 때마다 칭찬하는 것으로는 모자랐던지, 그 짠돌이가 내게 양복을 한 벌 선물하기도 했다.

택시회사 사장은, 차량 십여 대를 내게 계약하며 희망을 잃지 말라고 격려하여 주기까지도 했다. 실적란의 빨간 그래프는 이미 상한선까지 꽉 차 두 줄째 올라가고 있었다.

지점장 말대로 어쩌면 내가 올해의 판매왕이 될지도 모를 일이다. 연봉 이억에 해외여행까지, 상상만 해도 즐거운 일이다. 정말 이처럼 간단하게 꿈이 이루어져도 괜찮은 것일까. 아니 이렇게 쉽게 이루어지는 수도 있기는 한 걸까?

에쿠스 인도시각을 맞추느라 고속도로에서 갓길로 이리저리 빠져다니며 밟아댔더니 계기판이 200km를 훌쩍 넘었다. 스릴이 괜찮았다. 경험해 보지 못했던 새로운 흥분의 세계였다. 엔진에서 터져 나오는 거친 심장의 박동 소리, 달아오른 보닛 위로 피어오르는 땀방울, 빛을 뿜어내는 유리 이빨, 번쩍이는 금속의 피부, 전신에 이는 힘과 속도의 전율! 이제 느린 것은 도태될 뿐이다.

이제껏 살던 세상의 선을 벗어나고 싶다는 유혹에 빠져들었다. 범접할 수 없는 금단의 열매에 손을 뻗치고 싶은 것처럼. 들어가지 말라는 잔디밭을 밟아보고 싶은 것처럼, 좁고 견고한 철망 사이에 손가락을 넣어 빠르게 회전하는 선풍기의 날개를 만지고 싶은 것처럼 탈선의 욕구가 굼실굼실 올라왔다. 정체를 알 수 없는 용기와 위반에 대한 충동이었다.

신호대기 중에 교통신호 제어기라고 씌어져 있는 박스를 쳐다보았다. 갑자기 그 박스를 열어 그 안에 얽혀 있는 전선들을 몽땅 잘라내고 싶은 충동에 사로잡혔다.

이제 흐릿하기만 하던 입구가 하이패스처럼 선명하게 다가온다.

폭설이 도로 턱에 쌓이고 눈이 아스팔트 길을 빙판으로 만들어도 나는 춥지 않았고 불행하지도 않았다. 기록적인 눈이 온 이유는 따스한 기온과 찬 기온이 만나 두 개의 에너지가 부딪히면서 눈 폭탄이라는 또 다른 형태의 에너지를 창조한 것이라고 한다. 삶도 절망이든 희망이든 상충하고 부딪히면서 새로운 에너지가 되고 또 하나의 가능성이 된다.

심장을 걸 수 있을 만큼 지독한 사랑도 꿈꾸지 않는다. 아무리 대단한 사랑도 그 끝이 어떻게 될지는 알 수 없다. 그러나 이제 내 방식대로의 연애를 시작하게 될지도 모른다.

호텔 로비로 들어서자 여자들의 말소리가 들렸다.

"저 남자 봐, 어머 끝내준다."

"어디? 어머나, 조각 같아. 세상에!"

"어머, 저 야생마 같은 머리 좀 봐. 모델이야? 배우야?"

삼삼오오 모여 있던 여자들이 하나같이 감탄사를 내뱉었다. 나는 옅은 하늘색 체크무늬 셔츠 위로 짙은 남색 슈트를 걸친 내 모습을 거울에 슬쩍 비춰보았다. 여자들의 관심을 한눈에 받고 있다는 것을 안다는 듯 자신감이 넘쳐흘렀다.

"잘생기긴 정말 잘생겼다. 럭셔리해. 웬일이야?"

"우와, 저 기럭지 좀 봐. 키가 180은 훨씬 넘겠어."

여자들의 수다를 못들은 체 방금 패션 화보에서 빠져나온 것 같이 당당하게 걸어 커피숍으로 향했다.

창밖에 여자가 카키색 페라리를 주차하는 게 보였다. 가운데는 잘

록하고 양쪽 끝은 봉긋 솟은 보닛, 곤충의 눈을 연상시키는 유선형 헤드라이트, 차체에 파충류 같은 느낌을 주는 공격적인 그릴.

부모가 삼풍백화점 건물더미에 깔려 죽어 갑자기 상속자가 됐다는 여자였다. 작은 얼굴과 흰 피부가 귀염성 있는 얼굴이지만 치켜 올라간 듯한 눈매가 도발적이다.

"인상이 좀 강해 보여요. 강남에 잘 아는 성형외과 원장이 있거든요? 서울대 나오셨고. 저도… 사실 얼굴에 투자 좀 했거든요. 같이 가면 아마 50% 할인은 될 거에요. 어때요?"

여자는 게임기를 선물 받은 어린아이처럼 얼굴이 환해졌다.

"숙부가 교포 신데 얼마 전에 돌아가셔서 유산문제로 소송 중이거든요. 상속받는 거, 복잡하고 비용 많이 드는 거 아시잖아요? 얼마 후면 판결인데, 변호사가 사례금을 먼저 달라는 거예요. 혜미 씨 같은 분이 도와주신다면야 더 바랄 게 없죠."

빨대를 타고 세차게 올라온 주스가 꿀꺽 넘어가는 소리가 역력히 들렸다. 나는 확신할 수 있었다. 여자의 온 신경이 내게 향해 있음을.

"세상에는 두 종류의 남자가 있죠. 착하고 재미없는 남자와 나쁘고 재미있는 남자. 통계자료를 보면 여자들의 대부분이 나쁜 남자에게 끌린다더군요. 당신은 남 주기엔 정말 아까운 남자예요."

최신형 재규어 XF가 고속도로를 질주하고 있다. 흰색가죽, 월넛 벌 무늬목, 브러시드 알루미늄 같은 내장재로 격조 있게 꾸며진 차

실내는 편안하고 안락한 느낌이다.

조수석에 다소곳이 앉은 여자는 눈부시게 새하얀 피부, 도도한 코, 튤립 같은 입술. 모든 남자들을 사로잡을 만큼 예쁜 여자였다.

"이 차에 타신 분 중에는 제일 미인이신 것 같습니다. 이런 미인을 만났다는 건 우리 밀양박씨 문중의 영광이죠. 이건 틀림없이 내가 전생에 나라를 구했거나 삼대에 걸쳐 공덕을 쌓았기 때문일 겁니다."

여자가 하아, 웃었다. 촛불이 바람에 흔들리는 듯한 웃음.

여자가 선글라스를 벗어 닦는다. 날렵한 뿔테는 그녀의 갸름한 얼굴에 잘 어울린다. 안경을 썼을 때와는 또 다른 느낌이다. 맑고 빛나는 눈. 잘나가는 펀드 매니저라는 것이 딱 맞아 떨어지는 분위기이다.

"연예 기획사, 요즘 계속 상한가 때리는 거 아시죠? 한류 스타들이 인기가 장난이 아니거든요. 이번 투자로 우리 자주 만나야 할 것 같아요."

나는 코스 요리를 즐기는 사람처럼 천천히 여자의 시선을 음미하기 시작했다.

이때 「개선행진곡」이 들려왔다. 누군가 내게 할 말이 있다는 신호.

"아, 박 대표! 어제 TV 봤어? 토크쇼에 그 여자가 나왔더라고. 네가 만나던 희수라던 여자. 글쎄, 그 여자가 수지 최라고 하면서 연예계 스타제조 매니저로 나왔더라고. 얼굴도 몰라보게 달라졌더라. 탤런트 뺨치게 예뻐져서 못 알아볼 뻔했어. 관우야, 네가 한번 만나봐야 하는 거 아니냐?"

"아, 내가 고속도로 운행 중이니 휴게소에서 전화하지."

슬며시 휴대전화를 진동으로 바꿨다.

휴게소에는 여자와 질투심도 함께 도착했다.

"커피라도 드실래요?"

"어머, 아니에요. 제가 갔다 올게요. 그냥 통화나 하세요. 아메리카노? 카푸치노?"

여자는 아예 친절해 보이려는 태도가 프로그래밍 되어 있는 사람처럼 굴었다. 여자가 종종걸음으로 사라지자 통화 버튼을 눌렀다.

"수지 최, 우리 부사장이야. 나와 환상의 콤비라고 아주 난리들이야. 놀래기는? 그러니까 너희들은 여전히 이 사회의 변두리일 뿐이지. 중심에 올라서서 보면 모든 게 서로 통하게 되어 있더라. 열심히 해라. 또 어려운 일 있으면 부탁하고."

볼륨을 죽여 놨던 오디오를 다시 살렸다. 피프티 센트의 'P.I.M.P.' 가 흘러나와 차 안을 채우기 시작했다. 볼륨을 한껏 올렸다. 하만-카돈 사운드 시스템으로 피프티 센트를 들으며 드라이브해본 사람은 인생에서 결코 포기할 수 없는 자유를 한 가지 더 갖게 되는 법이다.

여자는 커피를 든 채 환하게 웃고 서 있었다. 가지런하고 하얀 치아가 돋보였다.

"이제, 모험의 세계를 향해 한 번 달려 볼까요?"

재규어는 폭발하는 소음과 함께 전속력으로 질주하기 시작했다.

04

언리미티드 파워
(Unlimited Power)

속에서는 울화가 끓는
기름처럼 지글거리고 있었다.
내 손에 총이 쥐어져 있었더라면 아마 영감의 관자놀이에
대고 주저 없이 방아쇠를 당겼을 것이다.

히틀러, 클레오파트라, 헤밍웨이, 최진실, 장국영…. 이들의 공통점은 모두 자살한 사람들이라는 것이다. 자살은 인간이 할 수 있는 최고의 반항이다. 죽음을 스스로 선택해서 신에게, 운명에게, 그리고 세상에게 대항하는 것이다.

내가 그들을 따라 죽는 이유도 유서를 쓸 때마다 달랐다. 사랑하는 모든 사람들에게 잊혀 져서 죽고, 어떤 날은 지루해서 죽었고, 그리고 대부분은 나를 받아주지 않는 사회에 대한 분노를 표시하기 위해 죽었다. 마지막 이유는 언제나 마음에 들었다. 죽음에 대한 상상은, 권태와 나른함 따위를 잠시 소멸시키는 힘을 가지고 있었다. 죽는다고 생각하면 세상은 별 것 아닌 게 돼버리기 때문이다. 그렇게 유서를 쓰고 나서 반듯하게 누워 죽은 사람인 양 굴어보기도 했다. 40분마다 한 명씩 스스로 목숨을 끊는다고 하니 그사이에 또 한

명이 목숨을 끊는 데 성공했을 것이다. 그러나 자살을 실행하지는 않았다. 내가 자살하면 남은 사람들이 그 이유를 시시콜콜 파헤칠 것 같아 싫었다. 죽음은 사자의 비리와 치부 따위를 변호권 없는 그의 수중에서 탈취하니까. 그래서 자살한 인간만큼 남들 앞에 어이없고 적나라하게 까발려지는 일은 없다.

죽고 싶다는 것은 살고 싶다는 욕망의 역설이 아니던가. 이렇게 패배자로는 죽을 수 없다, 그렇게 다짐해 놓고 거울 속의 나를 냉소적인 시선으로 응시하곤 했다. 그러다가 혼곤히 졸음이 찾아오기도 했다. 하지만 지금 이 순간에도 법무부 시계는 착실하게 돌아가고 있을 것이다.

높은 담장과 날카로운 철조망, 열성 유전자들의 집합소, 범죄의 학교. 이곳에서 하는 대화를 듣고 있자니 수화를 나누고 있는 벙어리들 틈에 끼어 있는 기분이다. 진부한 음담패설과 시시껄렁한 삼류소설과 분리수거도 하지 않은 쓰레기 같은 얘기가 전부다. 그런 얘기들을 나누고 있는 게 참을 수 없는 지루함을 견디기 위해서겠지만. 이곳에선 무엇에든 집착해서 시간을 때워야만 했다.

10월 1일은 국군의 날, 2일은 노인의 날, 3일은 개천절이고 5일은 이름도 생소한 세계 한인의 날, 8일은 재향군인의 날이고, 9일은 한글날, 10일은 임산부의 날(이런 날도 있었나?), 15일은 체육의 날. 17일은 국제 신협의 날, 19일은 문화의 날, 21일은 경찰의 날, 24일은 국제 연합일이요 25일은 독도의 날(언제 생겼지?) 27일은 적십자의 날과 저축의 날이고 28일은 가석방이 제일 많은 교정의 날이다.

어제는 교도관 직급을 외웠고 오늘은 경찰 차례였다. 순경, 경장, 경사, 경위, 경감, 경정, 총경, 경무관, 치안감, 치안정감, 치안총감. 그러나 이런 걸 외운다고 빨리 석방시켜주지도 않을 텐데, 모두가 헛된 일일 뿐이다.

동료들은 자나 깨나 부모님 건강 걱정으로 시작해서 결국은 돈을 보내 달라는 이야기로 끝내는 편지를 쓰거나, 복덕방 영감들처럼 토닥토닥 말싸움을 하고 있다.

오늘의 논쟁은 고향이다. 고향에서 서로를 안다는 것은 약점을 낱낱이 파악하고 있다는 뜻이다. 막노동부터 다시 시작할 수 있는 타향보다도 훨씬 냉혹한 곳, 비단옷을 입지 않으면 돌아갈 수 없는 곳, 예수까지도 환영받을 수 없는 곳. 나에게 고향이란 바로 그런 곳이다.

내내 말수가 없던 홍이 한마디 거들고 나선다.

"나는 고향이 없어. 추억 속에 있을 뿐이야. 하지만 고향은 뻐꾸기 둥지 같은 거야. 뻐꾸기가 둥지 트는 것 봤어? 뻐꾸기는 다른 새 둥지에 탁란을 한단 말이야. 부화된 뻐꾸기 새끼는 저보다 훨씬 작은 딱새 알이나 새끼들을 잔인하게도 모두 둥지 아래로 떨어뜨려 죽인 후에 혼자만 먹이를 독차지하지. 그렇게 딱새가 뻐꾸기를 제 새끼인 줄 알고 키워 놓으면 어느 날 훌쩍 날아가 버리고 마는 게 뻐꾸기의 생리야."

갸름한 윤곽과 두꺼운 입술, 오만하게 들어 올려진 각진 턱과 중간에서 흐려지는 코의 선들. 도수 높은 안경에 늘 냉정하고 침착한 그였다. 그에게 감정이나 추억을 숫자로 표현하라고 한다면 어떤 복잡한 공식을 통해서라도 소수점 이하까지 표시된 명쾌한 정답을 제시할 것만 같은 사람이다.

"아프리카 초원은 아름다운 것 같지. 그러나 초원엔 얼룩말 같은 초식동물도 있고 그것들을 잡아먹고 사는 하이에나나 사자 같은 육식동물도 있어. 강한 게 약한 것을 잡아먹고 사는 게 자연의 법칙인 거야. 인간 세상이라고 해서 다를 것 하나도 없어. 똑똑한 놈이 저보다 약한 놈을 이용하는 것이 세상 이치야. 여기도 돈 있는 놈, 빽있는 놈은 이리저리 다 빠져나가고, 남의 새끼나 키우는 딱새 같은 돌대가리나 처박혀 썩고 있게 마련이지. 몇십억을 꿀꺽한 주범인 회장이라는 놈은, 십 년은 받을 줄 알았더니 뒷돈 몇억 썼다는데 집행유예로 버젓이 나가더라. 억지로 떠맡긴 콘도 하나 얻은 지점장은 징역 3년이고 나는 2년 6월이라니 좆이 법이지. 부장검사까지 했다는 내 변호사가 그러더라. 삶에 회의를 느껴 법조계를 아예 떠나고 싶다고. 세상에서 제일 정직한 게 뇌물이야. 뇌물만큼 정직한 게 없어. 소금 먹은 놈이 물켜는 법이거든. 소금 먹는 걸 보고 가는 길에 물 떠놓고 있으면 어김없이 그 물 먹고 가게 되어있어. 그러니까 세상에선 돈이 최고야. 돈을 이길 수는 없어. 어차피 인간은 돈의 노예이고 돈만이 인간을 자유롭게 하지. 가난뱅이가 가난 좋아하는 거 봤어? 부자들이 한때 가난했던 걸 부풀려서 자랑거리로 삼지. 말로야 희망을 잃지 말라고 하지만 그거야 원, 굶주림에 죽어가는 어린이에게 마음의 양식을 먹으며 이상을 높이 품으라는 얘기와 같은 거지. 흔히들 돈은 있다가도 없고 없다가도 있다고들 하지? 웃기고 있네. 있는 놈은 계속 있고 없는 놈은 계속 없는 거야. 여기서 나가면 말이야, 나는 분명히 돈으로 원수를 갚을 거야. 그리고 무슨 일이 있어도 교도소 따위에는 다시 들어오지 않을 거야."

나는 지금 어디에 있는가? 쫓기는 누우 떼 속에 내 모습이 보인다. 헐떡이며, 비틀거리며 어디로 달려가고 있는가? 나는 왜 육식 동물이 되지 못하고 쫓기는 초식동물로 태어났을까?

신보다 위에 존재하는 것이 자본이다. 산다는 것은 자본의 욕망에 순응하는 행위이다. 자본의 욕망에서 해방된 공간이란 어디에도 없다. 이윤 추구의 무한정한 목적을 향해 질주하는 자본은 한번 트랙을 벗어난 자는 아예 내처 버린다. 나는 게임에서 탈락하였어. 내 앞엔 온통 빨간색 정지 신호들 뿐이라고.

나는 이제 해지되었어. 내 삶의 계좌번호와 비밀번호, 그 모든 것들에서.

뜰엔 정오의 햇살이 가득했다. 여름 꽃밭에 수국과 달리아가 어우러져 있었고 꽃의 색은 더 요요해졌다. 활짝 벌어진 꽃잎은 한껏 피어나는 열망으로 뜨겁고, 벌과 나비는 꽃술 깊이 대롱을 박고 꿀을 찾는 중이었다.

꽃잎은 한껏 벌어져 짙은 빛의 속살을 보이고 있었고, 피어나고자 하는 열망으로 조심스럽게 몸을 떠는 듯했다.

나는 아버지의 눈길이 머물던 곳을 편안하게 바라보았다. 나이 먹은 이들은 삶에 생기를 불어넣을 추억의 조각을 찾기 위해 기억을 뒤적인다. 고요하고 따뜻하고 부드러운 시간 속으로.

낡은 자전거가 보였다. 아버지의 자전거였다. 레저라는 말이 수입되기 전 자전거는 유복한 유년의 상징이었다. 자전거를 가진 아이와 자전거를 갖지 못한 아이. 내 눈에 세상의 아이들은 두 부류로 나뉘었다. 자전거를 갖지 못한 아이들은 자전거가 있는 아이들의 환심을 사기 위해 몸을 꽈배기처럼 배배 꼬았다. 자발적 아첨은 자전거를 한번 얻어 탈 수 있는 기회와 교환되었다.

아버지의 자전거를 자유자재로 탈 수 있게 되었을 때, 소년은 더는 소년이 아니었다. 서점과 극장을 다니게 하고, 또 다른 세상을 꿈꾸게 했던 아버지의 자전거.

장갑을 끼고 자전거를 닦기 시작했다. 마당에서 자전거를 끌고 다니자 백미러에 반사되는 빛은 마룻바닥을 지나 재빠르게 천정으로 벽으로 탁구공처럼 옮겨 다녔다. 아버지가 눈을 찡그리시며 너털웃음을 지으셨다.

나는 안동김씨 좌찬성공파의 종손임을 한시도 잊지 않고 살아왔으며, 결심을 굳힌 게 확실함을 피력했다.

사나이로 태어나 평생을 이렇게 분필 가루나 마시며 숨 한번 크게 못 쉬고, 조상님들 뵐 면목 없이 살 수는 없다는 다짐이었다. 한 살이라도 젊은 나이에 창업해야겠다는 생각으로 아버지를 설득하기 시작했다.

어머니는 대뜸 반대부터 했다. 안정된 직업을 놔두고 웬 뚱딴지같은 소리냐고, 사업은 아무나 하는 게 아니라고 목청을 높이셨다.

하지만 난 아버지를 정면으로 바라보며 조목조목 설명했다. 이 기막힌 창업을 하기 위해 한 학기도 놓치지 않고 장학금을 받으며 대학을 나왔고, 친구도 사귀고, 사회 물정을 배웠다고.

새로운 인생을 열어갈 지혜와 의지가 갖추어져 있음을 여러 각도에서 과시했다. 결혼도 사업이 성공한 뒤에 하겠다고 약속했다.

나의 의도는 적중했다. 세상에 자식 이기는 부모가 어디 있으리오. 아버지가 나를 순순히 인정해준 것이었다. 그것은 아들에 대한 한없는 신뢰의 표시였다.

물론 그 이면에는 아버지가 목숨보다 소중히 여기는 선산과 전답이 담보되어 있긴 했다.

'언리미티드 파워(Unlimited Power) 주식회사'

명함을 꺼내 회사명을 되뇌어 보았다. 대표이사 직함과 썩 잘 어울렸다. 은은하게 인테리어를 한 격조 높은 사무실과 몸에 걸친 휴고보스 양복, 8기통 아우디 스포츠카, 완벽한 수치의 사업 계획서는 찾아오는 은행원이나 투자자들을 주눅들이기에 손색이 없었다.

신용보증기금에선 일회용 부탄가스를 재충전해서 사용한다는 획기적인 아이템에 거액의 보증서 발급을 약속했고, 은행에선 이미 대출 심사에 들어간 상태였다. 연간 절약할 수 있는 엄청난 외화는 나를 애국자이자 벤처사업가로 변신시키기에 충분했다. 모두가 존경스러운 눈빛으로 나를 바라보기 시작했다. 역시 난 타고난 사업가

체질이라니까.

중국에 특허 출원하고 대리점을 전국적으로 모집하기 시작했다. 출근하면 용케 연줄을 타고 와 사업에 투자하겠다는 사람들이 몇 명씩 기다리고 있었고, 친구들이 아양을 떨며 취업을 부탁하기도 했다. 이제 신이라도 될 수 있을 것만 같았다. 역시 사업은 이렇게 해야 하는 거야. 진작 창업을 못 한 것이 후회스러웠다.

돈으로 살 수 없는 것은 세상 어디에도 없었다. 우정이나 사랑까지도.

그런데도 무언가 허전하기만 했다. 열두 가지 값비싼 코스 요리를 먹고 나서 물을 마시지 않은 것 같은 기분이었다. 그렇게 가끔 견딜 수 없는 허기를 느끼고는 했다. 무궁화 다섯 개짜리 호텔 특실로 들어가 세상의 온갖 고급 요리들을 게걸스럽게 먹어치웠다. 제비집과 청상어 지느러미와 거위의 간과 캐비어와 랍스터와 곰 발바닥을 먹었다.

단골 요리사는 곰 발바닥 요리 중에도 오른쪽 발이 맛있는 이유에 대해서 친절하게 설명해 주었다. 곰이 벌집을 딸 때 오른발을 쓰는데 벌떼들이 그쪽 발에 집중적으로 몰려 침을 박기 때문에 왼발보다 육질이 훌륭하다고 했다.

가장 원초적으로 작용하는 식욕. 거짓말도 배반도 할 줄 모르는 그것. 또 다른 흥분과 감각의 세계. 나는 음식들을 입에 넣고 혀로 굴리고 타액과 골고루 섞어 향료와 육질의 부드러움과 식도로 넘어가는 감촉을 충분히 즐겼다. 그 황홀한 혀의 감촉, 입속에서 머물던

질감, 음식물이 식도를 타고 내려갈 때 느껴지던 생의 기운! 힘차고 씩씩하게 밀려드는 포만감. 역시 약자는 말이 많고 강자는 먹을 게 많았다.

자본주의 사회에서 낭비란 얼마나 근사한 것인가! 돈으로 품위와 인격을 살 수 있다는 건 축복처럼 보였다. 기상청도 신도 나를 물 먹이지는 못한다. 잡다한 일들을 대신 처리해주는 사람이 존재하는 삶. 세금은 세무사가, 고소사건은 자문변호사가 맡아 처리한다. 합리적이고 능률적이다.

회장으로 명함을 바꾸고 기사와 여비서를 채용했다. 이제부터 내 인생은 8차선 아우토반을 달리기만 하면 될 일이다.

새벽의 미명이나 지는 노을을 혼자 바라보며, 행복에 저절로 눈 감기는 이 순간이 정말 좋았다. 이대로 시간이 그냥 멈추어도 좋을 성 싶었다.

고향에서는 이번 지방선거에 출마하라고 종용했다. 동창들은 당선이 확실하다고 떠들어 댔지만, 사업상의 핑계로 정중히 거절했다. 뜰 안의 수국과 달리아가 떠올랐다.

그 아이템은 전문대 교수인 고향 친구의 작품이었다. 대대로 소작 농으로 살아온 집안에 교수가 났다고 현수막이 붙었던 걸 나도 기억한다.

와인 병을 들고 숙직실로 찾아온 그의 특허와 사업설명에 나는 군침을 흘렸고 그는 금싸라기 땅이 된 나의 선산에 군침을 흘렸다.

투자한 것도 없이, 개설한 어음을 지분이라며 첫 장부터 내리 끊어가는 친구가 야속하긴 했지만, 어차피 모든 건 사업을 위해서였다.

우리 사업계획서에는 어떤 상황에서도 실패란 있을 수 없었고 수익을 보장하는 모든 수치는 완벽하게 일치했다. 어디에도 빈틈은 없었다. 마치 계산기로 치밀하게 짜 맞춘 회계장부처럼.

그러나 사업이라곤 구멍가게도 한 번 안 해본 작자의 사업계획이니 그의 엉터리 논문과 다를 바가 없었다.

미처 예측하지 못한 것은 제품 가격이었다. 연 몇백억의 엄청난 시장 규모만 파악했지 점유 가능성은 어디에도 없었다. 대형할인점에서 천원도 안 하는 일회용 부탄가스를 재충전하여 사용하는 애국적인 소비자는 거의 없었다. 식당에서도 수거와 충전의 번거로움을 이유로 사용을 거부했다. 그런 판에 대리점 영업이 될 리가 만무했다.

함께 추진했던 김포와 용인의 아파트 시행사업은 주택시장의 침체로 허가비용과 계약금만 떼인 채 포기상태에 이르렀다. 게다가 유망하다던 해외펀드에 투자한 돈은 반에 반 토막으로 부러져 이미 깡통계좌가 되어 있었다. 그것은 도미노 현상이었다. 들을수록 찬란하기만 했던 '언리미티드 파워'의 성패는 너무나 간단히 결정되었다.

문득 막아야 할 어음과 채무를 계산해보니 어이가 없었다. 내가 어리석음의 늪에서 허우적거리고 있는 동안 빚은 감당할 수 없을 만큼 불어나 있었다. 정신을 바짝 차렸지만 숨을 돌리고 생각할 틈조차 없었다.

추락하는 일은 날아오르는 일보다 훨씬 빠르고 아주 간단했다.

잘 닦인 교양과 완강한 윤리 의식이 투철했던 투자자들은 한순간에 빚쟁이가 되어 개미떼처럼 몰려들었다. 전화벨은 시도 때도 없이 전화선을 타고 나선형으로 튀어나와 내 가슴을 뚫는 듯했다.

응당 내야 될 세금이나 대출이자, 사흘이 멀다 하고 끊임없이 덤벼드는 어음이 제일 큰 문제였다.

지점장 소개로 어음을 할인했던 영감을 찾아갔다. 그가 가진 크고 아름다운 집, 시키면 죽는시늉도 하는 아랫사람들, 국경일도 공휴일도 없이 그가 잠든 사이에도 새끼를 치는 돈. 장롱 속에 모피코트 일곱 벌을 걸어두고 지구온난화에 대해 심히 짜증을 낸다는 그의 아내. 그리고 최근 부동산 중개 수수료를 단 한 푼도 내지 않고 17억의 토지보상금을 받았다는 것이 떠올랐다.

영감의 돈은 권력이었다. 치사하게 눈치 봐야 하는 유권자도 없고 투명하게 살라고 맞서는 시민단체도 없는 절대 권력 말이다.

손에 큼지막한 반지를 낀 대머리 영감은 코털을 뽑아 후후 불어대고 못마땅한 표정을 했다.

"회장님, 이번 어음을 연장해주시지 않는다면 부도가 날 겁니다. 연장해 주십시오. 제가 이자 쳐서 목숨 걸고 변제하겠습니다. 이렇게 부탁드리겠습니다. 회장님!"

"앞길이 구만리 같은 사람이 어음 할인해 갈 때는 은제구, 인제 와서 이상 없을 거라던 지난 말을 개똥 덮듯이 하능겨!"

쥐구멍에서 나오는 쥐를 긴 막대기로 몰아넣듯 소리를 꽥 질렀다. 영감은 나와의 일을 모조리 개똥 덮듯이 묻어 버리겠다는 확고한 의지를 나타냈다.

준비했던 많은 말들은 입속에 갇혔다가 날아가 버렸다. 수증기처럼 흔적도 없이.

속에서는 울화가 끓는 기름처럼 지글거리고 있었다. 내 손에 총이 쥐어져 있었더라면 아마 영감의 관자놀이에 대고 주저 없이 방아쇠를 당겼을 것이다.

어제는 차를 잡혀서 어음을 막았고 오늘은 납세증명을 위조해 사채를 썼다. 평생을 모범생이요, 정직하라고, 죽어도 진실하라고 가르치던 내가 이 무슨 구차한 짓이란 말인가?

친척들이나 동창생들의 근황을 수소문해서 찾아다녀 보기도 했고, 단골 술집이나 친구들에게 부탁도 해 보았지만 세상은 참 비정하기만 했다. 우정이라는 것은 애정의 정도와는 아무 관계가 없으며 자신에게 헌신적이거나 유익할 때에만 유효한 감정이라는 것을 이제야 깨달았다.

모스 부호로 구조 타전을 치는 난파선 선원의 심정이 이럴까? 피를 토하고 죽고 싶은 심정뿐이었다. 이 애타는 심정을 누가 안단 말인가?

시골 중학교에서 방정식이나 가르치며 있을 걸, 왜 사업은 시작해서 모든 걸 날리고 집안에 먹칠하고 있단 말인가? 인생은 수학문제처럼 풀리는 게 아니었다. 세상에는 다른 법칙이 존재했고 내가 학생들에게 가르치던 수학은 아무짝에도 쓸모가 없었다.

숨이 채 끊어지기도 전에 버둥거리는 먹잇감을 찢어발기는 하이에나 같은 사채업자들의 폭력과 투자자들의 욕지거리에 하루 종일 시달려야만 했다.

야비한 들짐승에게 내장만 파 먹힌 맹수의 사체가 떠올랐다. 한때는 한 번의 포효만으로 밀림을 지배했을 맹수의 울부짖음도, 날카로운 이빨도, 날쌘 질주도 없는 흉물스런 모습.

로또복권을 사보기도 했다. 그날 밤만은 행복했었다. 시도 때도 없이 괴롭히는 사채업자나, 어음 연장을 걸 때마다 날 술집 뽀이 취급하던 우라질 은행 당좌계 직원이 떠올랐다. 그들 코앞에 돈다발을 확 집어 던지는 상상만으로도 엔돌핀이 막 샘솟았다. 소문을 들었는지 돈 부탁을 하기도 전에 꽁무니 빠지게 도망치던 친구들에게 나의 건재함을 보여주고 싶었다. 그리고 너희들이 얼마나 큰 실수를 했고 어리석었나를 조목조목 똑똑히 깨우쳐 주고 싶었다.

하지만 기적은 일어나지 않았다. 내일은 또 어음을 어떻게 막아야 할까? 차라리 내일이 오지 않았으면 좋겠다는 생각을 했다. 퇴근하며 산 담배 한 보루를 밤새 다 피워 본적도 있었다.

꽃이 화르르 피었다가 후르르 져버린 뒤 울 안의 수국도 뚝뚝 떨어져 내리고 있었다. 아버지의 축 처진 어깨가 떠올랐다.

아버지는 시시하게도 면사무소에 앉아 평생 다른 사람들의 호적을 정리했다. 태어난 자들의 이름을 새로 기입하고 죽은 자들의 이름 위에 붉은 줄을 그었다. 늘 온화한 미소로 손을 흔들어 주시던 아버지. 매월 이십일, 봉급날이면 어김없이 동화책이나 크레파스를 사오시던 아버지. 자전거 뒷자리에서 본 아버지의 뒷모습, 그것은 세상에서 가장 든든한 모습이었다.

자식에게 사랑한다고 말하는 법을 배우지 못했던 세대의 아버지들은 그렇게 뒷모습으로 마음을 표현하고 있었는지도 모른다.

내 빚잔치에 재물과 긍지를 다 바친 아버지가 무딘 발걸음으로 찾을 곳은 어디일까? 아버지를 생각하면 가슴에서는 찬바람이 일었다. 아버지는 틀림없이 떨리는 손으로 내 이름 위에 붉은 줄을 그었을 것이다.

3차 최종 부도 처리를 하고 나니 오히려 마음이 편안했다. 욕조에 몸을 담그자 숨어 있던 피로가 빚쟁이들처럼 꾸역꾸역 몰려왔다. 그날 처음으로 깊은 잠에 빠질 수 있었다.

은행과 금고와 사채업자에게 이중 삼중으로 포박되어 있었지만, 막상 경매가 개시되자 마을에 소문이 번지기 시작했다. 그것은 황폐한 들녘을 한차례 훑은 바람처럼 불쾌한 먼지를 사방에 지분지분 떨구고 있었다. 무언가 수군거리다가도 아버지가 나타나면 모두가 동작 그만이었다.

문전옥답이 넘어가고 선산마저 경매로 낙찰되자 큰 동물의 가슴에 꽂힌 화살처럼 부르르 온몸이 떨려왔고 격렬한 심장의 고통을 느

껐다.

저금통에서 동전으로, 그것도 500원짜리는 이미 다 꺼내서 없고 100원짜리로만 담배를 사면서 편의점 알바생에게 창피하기도 했지만, 세상은 돈 없이 하루도 살 수 없는 곳이란 걸 새삼 깨달았다. 자존심 같은 것은 이미 소멸한 지 오래였다.

돈이 없어지니 왜 이렇게 먹고 싶은 것이 많은지, 스테이크는 고사하고 비계가 많이 붙은 머리 고기나 족발을 먹는 것도 이제 호사스런 음식일 뿐이었다.

알량한 자존심은 라면 몇 봉지도 해결하지 못했다. 이제 굶지 않으려면 막노동판이라도 전전해야 할 지경이었다. 세상에는 일을 안 하고도 풍족하고 여유롭게 사는 사람들이 얼마든지 많은데.

누구든 삶의 몫에 꼭 필요한 만큼의 불행이 존재하는 것이라고 쳐도, 내게 존재하는 이 불행은 아무래도 부당했다. 길을 잘못 들은 것 같았다. 급기야 꾸불꾸불한 내리막길을 브레이크도 없이 과속으로 내달리고 있는 것만 같았다.

줄을 그어 놓고 '출발'이란 구호 소리에 맞춰 삶을 다시 시작할 수는 없는가?

왜 어떤 일들은 우연인 양 다가와 가슴에 지워지지 않는 자국을 남긴 채 달아나 버리고는, 이토록 시간이 흐른 다음에야 걷잡을 수 없는 후회를 불러일으키는 것일까?

"1325번 김승회! 면회!"

들판을 헤매다 온 것처럼 급작스레 늙어버린 어머니를 보자 복받치는 감정을 억누를 수 없었다.

내가 벌인 사업도 인간관계도 다 거덜 나고 구속된 뒤, 아버지는 크엉 크엉, 짐승처럼 울었다고 어머니는 말했다. 면회시간이 끝났다는 교도관의 고함에 휘청거리며 면회실을 나서는 어머니는 혼이 빠진 사람 같아 보였다.

그 뒤, 아버지는 쓰러지셨고 거짓말같이 저 세상으로 홀연히 떠나가셨다. 어차피 삶의 터전을 모두 박탈당한 아버지는 살아계셔도 살수 없었을 것이다.

오후의 수척해진 햇살이 쇠창살 안으로 들어와서 우리의 검소한 방안에 한동안 멈추었다. 햇살이 손등을 기어오르고 있었다. 손등을 기어오르던 햇살이 팔목을 타고 기어오르고 기어코 뺨까지 다가왔을 때 나는 햇살이 가득한 세상에 있다는 것에 행복했다. 좁았지만 따뜻했다. 세상은 내가 존재할 수 있을 만큼 작게 빛을 분해해 놓은 것 같았다.

교도소를 나오던 새벽, 인덕원 사거리에서 혼자만 불을 켜고 있는 편의점은 되레 음흉스러워 보였다.

전화번호 수첩 속에는 여러 번 번호를 고쳐 적게 만든 사람, 이름만으로 얼굴이 떠오르지 않는 사람, 이미 오래전에 연락이 끊긴 사람들의 이름이 빽빽이 들어앉아 있었다.

첫 칸부터 찬찬히 이름들을 짚어나가기 시작했다. ㄱ에 들어 있는 사람은 자리가 모자라서 ㄴ의 빈자리를 반이나 더 차지하고 있었다. ㄱ에서 ㅎ까지 열네 개의 자음 속을 내 눈은 전파탐지기나 되는 듯이 샅샅이 탐지했지만 전화를 걸 만한 사람은 포착되지 않았다.

삶은 형상기억합금이 아니라서 아무리 해도 그전의 상태로 돌려놓을 수는 없었다. 때로는 뭔가에 집착하고 매달려도 보았다. 하지만 오직 나의 이름을 부르며 다가왔던 것들조차 한결같이 나를 외면하고 멀어져 갔다.

내게 일어나는 아주 사소한 일들을 추스르기에도 급급했기에 스스로를 적자생존사회에서 도태된 열등한 종자라고 느꼈다.

나를 가장 외롭게 하는 것은, 복병처럼 불거져 나오는 과거의 일들로 인해 삶의 빛깔이 달라지고 있다는 점이었다. 일단 들어가 박힌 다음에는 자치적으로 활동을 계속하는, 다루기 힘든 기억이라는 바이러스. 나는 어둠 속에서 기억의 파일을 삭제하는 기능을 찾느라 밤새도록 몸살을 앓았다. 머리를 쥐어뜯으며 삭제할 파일을 찾아내고 엔터키를 두들겨 댔다. 그럴수록 뇌리에서 지우고 싶은 영상은 자꾸 복사되어 불어났다.

기억에도 공소시효가 있었으면 좋겠다고 생각했다.

꿈을 갈망하면서도 그것을 증오하고, 어둠에 젖어 살면서도 그것을 혐오하고, 눈 부신 빛의 세계를 그리워하면서도 두려워하는 이율배반적인 어제와 다른 날 빛이 팽팽히 부풀어 오르고 있었다.

직업을 가지기 위해서는 내가 원하는 조건을 찾을 것이 아니었다.

그들이 원하는 조건에 나를 맞추어야 한다는 사실을 깨닫고 나자 그나마 직장도 구할 수 있었다. 이제 나를 포장하는 포장지의 무늬 정도는 고를 줄 알게 된 것이다.

삶은 적당한 타협만으로도 안락할 수 있다는 걸 새롭게 깨달았다. 그리고 세상이라는 곳이, 세상을 움직이는 게 크게 대수로울 게 없다는 것도 알았다. 인제 보니 목표로 하는 것은 돈이었다. 돈 이상의 정의, 돈 이상의 힘, 그것을 뛰어넘는 이상, 그것을 추월하는 속도나 권력은 없었다. 그것이 다였다. 다행이었다. 나는 세상에는 그보다 훨씬 더 의미심장한 것, 중대한 것이 있으리라 생각했으나 세상은 심하다 싶을 만큼 단순했다. 인생에서도 존경은 명함에 박힌 지위나 은행 잔액으로 결정되는 듯했다.

내 인생은 변두리로만 흘러가고 있었다. 남은 생애를 압류당한 사람처럼 이 세상 모든 게 하릴없이 느껴졌다.

이대로 변두리 학원에서 이름 없는 시간강사 노릇이나 하면서 아무런 야심도 열정도 없이 늙어가고 그러다 빨리 죽고 싶었다.

꽉 찬 가을이 유리문 저쪽에서 일렁이고 있었다. 굵은 은행나무가 갑자기 낙엽을 퍼부어대기 시작했다. 내게 어떤 좋은 선물이라도 있다는 것처럼 돌연한 일이었다. 노란빛의 축포를 멍한 시선으로 바라볼 때 홍의 전화를 받았다.

문득문득 접촉해 오는 감방 동기생들 모두가 오일장 물건들처럼 진부했다. 유사휘발유 제조나 실현 가능성 없는 다단계 사기를 계획

하고 있었다. 어느 사찰에서 빼내 왔다는 국보급 문화재라는 불상을, 승용차 트렁크 안에 솜이불로 둘둘 말아가지고 찾아와 놀라게 한 사람도 있었다.

국책은행 직원이었던 그는 나와 동갑이었고, 몇 개 국어를 자유자재로 구사하는 엘리트였다. 부정대출에 연루되어 실형을 받았다지만 챙겨 놓은 것도 꽤 있는 듯했다. 좁은 공간에서 숨길 것도 감출 것도 없이 나와는 트고 지내던 사이였다. 감방 동기의 말대로라면 똥구멍에 털이 몇 개인지까지 서로 아는 사이였다. 면회나 영치금도 탁월했던 교도소 내 범털이었다.

누구의 인생에나 지워버리고 싶은 시간의 토막이 있을 것이다. 가장 초라한 시절의 나를 기억하는 사람이니 물론 반갑지 않았다.

수입차를 몰고 온 그는 잘생기고 세련된 모습이었다. 커피숍 맨 끝자리에 그가 앉았다. 짙은 향수 냄새가 났다.

어차피 국민교육헌장처럼 살지 못한 우리 사이에 겉치레나 탐색전은 필요 없었다.

홍은 전산 용지(비지니스폼) 제조 동업을 제안했다. 전산화가 이루어지면서 모든 양식이나 주민등록표까지 수요는 무궁무진했다. 내겐 이미 신용도 담보도 없었지만 그는 걱정하지 말라고 했다.

기술력과 정밀도가 높은 첨단 기계 시설이 문제였다. 은행 대출로 변두리 공장을 인수했고 리스 자금으로 일본에서 미야꼬시 최첨단 인쇄기계를 들여올 수 있었다. 그의 말은 마치 모든 금융기관을 감독하는 법률처럼 들렸다. 유망기업 몇 군데도 협력 업체로 등록할 수 있었다.

보상이라고 생각했다. 이런 사람을 만난 것은. 그와의 만남을 더 일찍 주선해주지 않은 신이 그저 야속할 따름이었다.

그는 몇 달째 원색 분해와 고도의 정밀 인쇄 기술을 익혔다. 그리고 밤늦게 문을 걸어 잠근 뒤 혼자 인쇄기를 돌려 새벽까지 무언가를 열정적으로 찍어댔다. 하지만 아침에 둘러보면 잉크나 특수용지만 줄어들었을 뿐 신기하게도 세팅할 때 의례적으로 나오는 파지는 그의 성격처럼 한 장도 없이 깨끗이 정리되어 있었다.

끼니를 거를 만큼 바빴고 그는 분주하게 외국을 드나들었다. 알라딘의 요술 램프라도 갖고 있는 것처럼 우리는 돈 긁어모으는 재미에 홀딱 빠져 있었다. 경험에 의하면 아무리 좋은 술도, 빼어난 미인도, 시간이 지나면 모두 식상해지기 마련이다. 하지만 아무리 반복해도 싫증나지 않는 일이 있다면 그건 분명 돈 버는 일일 것이다.

통장의 잔고는 겁 없이 쌓여만 갔다. 우리는 바람난 처녀애 마냥 감정의 선율이 고르지 못했다. 툭하면 사소한 일로 웃으라는 포고령이라도 내린 것처럼 낄낄대며 웃었고, 웃다 보면 어느새 눈물이 마중 나왔다.

홍은 근사한 연애에 빠져 있었다. 나조차도 그의 얼굴 보기가 점점 힘들어지자 궁금해졌다. 도대체 어떤 여자가 그렇게 혼을 쏙 빼놓았을까?

해맑은 피부의 미인은 어디선가 본 듯한 얼굴이었다. 셋이 쇼핑을 하고 영화도 보고 식사를 했다. 내게도 늘 다정한 미소를 잃지 않던 그녀는 미인대회 출신의 방송인이었다. 진심으로 축하해주었지만, 질투하지 않았다면 그건 틀림없이 거짓말일 것이다.

떠들썩한 결혼식을 마치고 두바이로 신혼여행을 떠나는 아름다운 신부를 유심히 살펴보았다. 마냥 행복한 웃음을 지으며 내게 손을 흔드는 신데렐라의 반짝이는 구두는 유리 구두처럼 보였다.

어쩌면 우리가 자정을 울리는 종소리를 들으며 만들어낸 것은 외국 채권이나 상품권이 아니라 동화를 현실로 만들어주는 유리 구두였는지도 모른다.

신혼여행에서 돌아온 그는 이민을 가겠다고 했다. 이미 결심을 굳혔고 모든 준비가 끝난 것 같았다. 무척 아쉽고 서운하기는 했지만 어쩌면 낯설고 이국적인 게 사교적인 그에게는 더 잘 어울릴지도 모르겠다.

고향이 없다고 했으니 이제 그 먼 나라가 그의 뿌리가 될 것이다. 나는 그곳에 대해서 떠올려 보았다. 삼각형 두 개를 붙여 놓은 것 같은 아메리카 대륙 지도. 국제전화 국가번호 54번. 2010년 남아공 월드컵에서 한국과 1대 5, 메시, 마라도나, 돈 크라이 포 미 아르헨티나…….

어릴 적들은 기억에 의하면 땅을 똑바로 계속 파고 들어가면 언젠가 나온다는 지구 반대편의 정말 너무 먼 곳.

아쉬워하는 직원들과 함께 단골 바에 송별 칵테일 자리를 마련했다. 모두가 섭섭해 했고 자연히 우울해졌다.

술이 거나해진 내가 분위기를 바꿔보려고 물었다.

"야! 홍기혁! 너, 진짜 고향이 어디야?"

"대청댐, 물 밑."

"그럼 용궁이겠네? 그래서 네가 토끼 간을 찾아 헤맸구나."

모두가 웃었다. 나와 눈이 마주치자 그는 얼굴을 붉히더니 신인 배우처럼 말했다.

"청원군 문의면이야. 대청댐으로 인해 전부 수몰된 지역….."

"……."

내가 윙크를 하며 나직이 속삭였다.

"뻐꾸기 둥지!"

그렇게 세세한 것을 잊지 않고 있는 것에 대한 놀라움인지, 아니면 감방 동기생이란 걸 환기시켜서인지 주변을 한 번 둘러본 뒤에 그 역시 나직이 속삭인다.

"뻐꾸기 둥지를 위하여 건배!"

마치 둘만의 암호라도 되는 양 우리는 의미심장한 웃음과 칵테일 샷을 교환했다.

"바로 뒤따라와. 근사한 해변에 별장과 요트까지 준비해뒀어."

"생각해볼게."

홍은 그렇게 떠나갔다. 건강하라는 그 흔하디흔한 말만 남긴 채.

어쩌면 우리는 그럴 것이다. 건강할 수도, 더러 행복할 수도.

그의 말처럼 세계가 날로 가까워져서 철마다 여행하듯 그렇게 자주 만나게 될지도 모른다. 분명한 것은 우리가 어디에 있든, 우리는 여전히 살아갈 것이라는 점이다. 그는 저쪽에서 나는 이쪽에서.

내 일상이 한없이 복잡하게 얽혀있을 때, 불현듯 나도 훌쩍 떠날지 모른다. 새로운 사물의 의미들을 건져 올리며 놀라운 기쁨에 몸을 떨던 기억을 찾아.

홍이 떠난 뒤, 낙찰됐던 선산과 전답을 사들여 등기촉탁을 마치고 나서야 비로소 아버지 산소에 성묘했다. 어느새 잡풀이 무성해진 묘지는 아버지의 구부러진 등처럼 보였다.

집에 오자 어머니는 날 위해 칼국수를 준비하고 계셨다. 국수를 썰기 위한 도마며 밀대, 국수위에 얹을 색색의 고명이 담긴 채반 따위가 널려 있었다. 지나치게 많은 반죽은 넓은 함지를 넘칠 듯 부풀어 오르고 있다. 애호박 송 당송 당 썰어 넣은 구수한 칼국수를 떠올리니 입가에는 벌써부터 침이 고이기 시작했다.

마루에는 골동품이 다 된 낡은 뻐꾸기시계가 걸려 있었다. 나는 혹시나 하는 생각에 죽어있는 그 시계에 태엽을 감아 보았다. 그러자 시계는 놀랍게도 째깍째깍 움직이기 시작했다. 그리고 떠날 시간을 알리기라도 하는 듯 이내 '뻐꾹, 뻐꾹' 울어댔다. 정말 오랜만에 들어보는 뻐꾸기 소리였다. 뻐꾸기는 문을 닫고 들어갔고, 잣 열매 모양의 시계추는 계속 흔들거리고 있었다.

이때 승합차에서 내린 사람들은 무례했고 그들의 낯빛은 현상금 걸린 범인들의 흑백 몽타주처럼 꺼림칙했다.

"김승회! 체포해!"

그 목소리는 도끼처럼 허공을 가르며 떨어졌다.

"당신을 유가증권 위조 사범으로 체포합니다. 변호사를 선임할 권리가 있으며 불리한 증언은 묵비권을 행사할 수 있습니다."

머릿속에서 뚝, 하고 필라멘트 끊어지는 듯한 소리가 들렸다. 의식이 현실과 접촉 불량이 되면서 아득해졌다.

"아니, 우리 아들이 무신 잘못을 했다고 이런대요. 뭘 잘못 아신 거쥬? 안돼유. 안돼. 저리들 비켜유!"

어머니는 그들에게 대롱대롱 매달리고 있었다.

"수갑 채우고 포승줄로 묶어! 홍기혁이처럼 만들지 말고!"

"뭐, 홍기혁이 어떻게 됐는데? 홍기혁이 어떻게 됐냐고?"

"……."

"흥! 놓쳤나 보군. 내, 그럴 줄 알았지. 교도소에 다시는 안 간다고 했으니 잡기는 아마 글렀을걸? 푸, 하하하."

"압송 도중 탈출하려 열차에서 뛰어내려… 아주 순식간의 일이라서 우리도 어쩔 수 없었어. 결국… 죽고 말았어."

순간, 어떤 생각이 번개처럼 뇌리를 스쳤다.

모든 죄는 공범에게 떠넘기면 된다는 교도소의 교훈이 새삼 떠올랐다.

우리만 아는 명의 신탁한 부동산과 내가 비밀리에 관리해온 차명

계좌, 그리고 빼어난 미인의 아내는 이제 그에게는 필요하지 않을
것이다.

혈관 속으로 아드레날린이 미친 듯이 질주하고 있었다.
나는 자신에게 절대로 웃어서는 안 된다고 계속 엄명했지만 실실
비어져 나오는 웃음을 참기 위해 안간힘을 써야만 했다.

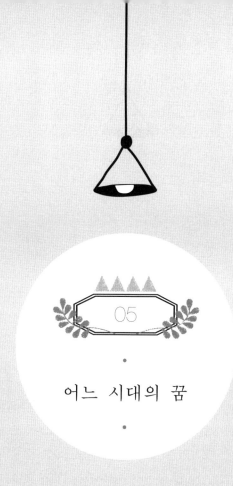

05

어느 시대의 꿈

"사형 집행만 안 되면 여기서 평생 이렇게 무기수처럼 사는 거야.
어쨌든 여기서 이렇게 사는 것도 살기는 사는 거잖아."

　봄은 마치 거짓말 같았다. 이렇게 따뜻하고 강렬한 햇살이라니, 어쩌자고 이렇게 날씨는 화창하고 꽃들은 또 제멋대로 사방에서 피어나는 건지.

　접견실 현관은 햇살이 와와! 소리치듯 밀려들어 천국으로 향하는 통로처럼 보였다. 그러나 접견실 내부에서 면회를 기다리는 이들의 얼굴은 한결같이 피로를 뒤집어쓰고 있다. 그들을 보니 삶이 오래된 수용소 같다는 생각이 들었다.

　"그런 사람은 없습니다."

　"… 그럼, 이감 갔나요?"

　"글쎄요, 기록이 없네요."

　이감 이야기가 쭉 있더니 아마 이감을 갔나 보군. 가까운 대전교도소로 왔으면 좋을 텐데. 유난히 상냥한 여자 교도관의 목소리에 접견실을 나오는 발걸음은 가볍기만 했다.

구치소 마당 가운데는 물감을 마구 뿌려놓은 것 같이 온통 진달래가 만개해 있었다. 저처럼 고운 빛은 도대체 어디에서 오는 걸까?

그러나 봄은 생명의 계절이기도 하나? 또 삶과 죽음이 만나 다투는 계절이기도 하다. 지금도 힘없는 노인들이 도처에서 꽃을 보며 쓰러지고 있을 것이다.

택시를 잡았다. 뒷좌석에는 오후의 봄볕이 합승해 있었다. 흔들릴 때마다 봄볕들이 나긋한 어깨를 부딪쳐오곤 했다.

근무하던 보험회사의 노조 간부직을 맡으면서부터 수배는 이미 정해진 수순이었는지도 모른다.

우리나라 최초의 금융노조 파업이었고, 지방에서도 대거 올라와 조합원 총 5,500명 중 3,500명 이상이 파업에 참가했었다. 우리의 응집력은 대단한 뉴스거리였고 당국을 긴장시키기에 충분했었다. 우리는 노동계에 새로운 바람을 일으켰고 꿈은 가까워 보였다.

그러나 헌법에 보장된 단체행동권에 따라 합법적인 정당파업을 했지만 이해할 수 없게도 우리는 수배자의 신세가 되어 있었다.

사회적 영향도 컸지만, 사옥이 광화문에 있었기에 주변 대사관을 의식한(사옥 1층도 대사관이었음) 당국이 과민하게 반응하여, 노조집행부 전원에게 사전 구속영장이 발부되었다는 것을 한겨레신문 기자에게 들었다. 현실의 벽은 너무 높았다.

꿈과 현실이 화투패처럼 뒤섞여 버린 노조활동은 내 이상과는 너무나 거리가 멀었다. 희망과 신념은 흔들리고 있었고 나는 실망했다. 결국, 이런 건가….

게다가 처가는 물론, 결혼한 누나들 집까지 찾아다니는 형사들의 집요한 추적에 더는 도피 생활을 견딜 수 없었다. 걸어가다가 힐끔힐끔 뒤를 돌아보면 먼지들이 추적자처럼 내 뒤를 따라왔다. 이런 도피자의 생활을 언제까지나 계속 해야 할까?

차라리 소시민으로 돌아가 현실에 안주하고 싶기도 했지만, 막상 동지들의 얼굴과 아내가 생각났다. 과 후배였던 아내는 말이 없고 과묵한 편이었다. 사실 그런 점에 끌려서 결혼했는지도 모른다. 그런 아내는 무엇인가 내게 바라는 눈치였다.

결혼 석 달 만에 팔아버린 반지도 모자라, 여기저기 먼 친구들에게까지 전화를 걸어 손을 벌리고, 임신한 몸으로 학습지를 팔러 다니는 아내.

크리스마스이브를 아내와 같이 보냈다. 고요하지도 거룩하지도 않은 밤이었다. 아니, 내가 다시 태어나도 좋을 만큼 고요한 밤이었고, 호주머니가 너무나 청빈해서 거룩한 밤이었다.

이튿날 예수가 부활하듯 불쑥 나타나 자수를 하자, 담당 형사는 입맛을 쩝쩝 다시며 곁눈질로 째려보는 게, 아주 억울해 죽겠다는 표정이 역력했다.

살기를 머금은 냉기가 달려들고 있다. 쇠창살 너머에는 바람에 흠씬 두들겨 맞은 눈보라가 휘몰아친다. 멀리 청계산 숲에도 눈은 분필 가루처럼 내리고 있다. 잡목들은 눈에 묻혀 자그마해져 있었고 솔잎들이 사릉사릉 떨어댔다. 저 눈을 밟으면 바삭바삭 크래커 씹는 소리가 나겠지.

잠에서 깰 때의 당혹스러움은 말로 표현할 수 없다. 내가 어쩌다가 여기까지 왔는가. 인간의 존엄성이 다 사라지는 막다른 골목 같은 이곳. 인간이 이렇게나 하잘 것 없는 존재인가.

지난 일을 돌이켜 보기도 했지만 이미 종료된 일에 대해서 관심을 가질 여력이 내겐 남아있지 않았다.

방의 동료들은 시간을 퍼내는 일에 갖은 아이디어를 동원했다. 벼락을 맞고도 살아날 확률 육십 만분의 일, 비행기 추락사고 후 멀쩡히 걸어 나올 확률 이만 칠천 분의 일, 복권에 당첨될 확률 오백이십 만분의 일.

밥풀을 짓이기고 찰흙처럼 궁 굴려서 성모상을 만들고 (정말 예술이다. 분홍색은 소시지로, 노란색은 카레로, 녹색은 시금치로 색깔을 낸다.) 우유곽 뒷면으로 진짜라고 믿을 만큼 정교한 카드를 만들어 도박을 하기도 했다. 기껏해야 양말이나 비누 따위를 걸고 하는 시답잖은 노름이긴 했지만.

그들은 천국에 들어서기엔 너무 민망하고 지옥에 떨어지기엔 너무 억울한 존재들이었다. 반복되는 일상에 과거만이 대화거리인 그들을 보면서, 이곳에서 사람이란 누구나 사소한 기억의 집합에 불과하다고 생각했다. 더하고 빼고 나누다 보면 나중엔 이 사람이나 저 사람이나 모두가 거기서 거기인. 목욕탕에선 누구나 같아 보이는 것처럼.

저녁 식사가 끝나면 기다리던 통방이 시작되었다.

"이필원 동지! 건강하십니까!"

"전해룡 동지, 삼 년 받으셨다죠?"

그리고 전 사동의 양심수나 운동권 수감자들은 식기를 창살에 긁어대며 일제히 구호를 외치기 시작한다.

"노태우 정권 물러가라!"

"노동악법 폐지하라!"

"양심수 석방하라!"

그 순간만큼은 내 몸의 모든 세포가 활짝 열리는 것을 느꼈다. 온몸의 피가 거꾸로 솟구치는 듯한 전율이 느껴지는 희열감이었다.

1심에서 노동쟁의 조정법 위반으로 징역 2년 6개월을 선고받았다. 동지들의 형량에 미루어 3년을 생각했는데 예상보다 가벼웠다. 자수한 게 형량에 반영된 것이겠지만 마음은 더 무거웠다. 항소해야 형량이 깎일 가능성은 전혀 없지만 우리는 무죄였으므로 당연히 항소했다.

항소 방으로 배방이 되어 들어섰을 때 그와 마주치자 긴장하였다. 자해를 막기 위해 가죽으로 만든 '혁수정'으로 묶여있고 수갑까지 차고 있어서라기보다는 붉은 수번 때문이었다. 수인번호는 보통은 흰색이지만 마약은 하늘색, 조직폭력은 노란색, 살인은 붉은색이다.

징역 10년짜리도 그 앞에서는 자신의 신세를 한탄할 수 없는 붉은 수번을 곁눈질로 살피는 동안 그도 나를 응시했다.

그도 내 수번을 보았을 것이다. 176번. 200번 미만은 시국사범이라는 걸 그도 알 터였다.

자수하기 전 수감생활에 대해 동지들에게 들은 게 생각났다. 우리는 잡범이 아니므로 교도관이나 수감자들에게 군림해서도 안 되지만 절대 굴복해서도 안 된다. 그것이 우리의 수감생활 기준이다. 교도소를 활개 치는 조폭들도 시국사범들에게는 어느 정도 예의를 갖춰주고 신고식 같은 절차도 생략시켜 주었다.

여기서 밀릴 순 없다. 나는 그를 째려보았다. 방 안에는 팽팽한 긴장이 감돌았다.

그때 그가 긴장된 표정을 풀고 온화한 눈빛을 보내왔다. 나는 징역 보따리를 내려놓고 그에게 담배를 건넸다. 교도소에서의 담배는 소수 특권층의 전유물이었으니까. 아무 말 없이 우린 담배를 나누어 피웠다.

의미심장한 웃음으로 서로에게 휴전을 인정하면서.

담배 연기는 서로 경쟁이라도 하듯 열어놓은 화장실 창틈을 똬리를 틀며 빠져나갔다.

전국 44개 교도소 중에서 제일 담뱃값이 비싼 데가 서울구치소라고 한다. 그만큼 거물이나 범털이 많다는 얘기지만, 돈 많은 범털이라고 해서 아무나 담배를 피울 수 있는 것은 아니다. 그들은 출소하면 투서나 고자질을 하기 일쑤였고 적발되면 쉽게 유통경로를 불기 때문이다. 조폭들은 식구들이 계속 들락거리니까 일종의 인질을 잡아놓고 안전하게 거래하는 셈이었다. 실제로 교도관의 집들이나 애경사에는 교도관과 조폭밖에 없다는 얘기도 들렸다. 조폭도 아니고 더구나 범털도 아닌 내가 담배를 피울 수 있게 된 것은 어떤 인연 때문이었다.

감사팀에 근무할 때 의심 가는 교통사고가 있었다. 피해자 세 명은 중상이었고 병원비도 만만치 않았다. 그러나 종합보험에 가입되어 있는데도 서둘러 합의하려는 가해 운전자가 약간 의심스러웠다.

직감이 발동했다. 무언가 있을 것 같다는 생각이 뇌리를 스쳤다. 사고경위를 면밀히 조사해보니 무면허운전으로 운전자를 바꿔치기 한 것이었다. 실제 사고를 낸 사람은 동생이었다.

보험회사에서 지급보증을 하지 않는다면 당장 구속에, 민사상 거액 소송의 피고가 되어야 할 판이었다. 이제 사회 초년생, 공무원 시험에 합격하고 결혼날짜도 임박했다는 청년은 처분만 바란다며 울먹였다.

나는 괴로웠다. 그의 인생이 달린 문제였다. 노조로 자리를 옮기면서 난 그 사건을 덮었다. 당연히 보험금은 지급되었을 것이다.

"어?"

법정에 나갈 때 포승줄을 묶던 교도관도, 나도 깜짝 놀랐다. 우린 서로 말없이 웃었다. 그리고 내 수번을 들여다보던 그는 일주일에 한 번씩 운동시간에 찾아와 담배 한 갑씩을 몰래 주고 갔다.

어느 방에나 빵잽이는 있게 마련이다. 이불에서 보푸라기를 긁어내 물파스를 바른 뒤 돌멩이나 바둑알을 부딪쳐서 스파크를 내면 불이 붙었다. 참 신기했다. 담배 몇 개비면 담요도, 운동화도, 교환 가능하지 않은 물건이 없었다.

한 개비를 세 개로 나누어 화장지 껍데기에 말아 아껴서 피웠다. 지루한 징역살이에서도 그 시간만큼은 온전한 자유인의 시간이었다.

그는 사형이 확정된 소위 '최고수'였다. 확정판결은 이미 내려져 있었고 그 무엇에 의해서도 뒤집히지 않을 최종적이고 완전한 판결 이었다. 어쩌면 사형선고는 인간이 가진 최상의 가치를 증명하는 표상일 지도 모른다. 인간 세상 이외엔 오로지 죽음만 있을 뿐 사형선 고는 없으니까.

사형수는 영원한 미결수이다. 형을 집행해야만 기결수일 테니까.

어느 방이나 최고수가 있는 방은 살얼음판이다. 게다가 입을 굳게 처닫고 아무와도 말을 하지 않는 그의 모습은 마치 금방 터져버릴 시한폭탄 같아 방 사람들에게 늘 불안한 존재였다.

좁은 방에서 서로 얼굴을 빤히 마주 보고 말없이 지내는 무익하고 소모적인 일상의 반복이었다. 복제된 하루, 복사기로 무수히 찍어낸 하루하루를 살아가면서 분노하지 않는다는 것은 정상이 아니라고 생각했다. 수감자들은 사소한 말 한마디, 사탕 한 알 가지고도 치고받고 싸우기도 했다.

그에게 책을 권해 보았다. 동지들이 꾸준히 보내주던 책들이었다. 『우상과 이성』『전환시대의 논리』 같은 책들을 그는 처음에는 거들떠보지도 않더니 어느 날부터 열심히 읽기 시작했다. 대단한 속독이었다.

시간이 지나면서 그도 차츰 마음을 열었고 나도 말문을 열었다. 그는 나보다 한 살 아래였고 그의 죄명은 유괴 살인이었다. 집안도 유복했고 불심도 깊었는데 이해가 잘 안 되었다.

어쩌면 그가 억울한 누명을 쓰고 있을지도 모른다는 생각도 들었다. 범죄와의 전쟁으로 인해 공권력이 인권위에 무자비하게 판치는 시절이다.

최고수로서 당연히 면제되는 방 청소나 설거지까지 하기 시작한 그에게 나는 연민의 정을 느꼈고 그는 아내에게서 온 편지를 내게 보여주기 시작했다. 하루도 거르지 않고 오는 아내의 편지는 모든 사람들의 감동을 샀다. 필적만 봐도 금방 알 수 있는 그의 아내 하귀야(특이한 이름이다)의 편지를 보며 내 아내를 생각했다.

아내는 몸이 무겁다는 핑계로 면회도 자주 오지 않았고, 가끔씩 보내는 편지도 국군장병에게 보내는 위문편지보다 별로 나을 것이 없었다. 무덤까지라도 따라가겠다는 그의 아내가 부럽고 존경스러웠다.

'나 보기가 역겨워 가실 때에는 말없이 고이 보내 드리우리다. 나 보기가 역겨워 가실 때에는 죽어도 아니 눈물 흘리오리다.'

김소월의 시를 늘 흥얼거리는 그를 우리는 진달래 씨라고 부르기 시작했다.

"진달래 씨, 식사합시다. 진달래 씨, 편지 왔어요."

그는 죽음이 바로 자기의 그림자라고 생각하고 있었다. 아침에 눈을 뜨면 '오늘 하루를 온전히 살 수 있을까?'라고 생각하는 사형수는 내일을 준비하지 않는다. 현재 주어진 시간만이 삶의 전부이다. 그들은 아침마다 화장실에 가면 20분이 넘게 있었다. 죽을 때 깨끗하게 죽어야 한다며 몸에 있는 것들을 기를 쓰고 다 빼고 나오기 때문이다. 예고 없이 불려 나가서 돌아오지 못할 테니까.

어느 날, 사형수 누구와 가까이 지내던 앞 동 사형수 누구 등 세 명의 사형이 오전에 집행되었다고 했다. 그리고 자기는 언제 집행될지 모르겠다며 말끝을 흐린다.

그때 넥타이 공장이라고 불리는 사형장 쪽을 바라보니 유품을 태우는 검은 연기가 올라오고 있었다. 바람기가 옅게 교대하며 살갗을 애무하고 있었고, 그 애무가 깨우는 관능이 죽은 자와 산 자를 확연히 갈라놓고 있었다.

죽음에 대해서 생각해 보았다. 죽는다면 마지막에 남는 것은 무엇일까? 사진틀 속에서 노랗게 바래져 가는 사진? 가슴속에 간직된 동지들의 얼굴? 돌보는 이 없는 무덤? 내가 이미 누군가의 존재를 잊듯이, 나의 존재를 기억할 나의 증인들도 서서히 사라지겠지. 저 하늘에 잠시 모였다가 흩어지는 저 구름처럼, 결국은 아무것도 남지 않겠지. 존재의 무. 그러나 끝없는 순환. 한편에서 사라지고 다른 한편에서는 태어나고….

바람이 금세 검은 연기를 베어 물고 달아났다. 커다란 새 몇 마리가 하늘을 빙빙 맴돌고 있었다. 조장이 생각났다. 사람이 죽으면 새가 먹게 시신을 내놓는다는 조장의 의례. 죽은 사람을 내놓으면 시 꺼먼 새들, 하늘을 뱅뱅 돌다 어느 순간 무리 지어 내려와서는 살점 들을 뜯는다던가? 한때 세상 것들을 담아내던 눈알을 먹어치우고, 욕심과 위선과 슬픔으로 가득 찬 심장을 쪼고, 생을 엮어대던 온갖 것들의 기억이 저장돼 있을 뇌를 파먹고, 살과 근육들을 말끔히 먹 어치우는 것으로 한때 그가 세상에 존재했었다는 사실을 없앤다고 했다. 그럼으로써 그들이 꾸었을 꿈과 희망도 세상에서 그렇게 사라 져 갈 것이다.

한때는 수목장을 꿈꾸었는데, 조장도 나쁠 게 없겠구나. 새의 뱃 속에서 내려다보면 사람들이 어떻게 보일까. 새의 눈을 통해 세상을 보고, 바람을 알고, 허공을 가로질러가서는 끝내는 피안의 세계에 다다를 수 있을까?

그날 오후는 한 달보다도 길고 지루했다. 나는 그의 마음을 짐작 할 수 없었다. 어떤 말로 위로를 해줄 수 있을까. 그를 다독이면서 나는 문득 나의 행위가 죽음을 위로하는 것이 아니라 어쩌면 죽음의 혼들을 부르고 있는지도 모른다는 생각을 했다.

우울한 며칠이 지나고 우린 일상으로 돌아왔다.

밤이 이슥해지자 그가 몰래 담근 술을 꺼냈다. 밥알로 고두밥을 만든 뒤 잘게 부순 식빵과 요구르트를 섞어 페트병에 넣고 일주일쯤 햇볕에 놓아두면 빵빵하게 발효가 되어 시금털털한 냄새가 나는 술 이 되었다.

주거니 받거니 술잔을 비우는 동안 나는 얼큰하게 취기가 올랐다. 둘이서 몇 병을 다 비우자 슬금슬금 젖어오는 취기가 오래 입은 면 티셔츠처럼 익숙하게 달라붙었다. 사회에서라면 기별도 안 올 도수의 술이지만 오랜만에 마셔보는 술이라서 알딸딸하게 취한 상태였다.

누군가가 보험 좀 들어달라며 서류를 들이밀면 별 고민 없이 사인해줄 정도로 딱 기분 좋게 취해 있었다.

그의 웃음이 헹궈낸 푸성귀같이 풋풋했다. 그의 눈빛도 한순간 열네 살 남자애처럼 무방비 상태였다.

"야! 김무경! 사실대로 얘기하자. 죽였냐, 안 죽였냐?"

"난 정말 안 죽였어. 오락실에 놀러 온 녀석이 하도 귀여워서 아이스크림 사주고 같이 놀이터에서 놀다 온 것밖에 없었어. 그리고 집에 돌아와서 혼자 잤어. 아내는 처가에 갔었거든. 그런데 그 애가 이튿날 시체로 발견되고 내가 체포된 거야. 환장할 노릇이지. 그 애를 생각하면 살고 싶지도 않아. 그 애는 내 억울함을 알고 있어."

갓 쪄낸 찐빵처럼 그의 벌린 입에서 흰 김이 무럭무럭 났다.

"그런데 어떻게 최고형을 받지?"

"그렇게 되더라고. 며칠씩 잠을 안 재우고 계속 자백하라고 강요하니까, 나중에는 헛것이 보이고 형사들 말대로 정말 내가 그 애 머리를 돌로 내리쳤다는 생각이 들더라고. 알잖아, 자백은 가장 완벽한 증거라는 걸."

"정말 안 그랬어?"

"맹세한다. 이미 끝났는데 무슨 거짓말을 하겠냐?"

대부분 재소자들은 형이 확정되면 안 저지른 범죄도 저질렀다고 하기 일쑤였다. 징역이란 데가 죄 많이 지은 놈이 서열이 높은 데니까.

"그래도 사형수는 교도소의 희망이라는 거 알아? 징역 10년은 무기수 바라보고 살고 무기수는 사형수 바라보는 희망으로 산다잖아."

방광이 마셨던 술의 양을 수용하지 못하겠다며 용을 썼다. 시원했다. 갈피를 잡지 못했던 과거와 현재가 한꺼번에 몸 밖으로 빠져나가는 느낌이었다.

"집사람이 아기를 갖고 싶대. 아기라도 기르며 기다리고 싶다는 거야. 교도관과 방법을 연구 중에 있어."

"너도 문제야. 현실적으로 생각해 봐. 사형수를 기다려서 어쩌자는 거지? 넌 가족을 위해 보험도 들 수 없잖아. 사랑한다면 인제 그만 보내줘야 하는 것 아닌가?"

"집사람은 완강해. 끝까지 기다린대. 여기저기 탄원도 하고 국제사면위원회를 통해 재심 청구를 하고 있어. 사형 집행은 대통령의 재가가 있어야 하는데, 보통 8년만 형이 집행되지 않으면 무기징역으로 감형된대. 전국의 모든 사형수 가족들의 꿈은 남북통일이야. 그때는 정말 감형될 테고 웬만한 범죄는 모두 석방할 거라고 하더라."

"그건 꿈일 뿐이야. 그들이 지금의 체제를 포기하겠어? 주민들이야 굶어 죽든 말든 지배계층은 호의호식하며 살고 있는데. 그들이 원하는 것은 변화가 아니라 지금의 체제를 그냥 유지하는 것일 거야. 그들은 국가라기보다는 어떤 단체나 집단처럼 보이잖아."

"그래도 언젠가는 되지 않겠어? 언젠가는…. 그리고 무기수나 우리나 사실은 똑같아. 전에는 유기징역이 15년이었는데 범죄와의 전쟁으로 25년으로 늘었어. 따라서 무기징역은 30년 이상을 의미해. 사형 집행만 안 되면 여기서 평생 이렇게 무기수처럼 사는 거야. 어쨌든 여기서 이렇게 사는 것도 살기는 사는 거잖아."

우리는 취해서 이런저런 얘기를 하며 미친 듯 웃어댔다. 그 이전의 생에 그토록 웃어 본 적이 없는 것 같았다. 우리는 앞으로 얼마든지 웃을 수 있다. 영원히. 영원, 만약 그게 있다면.

"검방이다! 모두 끌어내!"

교도관들이 구둣발로 들이닥쳐 곤봉으로 우리를 위협하며 밖으로 밀어냈다. 어서 나가, 이 자식아! 곤봉이 나의 어깨를 내리쳤다. 교도관들은 우리를 복도에 모두 원산폭격을 시킨 뒤, 방으로 들어가서 수색을 시작했다. 이불을 모두 뜯어냈고 보따리도 모두 뜯겨나가 물건들이 바닥에 흩어졌다.

교도관들은 변기 안까지도 살폈다. 담배가 나오고 볼펜이 나왔다. 차가운 콘크리트 바닥에 엎어진 채 소나기처럼 쏟아지는 욕설과 구둣발 속에서 생각했다. 누가 밀대를 했을까? 틀림없이 며칠 전 출소한 박순도일 것이다. 그는 정치꾼을 따라다니는 사기꾼이었다. 입을 열면 나라와 민주화와 국회의원들 이야기가 동네 연탄가게나

구멍가게에 관한 이야기처럼 줄줄이 청산유수였다. 개자식. 저도 주는 대로 빠끔빠끔 잘도 피웠으면서.

우리는 바로 먹방으로 끌려갔다. 웬만큼 맞은 상처는 몇 달만 면회금지를 시켜 놓으면 다 나을 테니까 마음 놓고 고문한다는 보안과 먹방의 공포.

나는 각오했다.

그런데 그가 경교대에게 얻었다고 하며 스스로 징벌을 자처했다. 자백한 공범이 사형수라서 그런지 내게 고문하거나 더는 족치지는 않았다. 하기야 이 경비 삼엄한 교도소 안에 저희들이 안 주면 담배가 도대체 어디에서 나온단 말인가?

웬만해서 사형수는 징벌을 주지 않는 관례를 깨고 그가 징벌을 받게 된 데는 끝까지 나를 보호하려고 뒤집어쓰려 했던 그의 행동 때문이었으리라.

우리는 7동 하층 징벌 사동에서, 밤이면 영하 20도까지 떨어지는 추위 속에서, 67일간 징역 안의 또 다른 징역살이를 해야만 했다. 얇은 관 담요 두 장으로 한 장은 깔고 한 장은 덮고, 밤새 이를 맞부딪치며 덜덜 떨다가 오전에 해가 떠야만 간신히 눈을 붙일 수 있었다. 그래도 그는 웃음을 잃지 않았고 오히려 나를 걱정해 주었다.

"사형수, 사형당하기 전에 당장 얼어 죽겠다!"

하지만 손발이 동상에 걸리는 혹독한 추위나, 편지나 면회가 되지 않아서 생기는 답답함보다 마음을 더욱 짓누르는 것은, 징벌을 받은 것이 어쩌면 그의 사형 집행에 영향을 미칠지도 모른다는 불안감이었다.

교도관 얘기로는 사형집행은 죄질도 중요하지만 수감성적도 많이 반영된다고 했다. 불길한 생각을 몰아내려 애쓸수록 상상은 더 치명적인 상상을 불러들였다. 머릿속의 상상은 불안과 두려움을 야금야금 뜯어먹으며 몸집을 불렸다. 그래, 지나친 생각일 거야. 나는 한번 스쳐 간 생각에 결사적으로 매달리고 있었다. 자꾸만 아무것도 아니다 생각하면 정말 아무 일도 아닌 것 같고, 다시 생각해보면 큰일인 것도 같고 도무지 갈피를 잡을 수가 없다. 그러는 동안에도 생각은 저울 바늘처럼 희망과 절망 사이를 오가고 사실이 아니기를 바라는 희망 쪽 마음에 무게를 보태주고 싶어서 모르는 사이에 온몸에 힘이 주어진다. 이런저런 생각으로 머리가 지끈거렸다.

그는 다른 사람의 빨래를 자처해서 혹독한 추위에 관 담요까지 빠는 극성을 보여 손등이 온통 갈라지는 고통을 감수했다.

보리밥 한 숟가락, 김치 한 조각이라도 더 먹으려고 안달하던 우리의 마음은 순수한 우정이었을 것이다. 양말 한 짝도 과거도, 우리는 무엇이든 나누어 가졌다. 꿈만을 빼고는.

어느 날 저녁, 햇덩이가 산마루에다 머리를 풀고 있었다. 멀리 보이는 산 너머로 기우는 태양은 정면으로 마지막 빛을 쏘아 보내고 있었다. 대단한 노을이었다. 내 생에 처음 보는 그 장관은 어떤 나이 든 무용수의 마지막 공연 같은, 어떤 죽어가는 시인의 마지막 시 같은, 그런 절대적인 아름다움이 있었다. 묽게 깔린 구름은 찬란한 조명을 받아 춤추는 무희처럼 화려했으며, 하늘은 붉은 물감을 온통 풀어놓은 듯했다.

노을 속, 그 속에 풍덩 빠지고 싶은 충동이 들었다. 우주의 먼지에 불과한 노을은 자신의 존재를 증명하기 위해 제 몸의 빛을 한 줌도 남김없이 끌어모으고 있었다. 이내 캄캄한 어둠이 뒤덮일 때까지 우리는 창살에서 눈을 떼지 못하였다. 그가 말했다.

"한 번만, 저런 노을을 한 번만 더 볼 수 있다면…."

징벌이 끝나고 우리는 각자 다른 사동으로 배방 되었다. 그동안 못 받았던 편지를 한꺼번에 받았다.

편지에서 아내는 딸을 낳았다고 했다. 온몸의 세포가 새로 탄생하는 것 같은 희열과 전류가 흘렀다. 첫 탄생의 감격을 정확히 표현할 수 있는 낱말이 세상에 존재할까? 감격이라는 단어로는 아마 미흡할 것이다. 집안 항렬에 따라 아버님께서 효재라고 이름을 지었다며 갓난아기 사진을 동봉했다.

신기했다. 이것이 나의 핏줄이란 말인가! 피와 살을 나눠 생긴 분신에게서 느끼는 경이로움과 마침내 한 생명을 건사하는 애비가 되었다는 긍지는, 나에게 신혼부터 찾아들던 결혼 생활에 대한 회의를 반성하게 하는 힘이 되었다. 나는 삶의 환희를 느꼈다.

사진을 계속 들여다보면 어느새 아기가 웃는 것도 같았고 발가락을 꿈틀거리는 것도 같았다. 자다가도 혼자 웃고는 했다. 꿈속에서도 놀라울 만큼 보드랍고 토실한 아이의 엉덩이를 쓰다듬거나 오밀

조밀하게 붙은 열 발가락을 하나하나 어루만지다 보면 나는 불현듯 콧등이 시큰했다. 세상이 온통 기쁨으로 충만해 있는 것 같았다. 너무나 오랜만에 만나는 충만함이었다. 세상의 그 누구도 용서할 수 있을 것 같고 부딪히는 시선들마다 모두 친밀하게 느껴졌다.

하루를 108배로 시작한다는 그는 매주 예불에 참석하고 얻어온 떡이나 과일을 들고서 나에게 찾아왔다. 깡 보리밥에 쓰레기 같은 김치 쪼가리만 먹는 처지에 떡이나 과일은 보통 귀한 음식이 아니었다.

눈이 휘둥그레져 군침을 흘리는 동료들이 민망해 같이 먹자고 해도, 자기는 식탐을 줄이는 중이라며 사양했다.

그에게 편지와 사진을 보여 주자 자기 일처럼 기뻐했다. 부처님 전에 아기를 위해 열심히 불공드리겠다며 어린애처럼 좋아했다. 그의 밝고 온화한 표정은 동자승처럼 보였다.

내 재판도 상고심까지 기각되어 형이 확정되었고 또 계절이 몇 번 바뀌었다. 겨울은 늘 바삐 왔고 봄은 더디게 왔다.

뺨을 어루만지는 바람엔 어룽어룽 봄기운이 돌았다.

나는 어느새 출소할 날이 가까워지게 되었다. 어떤 일로도 다시는 교도소 문턱을 밟지 않으리라 마음먹고 새 생활 설계에 기뻤지만, 그와 헤어지는 데는 서운하기도 하고 또 한편으로는 미안하기도 했다.

출소하는 날, 누군가가 뭉텅뭉텅 베어 간 시간처럼 잎사귀 없는 목련 나무의 자태가 가라앉은 하늘 끝에 쓸쓸하게 서 있었다.

나는 그의 손을 잡고 약속했다. 하루하루를 내 인생의 마지막 날이라 여기고, 정말 열심히 살겠노라고.

그는 내게 절대 면회 오지 말고 이곳에서의 일은 모두 잊어버리라고 말했다. 목소리가 제법 단호했다. 그 단호한 목소리는 너는 이방인이며 잠시 머물다 떠나면 그뿐, 이 영역을 건드리지 말아 달라는 나에 대한 경고처럼 들렸다.

잇는다는 것. 불합리함을, 절망을 이어야 한다는 것. 폐허와도 같은 생의 시간을 그래도 이어야 한다는 것….

졸가리도 없는 숱한 오만 잡생각을 떠올리다가 자신을 바라보면, 생활 전선이라는 엄연한 지뢰밭이 끝없이 펼쳐져 있을 뿐이었다.

휘파람 소리처럼 시작해 길고 긴 새소리처럼 처량하게 늘어지는 차임벨이 울렸다. 처형은 오늘도 빌려 간 돈에 이자까지 붙여 빨리 갚아달라고 전혀 친근하지 않게 말했다.

"도대체 출소한 지 얼마나 됐다고 그래요!"

나는 소리를 빽 질렀다. 반지하 셋방은 내 목소리를 잔뜩 머금어 울어 터질 듯 부풀었다. 그리고 그 목소리 일부는 현관 천장을 타고 밖으로 빠져나갔고, 미처 빠져나가지 못한 다른 일부는 주방 겸 거실 겸 통로에서 우왕좌왕 공명을 일으켰다.

생활의 절박함은 자주 자존심이나 체면 따위, 한때 자신이 지켜야 할 유일한 가치로 여겼던 것들을 쓸데없는 것으로 취급하게 하곤 했다.

"아궁이 탄불이 꺼지면 큰일이야. 기름 때는 동네라서 불을 얻어 붙일 수가 있어야지."

"번개탄이 너무 비싸요."

"여보, 시내버스 요금이 또 올랐어요."

"전기세에 수도세며 뭣 하나 제대로 있는 게 없어요."

백방으로 뛰어다녔지만 노동운동의 전력 때문에 취업은 되지 않았다. 사무직은 고사하고 생산직에서도 받아주지 않았다. 낯선 신도시에 낡은 지도를 가지고 내린 것처럼 막막했다. 석방은 수감보다 더 무거운 형벌처럼 보였다.

민주화라는 말이 마트에 진열한 상품처럼 유행되고는 있다지만, 실속은 포장에 걸맞지 않게 매우 초라하다는 생각이 들었다.

평생을 다해 찾고 있던 파랑새가 문득 돌아보니 깃털이 다 빠진 모습으로 발치에 떨어져 있는 듯한 낭패감과 상실감이 몰려왔다.

앞서서 나가리, 산 자여 따르라…. 만취한 나의 열창 때문에 이튿날 아내는 주인으로부터 심한 타박을 들어야만 했다. 하지만 쓰러진 자의 뒤를 따르는 산 자는 아무도 없었다. 우리의 연대도 하나의 현상으로 남았을 뿐이다. 무엇인가 이루어질 것 같은 열기는 어디론가 사라져 버렸고, 함께했던 사람들은 모두 뿔뿔이 흩어졌다.

나는 청주에서 꽤 먼 거리의 서울 구치소로 그를 보러 다녔다. 짧은 면회시간에 특별히 할 이야기가 있었던 것은 물론 아니다. 그건 아마 적응하려 했던 사회의 냉소와 지친 몸을 스스로 위안받기 위해서, 아니 그에게서 나의 우월한 조건을 확인하고 용기를 얻기 위해였는지도 모른다.

사람은 남의 불행 앞에서 자신의 안일을 몰래 돼 작이며 주판알을 튀기는 동물이라는 생각이 들자 부끄러워졌다.

아내는 아이를 들쳐 업고 셋방을 개조하더니 분식집을 시작했다.

인근 공사 현장의 인부들이 막걸리라도 마시는 날이면 나는 방을 비워줘야만 했다. 밖에서 담배를 피우면서 내가 정말 가난하다는 게 그제야 믿어지기 시작했다. 아내의 손지갑이나 저금통에서 동전이나 작은 지폐를 꺼내는 것도 언제까지 계속할 수는 없는 노릇이었다. 담배를 끊었다.

고교 시절 은사님의 거의 사정에 가까운 추천으로 그나마 취업을 할 수 있었다. 노조설립이나 노동쟁의에는 일절 개입하지 않겠다는 각서를 쓰고 입사한 회사는 말이 주식회사지 영세한 콘크리트제품 제조공장이었다.

노가다 출신이라는 사장은 도통 회계를 모르는 사람이었다. 모든 게 안면 위주이고 주먹구구였다. 저래서 어떻게 회사를 운영하는지 알 수가 없었다.

월급날이면 사장 부인이 동창이나 계모임 등 여기저기서 돈을 빌려와야 간신히 월급을 맞추었다. 직원들은 눈만 멀뚱히 뜨고 남의 일처럼 바라보다 월급봉투를 챙겨서는 사라졌다. 사장 부인은 그들 뒤통수에 대고 늦어서 미안하다며 손을 부비였다. 뭐, 이런 놈의 회사가 있단 말인가?

　사장 모가지 자르는 일 빼고는 뭐든 할 수 있다고 약속받았지만, 도대체 어디서부터 손을 대야 할지 몰랐다.

　공금을 유용하고 차일피일 미루기만 하는 직원과 술 마시고 행패 부리던 직원을 사규에 의해 해고했다. 품질 인증과 KS 등록을 하고 사용처가 애매모호하던 영업비를 없앴다.

　밤을 새워가며 몇 년 전 장부까지 샅샅이 뒤지다 보니 여기저기서 압력이 들어왔다. 노동운동했다는 놈이 되레 우리를 못 잡아먹어 난리라는 야유도 들려왔다. 사장마저도 나를 탐탁지 않아 하는 눈치였다.

　골칫덩어리인 부실채권을 정리하는 것만이 회사가 살 길이었다. 늦은 밤까지 집으로 찾아다니며 끈질기게 사정을 했다. 어쩔 수 없는 악성 채권은 보증인을 법정으로 불러 세우고, 재산을 찾아내 경매신청을 했다.

　그러다 드디어 사고를 당했다. 퇴근길에 집 앞 골목에서 괴한에게 야구 방망이로 사정없이 두들겨 맞은 것이었다. 어차피 각오한 일이었다. 내 담대함에 괴한은 야구방망이를 내던지고 꽁무니 빠지게 도망쳤다. 어떤 것도 두렵지 않았다.

　하지만 오지게 아팠다.

　으스러진 어깨뼈와 정강이뼈가 붙을 때까지 몇 달 동안 병원에 누워서 업무를 보았다. 문병 온 직원들이 깁스 옆의 범인 방망이를 힐끔거리며 당황해 하는 모습을 보고, 이제 월급이 밀리는 일은 없을 것이라고 생각했다.

똑같은 환자복에 규칙적인 식사, 취침, 어쩌면 병원이나 교도소나 크게 다를 게 없다는 생각에 쓴웃음이 나왔다.

퇴원하고 바라보는 하늘은 맑고 푸르기만 했다.

목발을 짚고 공장 마당 구석의 잡초만 무성하던 공터에 휴일마다 틈틈이 꽃밭을 일구었다. 진달래와 장미도 심고 상추와 토마토도 심었다. 매일 물을 주고 풀을 뽑았더니 꽃들은 가뭄에도 계속해서 피어났다. 바람에 향기가 솔솔 날리자 삭막하기만 하던 분위기가 한결 달라졌다.

후생복리제도를 개선하고 새로 근로 계약서를 작성했다. 이제 내가 사용자 편인지 근로자 편인지 모르는 사람은 없을 것이다.

월급을 받아 세탁기를 사고 수배 중 진 빚도 갚았다. 월급이 올라 주택부금도 들었다. 인생이란 결국 필요한 물건의 목록을 채웠다 줄였다 하는 일의 연속인지도 모른다.

우리는 꿈을 이루게 될까? 그 꿈을 진정으로 그리워하는 것일까? 어쩌면 두려워하고 있는 걸까?

그는 매일 편지를 보내왔다. 내 서툰 솜씨와는 달리 그는 어느새 탁월한 문장가가 되어있었다. 불교용어를 한문 가득 빼곡히 앞뒤로 쓴 편지는 이해하기 힘들었지만, 면회 갔을 때 기뻐하는 그의 모습은 꼭 동자승 같았다.

그에게 슬픔이 찾아왔다. 무덤까지라도 따라가겠다고 그렇게 열렬하던 아내는 그의 곁을 떠나갔다.

우편으로 이혼 통지서만 남긴 채.

모든 사람들이 그의 곁을 그렇게 떠나갔다. 아무런 미련도 없다는 듯이.

접견실에서 마주한 그의 얼굴은 반쪽이 되어 있었다. 입술이 부르터져 있는 그에게 이해해야 한다고 위로했지만 그는 이미 모든 걸 체념한 듯했다.

그때, 문민정부가 탄생했다. 우리가 그렇게 목 터지게 외치고 기다리던 민주화가 이루어진 것이다. 민주화는 그렇게 우리 곁에 왔다. 기원을 알 수 없는 신화처럼, 수상할 것도 없이.

나는 흥분했다. 때마침 불어 닥친 국내외 사형폐지론으로 매스컴은 뜨거웠고 희망이 있어 보였다. 우리나라는 세계에서 몇 안 되는 사형제도 국이었다. 전국의 인권단체나 종교계, 사형수 가족들은, 세계화를 부르짖는 새 정부와 김영삼 대통령에게 거는 기대가 컸고 희망에 차 들떠 있었다.

사형제 폐지는 이미 돌이킬 수 없는 대세였다. 일제 감형이 있을 거라고 모두가 확신하고 있었다.

출근해서 조회하기 전 따뜻한 커피를 마시는 동안, 커피에서 짙은 향이 나며 식어가는 동안, 그 짧은 동안들이 나는 평온하고 행복했다.

어제 편지를 받고 면회한 지가 꽤 오래되었다는 생각이 들어 구치소를 다녀와서인지 좀 피곤했다. 습관처럼 신문을 펼쳤다. 새 정부 출범 후 일제히 집행된 사형기사가 있었다.

지구의 자전과 공전이 일시에 멈추는 것 같았다. 나는 숨조차 크게 쉴 수 없었다.

16명의 명단 끝줄에서 그의 이름이 날 간절히 바라보고 있었다. 조간신문은 낙하하는 꽃잎처럼 힘없이 봄을 향해 몸을 던졌다.

그가 마지막으로 보낸 편지를 펼치는 내 손은 떨리고 있었다.

'우편번호 437-120. 경기도 의왕시 포일동 산 18-1. 서울구치소. 2073번. 김무경 보냄'이라고 쓴 봉함엽서.

"오늘도 이필원 씨 생각을 했답니다. 꼭 내 몫까지 살아서 행복하셔야 해요. 나는 윤회를 믿어요. 다음 생에는 이름 없는 산자락에 진달래꽃으로 피어나 길가는 사람들의 마음을 밝게 해 주고 싶어요."

창밖에는 자지러지게 피어난 진달래가 온 산을 불 질러 놓고 있었다.

그는 소원대로 진달래꽃으로 피어났을까? 저 비명처럼 터지는 꽃봉오리들이 어쩌면 그의 넋일지도 모른다.

나는, 그와의 약속을 지켰을까?

*대한민국은 김대중 정부부터 사형집행을 하지 않아 현재 비 사형 국가로 분류되고 있음.

시간이 멈춘 자리

"엄마, 엄마야? 생일 축하합니다아~

이모가 그러는데 오늘이 엄마 생신이래요.

한별이가 이렇게 축하드려요.

짝짝짝."

수화기 속에서 한별이의 손뼉 치는 소리가 맑고 투명하게 들려왔다.

갑자기 가슴속에 바람구멍이라도 난 것처럼 눈물이 떨어졌다.

"국거리는 양지머리가 낫지요. 산적거리는 꼭 등심이 아니라도 괜찮아요. 호호호, 그럼요, 한우니까 고기가 이렇게 좋죠. 이 동네서 사장님처럼 매너 좋으신 분이 어디 또 있겠어요? 사모님은 차암 좋으시겠다아~ 그쵸오?"

거울을 보고 있는 오십 대 중반 정도의 남자는 청바지를 입은 엉덩이가 럭비공처럼 단단해 보였다. 내 애교를 견디다 못해 고른 사골을 골절기에 소리 내어 자르는 동안, 뒷 목덜미에 남자의 강한 시선이 박혀 있다는 걸 느낄 수 있었다. 냉장고에서 박카스 한 병을 꺼내왔다.

"사골은 꼭 물에 담갔다가 고아야 해요."

남자는 박카스 한 병을 두 모금에 마시더니 가게를 나갔다. 내 예감이 틀리지 않는다면 저 남자는 집에 가서 바가지를 썼다고 마누라한테 바가지깨나 긁힐 것이다.

내 예감은 적중률이 매우 높은 편이다.

가게 문을 열고 들어오면 가로 아홉 자 높이 네 자의 냉장 진열장이 있다. 진열장은 삼단으로 되어있으며 식욕을 돋우도록 붉은 등이 켜져 있다.

맨 아래 칸에는 소 족발과 사골 뼈, 꼬리 세트나 내장 따위의 부산물들이 쟁반에 담겨있고 둘째 칸에는 등심이나 불고기감, 국거리들이 가지런히 놓여있다. 문을 제일 자주 여닫는 위 칸에는 삼겹살이나 목살, 찌개거리나 국수사리처럼 갈아 놓은 민찌 등이 수북이 쌓여있다.

고기를 전부 썰어서 진열하고 도마나 육절기를 청소하고 부지런히 장갑마저 빨아 널고 나면, 나는 땀을 닦고 진열장과 육절기 사이의 칠십 센티미터의 공간 사이에 놓인 지름 삼십오 센티미터의 둥근 플라스틱 의자에 앉아 창밖을 내다보곤 한다.

그렇게 창밖을 내다보고 있으면 굳이 시간을 확인하지 않아도 '아, 지금은 몇 시쯤 됐겠구나.' 하고 감이 잡힌다.

밝은 세상 안과의 미스 장이 길 건너 편의점으로 들어가는 것이 보이면 그때는 열 시가 틀림없다. 옅은 분홍기가 있는 가운을 입은 미스 장은 매일 같은 시간에 편의점 들른다. "어디 숨겨둔 애인이라도 있나 봐?" 했더니 얼굴을 붉히며 웃었다. 열 시가 되면 저 길 건너편에서 미스 장의 속삭이는 밀어들이 들려오는 듯해 나는 귀가 간지럽고 온몸이 나른해지곤 하였다.

내 가게에는 한 번도 들른 적이 없지만 숫다리에 털이 많은 한 남자가 자전거를 타고 지나가는 것이 보이면 영락없이 열 시 사십 분이다. 약속다방 최 양은 시도 때도 없이 가게 앞을 지나다니는데 오후가 지나고 저녁이 될수록 그녀의 종아리는 창문 너머로 보기에도 딱딱하게 알이 박혀 있었다.

탕수육 거리를 사러온 대동관 주인이 눈을 휘둥그레 뜬다.
"우와 아, 한별이 엄마 칼솜씨 많이 늘었네? 처음엔 몇 번씩 칼질하더니만 이젠 아주 한 번에 칼같이 자르는구만."
한 근, 정확히 육백 그램을 베어 싸주거나 너무 많아 잘랐다가 몇 번씩 떼어낸다면 손님들은 대번에 눈살을 찌푸릴 것이다. 육백십 그램쯤 베어 저울에 올려놓은 뒤 이삼십 그램 한 덩이를 더 올려놓았을 때, 손님들은 드디어 만족한 표정을 짓는다. 어느새 내 손은 원하는 무게를 정확하게 잘라내는 저울이 되어 있었다.
나는 세상일을 저울에 올려놓고 평가하는 나쁜 버릇에 길들여져 있다. 반 근짜리 손님은 별 볼 일 없는 반 근짜리 인생으로 보이고, 한 근 손님은 한 근 가벼운 인생으로, 열 근짜리 손님은 갈비짝처럼 묵직하고 튼실하게 보인다.
그리움이나 미움 같은 감정도 올려놓기만 한다면 정확한 그램 수로 잴 수 있을지도 모를 일이다.
세상을 저울 위에 올려놓고 이해하기까지는 많은 시간이 필요했다. 나에게 삶이란 단지 오늘을 견디는 것, 바로 그것뿐이다. 아직 더 견뎌야 했다. 그러나 내게 삶을 견디는 방법을 가르쳐준 사람은 아무도 없다. 다만 아직 나에게도 현재형으로 쓸 수 있는, 현재형으로밖에 말할 수 없는 추억이 있다. 어쩌면 그 추억을 되새김질하기 위해서 이렇게 살아가고 있는 것은 아닐까?

대구상회 할머니가 들어서고 있다. 숱한 생각들이 한꺼번에 흩어지기 시작했다. 상가 사람들은 오래전 대구상회라는 포목점을 했던 칠순을 훌쩍 넘긴 할머니를 대구상회 할머니라고 부른다. 시장 뒤 단독주택에 온갖 화초를 가꾸며 혼자 사는 할머니는 연세에도 불구하고 멋 내는 것을 좋아한다. 한시도 자신이 여자라는 것을 잊지 않는 타입이다. 립스틱 색깔도 볼 때마다 다르고 손톱엔 항상 매니큐어가 칠해져 있었다. 자주 가게에 들러서 소가 들어오면 다음날 아들이나 며느리를 데리고 와서 갈비를 사가곤 하였다.

오후가 되기 전에 부탁한 갈비를 손질해 놓는다는 게 그만 막연히 창밖을 내다보고 있느라 잊고 있었다. 박카스를 탁자 위로 내려놓으며 잠깐 기다리시라고 말하면서 미안하게 웃어 보였다.

"어젠 딸네 집에 다녀왔는데 말야."

할머니의 목소리는 잘 들리지 않았다. 골절기를 작동시키는 소음이 실내에 가득 찼다. 소음을 이겨낼 목청은 없었는지 할머니는 가방에서 책을 꺼냈다.

"할머니도 책을 다 읽으시네요?"

"그럼, 늙은이라고 책도 안 보는 줄 알어? 죽을 때까지 그저 사람은 책을 봐야 한다구. 늙어서 무식하면 그것도 병이야 병.”

 “무슨 책인데요?”

 “이거? 오바마 대통령 얘기야. 안즉 안 봤어? 늙어서도 정치 얘기는 재밌드라구. 어제 외손녀가 읽어 보라구 주드만.”

 “숙자는 잘 있구요?”

 숙자는 할머니가 기르는 요크셔테리어다. 열 살이 넘었다는 얘기를 들은 지가 몇 년이나 지났는데도 여전히 열 살이 넘었다고만 하신다. 자식들보다도 가까운, 어딜 나갔다가도 숙자 때문에 빨리 돌아온다는 아마 할머니의 제일 친한 친구요 유일한 말벗일 터였다.

 지난번 할머니가 숙자를 데리고 왔을 때, 부쩍 수척해진 숙자를 슬며시 저울에 올려놓아 보았다. 3.3kg. 다섯 근 반. 전보다 오백 그램이 줄었다. 한 근 가까이 줄어든 살은 어디로 간 걸까? 저울 위에서 숙자는 나를 빤히 바라보았었다.

 음식 냄새를 맡으면 코를 벌름거리다가 침을 꼴깍 삼키는 것이나, 한숨을 깊게 쉬거나 눈치를 보는 걸 보고, 어쩌면 개에게도 영혼이 있을지 모른다는 생각을 했었다.

 “아, 그 애야 잘 있고 말고 할 게 뭐가 있어, 늘 그렇지. 갈비를 반은 갸가 먹는데두 요즘은 부쩍 부실해지는 것 같아. 내 몸이 요즘 꼭 그렇다니까, 아주 속상해 주욱겄어. 내가 죽기 전에 숙자가 먼저 죽어야 할 텐데.”

 “할머니 아직 정정하고 고우신데요. 뭘.”

 “그랴? 그래 보여?”

할머니와 나의 공통점은 미망인이라는데 있고 다른 점은 할머니는 무척 유복하고 나는 지지리도 복이 없다는 점이다.

내게 우월한 게 있다면 할머니 말대로 새파랗게 젊디젊은, 아직 몇 번이고 주소를 옮길 수 있다는 나이밖에는 없다.

어쩌다 할머니와 눈이 마주쳐 할머니의 동공을 들여다보았을 때 얼핏 검은 그림자가 스쳐 지나갔었다. 그것은 환시가 틀림없었을 테지만 나는 할머니의 죽음을 미리 감지해버린 듯한 기분이 들었다. 다시 보았을 때 검은 그림자는 더이상 보이지 않았지만, 할머니의 얼굴에는 이미 죽음의 지층이 깊이 쌓여있다고 나는 무턱대고 그렇게 생각했다. 그 뒤로 할머니가 갈비를 사러 올 때마다 어쩌면 이것이 할머니가 세상에서 사는 마지막 갈비일지도 모른다는 생각을 하곤 하였다. 나는 어쩔 수 없이 고기 근이나마 넉넉하게 저울 위에 올려놓곤 했었다.

봉지를 받아든 할머니는 갈빗값 외에 이만 원을 더 얹어주었다.

"이쁜 옷 좀 사 입구 그랴, 젊은 여자가 옷이 그게 뭐야?"

나는 고개를 숙여 새삼스럽다는 듯 내 옷차림을 내려다보았다. 남색 추리닝. 나는 계절에 상관없이 한 벌에 사만 오천 원하는 무릎과 엉덩이가 튀어나온 두 벌의 추리닝만 입고 있다. 겨울에는 그 위에 잠바만 걸쳐 입는다.

남편은 나의 그런 고집스런 옷차림을 마음에 들어 하지 않았었다. 내가 옷차림을 바꾸었다면 그는 떠나지 않았을까?

대구상회 할머니는 지팡이를 짚고 절뚝거리며 가게를 걸어나갔다. 나는 문밖까지 할머니를 부축해 드렸다. 나는 대구상회 할머니의 뒤뚱거리는 뒷모습을 오래도록 바라보며 또다시 어쩌면 저 검은 비닐봉지가 마지막일지도 모르겠다는 생각을 하고 있었다.

쟁반 바닥의 팔 수 없는 쇠고기 부스러기들을 모아서 미역국을 끓였다. 오늘은 내 생일이다.

*

사람이 순수하다는 것은 스스로 쉽게 상처를 받는다는 뜻이기도 하지만 타인의 상처를 빨리 흡수한다는 뜻이기도 했다.

남편이 바로 그런 남자였다. 무역회사에 다니던 그는 바이어를 놓치지 않으려고 남의 가정을 파탄 지경으로 몰아넣는 사장에게 실망해 사표를 던졌다.

한 번 합석했던 여직원을 잊지 못한 바이어가 이 년 만에 찾아와 다시 그녀를 불러달라고 했다는 것이었다. 그녀는 이미 결혼하여 직장을 떠난 뒤였다. 사장은 그녀를 찾아가 회사가 망할지도 모른다며 만나주라고 반협박, 반공갈로 바이어의 호텔방에 밀어 넣었다. 훗날 문제가 되자 사장은 남편에게 허락을 받은 줄 알았다고 발뺌했다. 오히려 혹시 다른 남자 문제가 있는 것은 아니냐고 반문하는 사장의 얼굴에 남편은 월급봉투를 집어 던지고 나왔다.

가난하더라도 바르게 살자고, 세 식구 오순도순 살자고 낙향해 소를 기르기 시작했다. 난 시골 생활을 해보지도 않았고 축사를 구경해 본 적도 없었다. 닭의 모가지를 비틀기는커녕, 죽은 생선 머리를 토막 낼 때도 멈칫거리는, 남편 말대로 온 실속의 콩나물 같은 그런 여자였다.

하지만 그가 늦게 들어오는 밤 텔레비전이나 보고 낄낄거리며 웃고 있을 수만은 없었다. 분만하는 송아지를 받아야 했으며, 축산모임 총무로 항상 바쁜 남편 대신 소똥을 치워야 했다. 농가부채 탕감을 외치며 데모하러 간 그 대신 사료를 못 주겠다는 조합 부장과 딸아이를 업은 채 멱살 잡고 싸워야만 했다.

난산으로 죽어가는 소를 놓고 삼백만 원부터 시작한 소 값은, 시간을 끌수록 점점 내려가 막상 숨이 끊어졌을 땐 십오만 원 이었다.

단돈 십오만 원!

그것도 싫으면 그만두라고 돌아서는 업자한테 되레 차를 막고 통사정해야만 했다. 그 큰 소를 도대체 어디다 묻는단 말인가?

그래서 이를 악물고 시작한 가게였다.

조합의 이자와 사료값 독촉을 더는 감당할 수 없어, 자식 같던 중소들을 빼앗기다시피 헐값에 넘기고 이곳 중앙상가에 농민후계자 정육점 간판을 달았을 때, 주변 사람들은 모두 미친 짓이라고 했다.

그러나 남편의 생각은 달랐다. 그는 무엇보다도 이 동네의 지역적 특성에 대해 자신했다. 윗블록에 정육점이 두 곳 있긴 했으나 주변에 밀집한 식당가들이나 재래시장 인근이라는 것, 그리고 자신이 정열적으로 몸담았던 축산모임 사무실과 가깝다는 것이 그에게 자신감을 갖게 했다.

개업하고 열흘쯤 지나 억수같이 비가 오던 날이었다. 정말 단 한 사람도 손님이 없었다. 어차피 마지막이란 생각으로 모든 걸 빚으로 시작한 가게였다. 물건은 얼마든지 밀어 주겠노라 던 축산모임 회원들이 슬그머니 꽁무니를 빼며 외상값 독촉을 해오자, 잔돈까지 톡톡 털어서 수금해 주고 난 뒤라 우린 하루를 굶었다. 이튿날, 해장국집에 육만 원짜리 소머리 하나가 팔렸다. 우리는 그 돈을 가지고 종합분식에서 만둣국을 곱빼기로 사 먹었다.

그날이 바로 내 생일이었다. 국물을 후룩 거리면서 그가 소리 없이 눈물을 훔치는 것을 보았다.

가게로 돌아왔을 때, 가게는 폭탄이 터진 전쟁터처럼 온통 난장판이었다. 깨어지고 부서지고….

염려하던 일이었다. 불쌍놈, 백정이 된 놈을 도저히 그냥 둘 수 없다며 종친회에서 몰려와 한바탕 난리를 치고 간 뒤였다. 남편은 그날 소주와 제초제를 마셨고 사흘 후 영영 내 곁을 떠나갔다.

그때 나는 내 육신과 정신 모두 파 기와처럼 산산이 조각나버렸다고 생각했다. 현실에 대한 자폐 감이 목울대까지 차버렸으며 내면 가장 깊은 곳에서는 수 천수만 송이의 목련이 흔들거렸다.

삶이 자꾸만 점멸하기 시작했다.

삼우제를 지내러 온 칠장사 너른 뜰에 목탁 소리가 내려앉았다. 빗소리는 점점 세차게 들렸고 침묵의 소리 저편에 바람이 피워 올린 안개비가 독경 소리를 파고들었다. 마당에 손수건이 떨어져 있었다. 신도 중에 누군가가 흘렸나 보다. 비에 젖어 색상이 더 선명해진 손수건이 처연하게 비를 맞고 있었다. 향수를 몇 방울 떨어뜨렸던 손수건의 젊은 날은 즐거운 나날이었으리라. 주인이 버렸는지 잃은 것인지 빗물을 함빡 맞고 있는 모습이 안쓰러웠다. 남편의 넥타이에도 저 빛깔과 같은 것이 있었다.

남편의 죽음은 받아들일 수 없는 죽음이었다. 지가 무슨 쇠뜨기나 바랭이야, 제초제를 마시게….

이제 내가 살아갈 세상에는 괴로운 일만 남았다는 생각이 들었다. 앞으로 살아갈 세상에는 누군가 내가 알던 사람이 죽을 것이고, 내가 알던 거리가 바뀔 것이고, 내가 소중하게 여겼던 것들이 하나둘 떠나버릴 것이기 때문이다.

세월이 한 뭉텅 잘려나가 버린 느낌이었다. 누군가의 말처럼 지금은 단지 터널을 지날 뿐이라고, 하루에도 수십 번이나 뇌까리며 자신을 달래고 억누르며 살아야만 했다. 그러면서 내 안에 간직한 불빛들을 하나둘 꺼내보는 일이 잦다는 사실을 깨닫게 됐다. 사탕을 넣어둔 유리항아리 뚜껑을 계속해서 열어대는 아이처럼 나는 빤히 보이는 그 불빛들이 그리워 자꾸만 과거 속으로 기어들어갔다.

하지만 이대로 물러설 수만은 없었다. 나의 가슴속에는 슬퍼할 여유 있는 자리가 없었다. 희미해진 기억의 현기증 너머로 가지 않으면 안 될 길을 보았다. 신호등 앞에 선 자동차의 깜빡이 등처럼 발길을 재촉하는 심장의 고동 소리도 들렸다.

그것은 또 다른 길의 시작이었다.

상복을 벗자마자 얼마 되지 않는 조의금으로 소와 돼지를 사서 이를 악물고 다시 시작했다. 주변의 조롱을 비웃듯이 얼굴에서 화장기를 지우고 그동안 진 빚을 갚고, 단골들도 많이 늘리고 이만큼 꾸려나왔다.

개중에는 후계자가 죽었는데 아직도 후계자정육점이냐고 비아냥거리는 소리도 들려왔다.

*

팍팍한 입안으로 미역국에 밥을 말아 수저질을 하고 있다가 전화를 받았다.

"언니야? 잠깐만, 한별이 바꿔줄게."

"엄마, 엄마야? 생일 축하합니다아~ 이모가 그러는데 오늘이 엄마 생신이래요. 한별이가 이렇게 축하드려요. 짝짝짝."

수화기 속에서 한별이의 손뼉 치는 소리가 맑고 투명하게 들려왔다. 갑자기 가슴속에 바람구멍이라도 난 것처럼 눈물이 떨어졌다. 한별이만은 정육점 집 딸로, 백정의 딸로 키우지 않으려고 떨어져 살아야만 했다.

동생은 어머니가 돌아가신 후 돌아갈 친정조차 없어진 내게 김치며 밑반찬 따위를 챙겨주고, 분당에서 싸온 보따리를 잔소리와 함께 풀어내 냉장고를 가득 채워놓곤 하였다.

동생에게 말하지 않았지만 나는 반찬들 대부분을 썩히고 어떤 때는 아예 통째 내다 버리기도 했다. 동생이 알면 한별이처럼 종아리를 맞을지도 모를 일이라고 생각하자 피식 웃음이 나왔다.

"밥은 거르지 않고 꼬박꼬박 챙겨 먹고 있는 거지?"

어느새 아줌마가 되어버린 동생은 그렇게 묻고 있었다.

"밥 거르지 않고 잘 챙겨 먹는 거, 그거 아주 중요한 의무라는 거 알아 언니?"

나는 놓았던 수저를 들어 미역국을 휘저었다. 어느새 미역국은 미지근하게 식어 몽글몽글 기름이 떠 있었다.

비가 오려는지 날벌레들이 날아들었다. 살충제를 들고 문밖으로 나갔다. 나는 문밖에서 가게 안을 들여다보는 것을 썩 내켜하지 않는다.

그럴 때마다 확실하고 분명하게, 그가 없다는 사실이 새삼스럽게 깨달아지곤 하기 때문이다.

유리 전면에다 살충제를 뿌리자 날벌레들이 비틀거리며 바닥으로 떨어져 내렸다. 머리사랑 헤어숍 주인 여자가 나를 보고 조금 웃었다. 그녀는 누군가를 비난하고 험담할 때 유난히 생기가 돌았고 중앙상가의 모든 소문은 먼저 저 입술에서부터 흘러나와 빠르게 번지곤 하였다. 나는 그 여자가 말을 걸어 올까 봐 얼른 가게 안으로 들어왔다. 그 여자 딸아이 몸에는 검고 푸르죽죽한 멍이 가실 날이 없었다. 한 달에 한 번쯤 그 여자는 제 아이를 죽지 않을 만큼 패곤 했다. 그때마다 나는 한별이 생각이 났다.

지난봄, 그 여자가 친정에 간다며 소뼈를 사러 왔을 때 나는 삼만 오천 원짜리 등뼈를 오만 원에 속여 팔았다. 그리고 아이를 불러 대동관에서 자장면과 탕수육을 시켜 함께 먹었다.

손님은 더 이상 들지 않았다. 나는 도마를 청소하고 유리문을 잠갔다.

유리문을 잠그면서 문을 이렇게 꽉 닫아버리면 슬픔이나 고통 따위가 들어오지 못할지도 모른다는 생각을 잠깐 했다.

실내를 돌면서 스위치를 모두 내렸다. 실내에 어둠이 고여 들었다. 오늘 들어온 돼지들 때문에 냉장고는 혼자서 여전히 큰 소리를 내며 쉬지 않고 돌고 있었다. 또 하루가 지났다고 생각하자 어깨 위에 큰 돼지 한 마리가 올라탄 것처럼 발길이 아뜩해졌다.

굵은 빗물이 유리창 밖에서 수많은 빗금을 휘긋고 있었다. 한결같은 소리로 한결같은 굵기로. 빗방울은 물 위에 못을 박는 듯 아프게 떨어지고 있었다. 빗줄기들은 거칠고 난폭한 태도로 가로수들과 간판들을 쓸어가고 있었다. 실내 가득 비릿한 비 내음이 스며들었다.

건널목에 우산을 펴든 사람들이 몇몇 서 있었다. 해바라기가 프린트된 노란 치마가 얼핏 눈에 어른거렸다. 정신이 번쩍 들었다. 신호등에 녹색 불이 켜졌다.

나는 진열장에서 어제 유치원 조 선생이 맞춰두고 간 소 족발을 꺼냈다. 토치램프를 켜고 압축을 하며 불을 적당한 크기로 서서히 맞추었다. 쐐애액 하는 소리가 잦아들면서 토치는 짧고 파란 불꽃을 내뿜고 있었다.

조 선생이 길을 건너가게 쪽으로 걸어오고 있는 것이 보였다. 창밖으로 시선을 주고 있지 않았다면 나는 상념에 빠져 있다가 문 여는 소리에 놀라 허둥거리며 손님을 맞이했을 것이다. 대개 그런 경우 손님들은 다시 가게를 찾지 않았다.

거의 온종일, 작업할 때만 제외하고 창밖으로 두 눈을 부릅뜨고 있어야 했다. 지나가는 사람들에게 일일이 눈인사를 해야 하고 손님이 오는 것이 보이면 죽은 외삼촌이 온 것보다 반갑게 맞이하고, 용모에 대한 손님들의 착각을 요령껏 부추기거나 관심 없는 그네들의 사생활을 심각한 척 물어줘야만 한다. 그래야 손님들은 나를 믿을 수 있는 후계자 한우 정육점 주인으로 취급해주는 것이다.

게다가 소고기 수입이 늘어나면서 한우에 대한 신용을 얻는 일이 무척이나 중요한 일이 되었다.

음성군 대소면 오류리 284번지, 박 아무개네 농장 삼백칠십 킬로 이년생 암소이며, 전화번호까지 버젓이 적혀있어도 으레 '이거 한우 맞아요?' 하고 물어오기 일쑤다.

한우를 차에 실은 채로 가게 앞에 몇 시간씩 세워 놓아야 하고, 소머리나 족발은 이틀쯤 손질하지 않고 잘 보이는 입구 쪽에 진열해서 한우임을 광고해야 했다. 누런 한우 털을 탁구공만큼 붙여 났다가 보는 데서 토치램프로 손질해주면 절로 고개를 끄떡이기 마련이니까. 그런 날 매상이 뛰는 건 당연하다.

계산하면서 조 선생은 신용카드를 내밀었다.

"좀 깎아주시면 현금으로 계산할 수 있는데."

족발 값은 칠만 원이었고 조 선생이 지니고 있는 현금은 육만 원이라고 했다. 현금으로 육만 원을 받으면서 그의 지갑에 빼곡히 들어있는 만 원권을 보자니 웃음이 나왔다. 조 선생은 가슴골이 드러나 보일 정도로 목선이 깊이 팬 원피스를 입고 있었다. 그런 조 선생의 모습을 바라보며 나는 문득 한별이가 곁에 있더라도 그 유치원에 맡기지는 않았을 거로 생각했다.

*

비가 내리지 않았더라면 길을 건너 제과점에 가서 갓 구워낸 따끈한 식빵을 사왔을 것이다. 그러나 밖을 내다보면서 도무지 저 폭우를 뚫고 가게 문밖을 나갈 엄두가 생기지 않았다.

오늘 점심은 상가 건물 내에 있는 음식점 중에서 시켜먹어야 한다. 나는 일주일에 두 번쯤 중앙상가나 건너편 하나로 상가 내에 있는 식당에서 음식을 배달시켜 먹는다. 그렇게 하지 않으면 인정머리 없다는 말이 나돌고 그네들 또한 윗블록에 있는 정육점이나 대형마트 정육부를 이용하려 들것이다. 나는 대동관으로 전화를 걸어 울면 한 그릇을 시켰다.

대동관 청년은 울면 한 그릇을 내려놓고 가게를 나갔다. 세워둔 오토바이에 시동을 걸고 청년은 또 다른 곳으로 배달을 가는지 약국과 편의점 사이로 올라갔다. 청년의 오토바이에서 내 가슴처럼 검은 연기가 뭉클뭉클 꼬리를 물었다. 간이 맞지 않는 울면은 이미 불어 있었다.

창밖으로 하나로 상가 이 층 계단에서 국일관 갈비 사장이 우산을 들고 한 남자와 걸어 나오는 것이 보였다.

간판을 달고 가게 문을 연 지 며칠 지나지 않아 남편과 나는 국일관 갈비 사장을 찾아갔었다. 국일관 숯불갈비에서 우리 후계자 한우 정육점 고기를 써 주었으면 좋겠다고 말했다. 물론 최고의 육질과 파격적인 가격 제시도 잊지 않았다.

백오십 근. 규격 돈 한 마리 무게의 육중한 그는, 이미 윗블록에 있는 현대정육점과 계약하고 있으므로 그럴 수 없다고 했다. 그의 음성은 영농자금을 빌리러 온 농부를 냉대하는 말단 농협 직원처럼 싸늘했다.

나를 쳐다보는 그의 시선은 음흉한 남자의 눈빛처럼 질척해 보였다. 등 뒤로 서늘한 기운을 느끼며 나는 남편의 팔짱을 꼭 낀 채 갈 빗집을 걸어 나왔다.

남편이 내 곁을 떠나고 난 후 국일관 숯불갈비에서 전화가 왔다. 나는 한참을 망설이다가 점심시간을 이용해 다방에서 그를 만났다. 작업한 뒤라 기름기가 번들번들하게 묻은 옷을 갈아입어야 하지 않을까 하는 생각을 잠깐 하다가 입고 있던 추리닝차림 그대로 갔다.

그는 요즘 장사가 잘 되느냐고 물었다. 나는 요즘은 그나마 남편 친구들이 많이 도와주어서 그럭저럭 먹고살 만하다고 대꾸했다. 그는 두툼한 턱밑에서 나오는 듯한 목소리로 자신의 식당에서는 하루에 삼백 인분은 너끈히 나간다고 했다. 가장 큰 거래처가 될 것이다. 몇 년 만 거래해 준다면 어쩌면 남편 소원대로 다시 소를 기를 수 있을지도 모른다. 현대정육점과 오래 거래했지만, 앞으로 주문을 내 가게로 하겠다고 말하며 그는 조금 웃어 보였다. 그렇게 해주시면 감사하겠다고 말한 뒤 나는 엽차를 한 모금 마셨다. 엽차에서는 게으르게 김이 피어오르고 있었다.

의자 등받이에서 등을 떼어내 얼굴을 코앞에 들이민 그가 오늘 밤에 시간이 있느냐고 음흉스런 눈빛으로 물었다. 약속 다방 최 양이 나와 국일관 사장을 자꾸만 흘끔거리는 게 느껴졌다. 언젠가 최 양이 국일관 사장이 요구했던 체위를 견디지 못하고 여관방을 뛰쳐나왔다고 말한 것이 생각났다. 최 양이 배달 보자기를 싸며 걱정스러운 눈빛으로 나를 건너보았다.

내 내부에 도사린 무언가가 이윽고 자신을 폭발시킬 비등점을 향해 끓어오르는 것을 삭이느라 애써 말소리를 낮추었다.

나는 심하게 얽은 자국이 난 사장의 번들거리는 얼굴을 정면으로 꼿꼿이 바라보며 "시간은 없어요. 그리고 주문은 받지 않겠어요." 하며 딴에는 단호한 목소리로 말하고 자리에서 일어났다.

다방 계단을 내려오는 발걸음이 자꾸만 휘청거려 발을 헛디뎠다. 계단 밑에서 나를 기다리고 있었다는 듯 최 양이 다가오더니, "언니 저 사람 왜 그래요?"하고 물었다. 나는 아무 말도 하지 않고 녹색불이 켜지길 기다렸다가 길을 건넜다.

옷을 갈아입고 나가지 않은 것이 다행이었다고 횡단보도를 건너
며 나는 생각했다.

남편이 죽었다는 소문은, 그가 떠난 바로 그 날로 중앙상가나 길
건너 하나로 상가까지 부랴부랴 번졌을 터였다. 못이 뽑혀져 나간
자리에 남은 녹슨 자국처럼 과거의 흔적은 역시 지울 수가 없었다.

다음 주, 국일관 주방장이라며 등심 두 채, 갈비 네 짝 등 많은 고
기를 가지러 왔다. 나는 잠깐 망설이다가 우리 가게에서는 해줄 수
가 없으니 다른 곳에 가서 주문하라고 말했다.

"여기 가면 잘해줄 거라고 사장님이 그러시던데요…?"

고개를 갸웃거리며 메모지를 든 주방장이 나갔다. 문득 입술 끝을
약간 치켜 올린, 얼굴 전체를 일그러뜨리며 웃던 사장의 얼굴이 생
각났다. 귀밑으로 땀이 흘렀다.

그가 떠난 뒤, 이유도 없이 왼쪽 귀에서 이명이 들리고 가끔 따끔
거리며 아프기도 했다. 이비인후과의 의사는 아마 달팽이관에 이상
이 생긴듯하다는 자신 없는 진단을 내렸다.

잠을 자려고 베개에 머리를 묻을 때면 한쪽 귀에서 덜컹덜컹 기차
굴러가는 소리가 들려왔다. 매일 밤 귓속으로 기차 한 대가 회차점
도 없이 굴러다녔다.

그가 탄 기차일 거라고 생각했다.

남편이 가게 뒤편에 방을 만들면서 달아놓았던 샤시문이 덜컥거

리고 짐승 같은 검은 그림자가 보였을 때, 나는 벌떡 일어났다.

두려움에 사지를 떨면서 나는 소리를 질러야 한다고 생각했다. 그러나 턱 막힌 가슴을, 옷 앞섶을 부여 쥐고 나는 벌벌 떨고만 있었다. 온몸의 핏줄이 곤두섰다. 가슴이 답답하고 감당할 수 없는 무게로 숨이 막혀왔다. 손은 살의 때문에 부들부들 떨렸고 악문 이 사이로 신음소리가 흘러나왔다.

몸이 습격당한 캐비닛 속같이 파헤쳐져 닫히지를 않았다. 온몸이 사방에서 쑤셔왔다.

부엌을 통해서 뒷마당으로 후다닥 도망치는 발짝 소리가 들렸다. 허름한 문고리가 떨어져 나가 있었고 희미하게 숯불갈비 냄새가 떠돌고 있었다.

신고를 할 수도 없었다. 자신의 불행을 되풀이해서 말해야 한다는 것은 너무나도 슬프고 괴로운 일이기 때문이다.

그리고 도끼보다 무서운 것이 혓바닥이라는 것을 잘 알고 있었다. 평소의 행실이 어쩌고 하면서 나를 화냥년 취급할 것은 물론이고, 결과적으로 더 많은 사내를 불러들이는 꼴이 될 것이 뻔했기 때문이다.

누가 알까? 온몸이, 영혼이 송두리째 타인에 의해 뽑혀져 쓰레기통에 버려지는 것 같은 이 절망감을.

사무친 설움이 쏟아져 나왔다. 그가 떠난 후 처음으로 참았던 울음이 터져 나왔다. 날이 밝을 무렵까지 울음은 길고도 길었다.

옆 가게 김 씨 아저씨를 불러 문고리를 더 달아달라고 부탁했다. 퉁퉁 부은 눈두덩과 부석거리는 얼굴을 한 번 쳐다보더니 아무 말

없이 문고리를 달아주었다. 고맙다는 인사를 해야 하는데, 아무래도 입술과 뇌가 연결되는 선이 누전된 것이 틀림없었다.

아무 이상이 없다는데도 나는 억지를 쓰며 이비인후과를 며칠 다녔다. 그러나 기차는 귓속에서 끊임없이 덜컹거리며 지나다녔다.

*

저녁 여덟 시쯤 갑자기 정전이 되었다. 서랍에서 초를 꺼내 불을 붙여놓고 밖으로 나갔다. 손님이 오면 곤란해질 것이다. 전자저울만 쓰는 요즘엔 정전이 되면 무게를 재 볼 수도 육절기로 썰 수도 없다. 오늘은 주변 식당에서 안줏거리 몇 근을 사러 오는 손님 외엔 찾아오는 사람도 없었고 채 이십만 원어치도 팔지 못했다. 그래서 비 내리는 날을 '우후죽순'이라고 한다. 비가 내리면 손님 발길이 뚝 끊어져 죽을 쑨다는 은어였다. 어서 전기가 들어오고 또 손님이 와야만 했다.

십 분쯤 지난 뒤, 중앙상가 전체가 세상에서 일어나는 슬픔의 암호를 모두 풀어버린 것 같이 일순 환해졌다.

후, 입김을 세게 불어 단번에 촛불을 껐다. 불이 꺼진 후에도 한참 동안 흰 연기는 가늘게 피어올랐다.

열시 쯤, 얼마 전부터 팔리지 않아 진열대 가장 구석에 놓여있던 소 내장을 꺼냈다. 식도와 허파를 떼어내고 지방을 제거하니 염통이 불빛에 매끄러운 속살을 드러냈다. 추리닝 속에 감춰진 아직은 탱탱

한 내 젖통만 한 크기였다. 잘게 썬 소뼈와 염통을 냄비에 올려놓고 돌아서는 내 얼굴이 유리창에 고스란히 비춰졌다.

나는 약간 웃어보았다. 파마가 없는 머리를 뒤로 틀어 올린 삶에 지친 한 여자가, 유리창에서 이쪽을 쳐다보며 우는 듯 웃고 있었다.

많은 것들이 시간 속에서 사라져버렸다. 삶이 더 이상 궁금하지 않을 때 사람들은 추억을 우려먹으며 산다고 누가 그랬다.

어두움, 만져지지 않는 존재감, 익숙했던 만큼 이제 낯설어져 버린 남편의 사진. 이제 사진 속에서라도 그의 모습 하나쯤을 건지고 싶은 건지도 모르겠다.

그 모든 가슴에 가득 찬 것들 위로 미지근한 밥을 밀어 넣었다. 내장 찌개를 입속에 떠 넣으며 나는 이제 스스로 알아왔던 것보다 훨씬 강한 사람이라는 생각이 들었다.

셔터를 내리고 불을 끄고 방으로 들어와 약 한 봉지를 먹었다. 이틀 전에 새로 받은 처방은 조금 더 강해진 듯했다. 약을 먹고 30분이 지나면 모든 것이 몽롱해지고 못 견디게 잠이 쏟아졌다. 이틀 치씩 돈으로 살 수 있는 달콤한 잠.

때로는 꿈꾼다. 아무도 아는 사람이 없는 곳, 나를 모르는 낯선 곳으로 가서 새 도화지에 그림을 그리듯이 산뜻하게 새로 시작하는 꿈.

*

대구상회 할머니가 죽었다며 김 씨 아저씨가 영안실을 알려주고 돌아갔다. 사람들은 죽음을 나쁜 소식이라고 안됐다고 말한다. 죽었다는 것은 그 사람에게 손해인가? 물론 죽은 사람에게는 내일이라는 시간이 오지 않지. 모두들 내일이 온다는 말을 희망이 있다는 뜻으로 쓰고 있어. 우리에게 내일이 있다, 내일을 향해 뛴다….

그런데 내일이 오는 것, 그것이 어떤 사람에게 희망이라는 걸까? 나에게 내일이란 단지 지루한 시간의 연속일 뿐이야.

창밖을 내다보고 있다가 서랍을 열어 만 원짜리 다섯 장을 꺼냈다. 저녁에 영안실에 갈 거라는 김 씨 아저씨를 찾아가 조의금이 든 봉투를 내밀었다.

김 씨 아저씨는 함께 가보는 게 어떻겠냐고 했지만 나는 싫다고 했다. 대신 갈비 한 대를 발라 정성껏 칼집을 내고 손질했다. 그리고는 불고기 양념을 넣고 오래도록 끓였다.

저녁이 되기를 기다렸다가 가게 문을 잠그고 밖으로 나왔다. 거리는 화장기 없는 여자의 얼굴을 하고 있었다. 추리닝 앞섶이 들썩거리고 뒤로 묶어 맨 머리채가 너풀거렸다. 바람은 한결 난폭해 있었지만, 아직 빗방울은 떨어지지 않고 있었다. 북서쪽 하늘에서는 검은 구름들이 진군해오고 있었다.

공터를 지나자 할머니네 크고 너른 마당이 보였다. 대문을 슬쩍 밀어보았다. 대문은 육중한 소리를 내며 열렸다. 문틈으로 고개를 내밀었다. 마당 안에는 아무도 없었고 수십 개의 화분이 현관으로 통하는 좁은 길만 남겨놓은 채 바람 속에 서 있었다. 어디에도 인기척은 없었다. 그 집은 그저 밥 먹고 자기 위해서만 지은 집들하고는 달랐다.

덩굴무늬가 정교하게 조각된 현관 손잡이를 당겨 보았다. 뜻밖에 문은 잠겨 있지 않았다. 마루가 깔린 널따란 공간으로 들어섰다. 어둠 속에서 꼬리 치는 소리가 들려왔다.

숙자였다.

어둠 속에서 시각보다 청각이 더 믿을 만하다는 것은 새로운 발견이었다. 나는 준비해간 갈비를 꺼냈다. 숙자는 냉큼 갈비를 물고는 어둠 속으로 사라졌다. 오도독거리는 씹는 소리를 듣다가 나와, 가장 늙고 오래되어 보이는 나무를 찾아 그 앞에 섰다. 거친 몸통의 향나무는 정원의 가장 구석진 자리에 있었다.

삽을 찾아 흙을 파내기 시작했다. 흙은 생각보다 단단했다. 흙을 파내기 시작한 지 얼마 되지 않아 뿌리들이 툭툭 불거져 나왔다. 뿌리는 완강하게 뒤엉켜 있었다. 고기를 냉장고에 걸 때만큼이나 숨이 가빠오고 이마에서 땀방울이 흘렀다.

누군가 그랬던 것이 기억났다. 죽기 직전의 몸무게에서 죽은 뒤의 몸무게를 빼면 그게 바로 영혼의 무게라고. 할머니 영혼의 무게는 얼마쯤 나갔을까?

구덩이는 이제 제법 깊게 파였다. 숙자를 안아다 움푹 파인 구덩이에 밀어 넣었다. 숙자는 어둠 속에서 꼬리 치며 빤히 날 바라보고 있을 뿐이었다.

숙자는 순식간에 묻혔다.

흙을 덮고 꾹꾹 정성 들여 오래도록 눌러주었다.

'숙자야, 이제 할머니 곁으로 가거라. 그리고 다음 생엔 부디 사람으로, 그리고 사내로 태어나거라.'

나는 허공에 대고 지껄였다.

'언젠가 내가 죽으면 내 몸을 태우고 보아줘. 늑골과 늑골 사이에, 명치가 있던 자리를 잘 찾아봐. 거기 얹혀있던 외로움이 뭉쳐서 독한 돌이 되어 있을 거야.'

'누군가 그랬지? 한 번 해병은 영원한 해병이라고. 한번 후계자는 영원히 후계자야. 누가 뭐래도 당신이 이루지 못한 꿈을 난 꼭, 이루고야 말겠어.'

낚싯줄처럼 투명하고 단단한, 그동안 간신히 부여 쥐고 있었던 팽팽한 끈 하나가 툭, 하고 끊어지는 소리가 들려왔다.

나는 흙을 털어내고 간신히 일어섰다. 휘청거리며 늙은 향나무의 몸통을 꽉 부여잡았다.

참고 있었다는 듯 굵은 빗방울이 후드득후드득 떨어지기 시작했다.

07

앗쌀로 말레이쿰

한국은 분명 희망의 나라였고 약속의 땅이었다.

"앗쌀로 말레이쿰."

고개를 숙여 인사하는 그의 얼굴에서 햇살이 미끄러졌다.

　창밖에는 냉랭한 바람이 불어대고 쪽빛 하늘에 뜬 구름들은 북쪽으로 허둥대며 달려가고 있다. 밖을 내다보는 내 눈은 절반쯤 떠져 있지만, 초점이 없다. 주체 못 할 곳으로 곤두박질치는 나의 시선은 창밖 너머로 자꾸만 멀어져 간다.

　갑자기, 공허해진다.

　내 이름은 주민등록증에 코벨랑카 알렉산드리아 다리아라고 되어 있지만 모두 다리아라고 부른다. 주민등록증으로 무엇을 증명할 수 있을까? 얼굴과 숫자와 지명과 이름 외에 또 무엇을 증명할 수 있을까? 증명이 목적인 플라스틱 카드는 정작 중요한 것은 아무것도 증명할 수 없다.

　내가 한국 이름으로 개명을 하지 않은 것은 나를 증명할 수 있는 모든 게 사라졌고 남아 있는 것은 오직 이름뿐이기 때문이다.

세탁기 뒤에서 내가 숨겨놓은 빈 소주병들이 우 웅 소리를 낸다. 제 주인의 발소리를 듣고 공명하는 것 같다. 마시던 소주병이 냉장고에 있을 것이다.

컵을 들어 남은 소주를 입에 털어 넣었다. 목울대를 타고 내려간 소주가 찌르듯 왼쪽 위벽을 자극했다. 이럴 때마다 야릇한 쾌감이 번지는 것은 무슨 까닭일까? 알코올 기운이 혈관을 타고 내려가자 온몸을 조이고 있던 나사들이 하나씩 풀린다. 제일 먼저 나타나는 징후는 웃음이다. 그다음은 조금씩 혀가 풀린다. 나에게 술은 밥이고 안식이며, 자신으로 환원되는 유일한 통로인지도 모른다.

더 이상 알고 싶은 삶의 진실 같은 것은 없다. 행복은 이제 내 삶의 사전에는 없는 단어인지도 모른다.

발을 헛디뎌 도랑에 처박힌 시어머니는 구급차에 실려 오면서, 이를 딱딱 부딪치며 오한에 온몸을 부들부들 떨어댔다. 손을 꼭 잡고 왔지만 무섭기만 했다.

"낙상으로 인한 우측 대퇴골 골절입니다. 인공관절 치환술과 체내 금속정고정술 두 가지가 있어요. 인공관절 치환술은 출혈이나 고통이 많은 대신 회복이 빠릅니다. 환자의 나이를 고려해서 인공관절로 선택하는 게 좋겠습니다만."

정형외과 과장은 생각보다 젊고 친절했다.

"시골이다 보니까 연로한 분들이 많이 계시고 이런 종류의 수술을 많이 하게 됩니다. 그중 수술 후 깨어나지 못하는 분들도 가끔 계십니다. 수술 서약서 받을 때 뭐, 이렇게까지 해야 하나 하고 의아심을 가지실 텐데, 일단 고령이다 보니까 기력이 떨어져서 수술 후 치매나 뇌졸중으로 이어지는 수도 있습니다."

병실에 와보니 웬일인지 침대가 휑하니 비어 있었다. 묻기도 전에 간호사가 달려와서 보호자 요청으로 아래층 6인 병실로 옮겼다고 했다. 보호자? 누가 보호자란 말인가?

바뀐 병실에는 시누이들 셋이 모두 와 있었다.

"얘, 다리아! 환자만 남겨놓고 어딜 그렇게 싸돌아다녀? 싸가지라곤. 그리고 여기도 좋기만 한데 하루 몇만 원씩 더 주고 뭐하러 거기에 있니?"

명품 가방을 샀다고 떠들던 호기는 어디로 갔는지, 2인 병실에서 의료 보험에서 전액 지급되는 6인 병실로 옮긴 것이었다.

대소변을 받아낼 때 시어머님이 창피해 하기 때문이었는데 한마디 상의도 없이.

"이런다고 누나덜이 병원비 댈 것도 아니잖어? 그리고 엄마 죽고 난 뒤에 산소를 암만 잘 쓰면 그게 다 무슨 소용이여?"

순하고 물러 터지기만 한 남편이지만 그의 한 마디는 시누이들의 앙살을 소몰이하듯 걷어차 버리고 병실을 다시 바꿔버렸다.

"노인네 모시려면 잘 모셔야지. 파 뽑으라고 보내 저 모양을 만들어? 글쎄 무식하면 용감하다니까."

"민수 어미가 시킨 게 아니어. 아, 글쎄 파 두어 뿌릴 묶어 놓고 한 단입네 하며 오천 원이라니, 들에 가면 그따윈 지천인데, 숫제 돈을 거저 달라는 게 낫지.”

손사래를 치는 시어머니의 두눈에 눈물이 핑 돌았다. 떵떵거리며 산다는 시누이들은 가난으로 억울함을 당할 때마다 내심 위로가 되었었다. 그러나 매몰차기만 한 시누이들의 등쌀이 이번만은 서럽게 느껴졌다.

병원 마당의 벤치로 나와 가까스로 울음을 진정시켰다.

가문 탓에 화단의 화초들은 축 늘어진 채 배배 말라가고 있었다. 오늘도 구름 한 점 없고 비 올 가능성은 영영 없어 보인다. 시어머니 얘기대로 하늘은 풀 먹인 호청같이 팽팽하다. 이러다간, 논이고 밭이고 죄다 말라죽고 말 텐데. 기상청에서는 불볕더위가 열흘쯤 더 지속된 후 비구름이 형성되면서 더위가 식을 것이라는 예보를 끝으로 했다. 그것은 끝이 아니라 새로운 시작을 의미했다.

증골댁이 이런저런 반찬 가지를 싸들고 왔다. 고아를 키워 출가까지 시켰다는데 남편이 경운기 사고로 죽어 딸 하나와 살고 있는 여자였다. 우리 집안과는 피 한 방울 안 섞인 남남이라지만 시어머니를 친엄마 대하듯이 보살펴서 꼭 동기간이나 피붙이같이 느껴지는 증골댁이었다.

어느새 귀 옆으론 새치가 하얬다. 난 늘 언니처럼 대했지만 시누이들은 으레 식모 대하듯 했고 말도 항상 명령조였다.

“증골댁, 진작 왔어야지! 어머니 씻겨 드려야 돼. 다리아가 끓여 온 곰탕 드시곤 설사하셨어. 그게 환자한테 그런 걸 드려? 키만 황새마냥 뼈쭉하게 커 가지고 도대체 상식이 있어야지, 상식이.”

"원기 회복하시라고 그랬겠지유. 제가 씻길게유."

증골댁이 시어머니를 씻겨주고 병실 이곳저곳을 치웠다. 증골댁의 굽은 허리는 삶의 무게만큼이나 힘겨워 보였다.

"그래, 민수네 형편은 좀 어때. 나아졌어? 대추농사라도 지어보지그래? 서울에서도 보은 황토 대추가 아주 유명하던데."

"얘는, 그건 자기 땅이 있어야 하는 거야. 남의 땅에 심었다간 뺏기기 십상이지. 대추 축제할 때마다 그냥 멀거니 구경만 하고 있다는 민수애비 얘긴 뭐로 들었니?"

"나아지기는요. ㄲ 날 이 ㄲ 날 이 죠."

분명히 또박또박 표준말을 발음해도 내 입에서 새어나오는 건 생각과는 달라 답답하기만 하다.

결실기의 풍요함으로 말하라면 농사보다 더한 것이 없지만, 막상 가을걷이한 다음에 비료 대, 농약 대, 기계 값, 인건비 제하고 나면 수확이란 것은 눈요기일 뿐이었다. 그래서 자꾸 다음 해 그리고 그 다음 해에 기대를 걸어 보지만 세월한테 둘려 사는 것이 농사꾼이었다. 기대와 배반을 반복하여 맛보면서 남편은 어느새 머리가 반은 세어버린 사람이었다.

"다리아 같은 여자도 없어. 그 먼 나라에서 시집와 땅 한 평 없이 농사일로 고생해가면서 애들 키우고 엄마 저렇게 수발 다 하고. 에이고, 아버지가 원수지. 어쩌면 그래, 선산까지 다 팔아 먹냐?"

"도대체 아버지가 우리한테 해준 게 뭐냐 말이야! 혼수를 해줬어, 제대로 가르치기를 했어?"

"고만 덜 해!"

시어머니가 소리를 꽥 질렀다. 시누이들은 기름 위에 떨어진 물방울처럼 세 방향으로 좌악 흩어졌다.

시아버지가 생각났다. 마당 가 쇠비름만 발갛게 독을 품던 여름이었다. 남편은 밀린 전기세를 내러 읍내에 가고 없었다. 시아버지의 눈은 괸 물처럼 잔잔해 보였다. 그랬다. 중풍으로 방안 깊숙이 들어앉아 꼼짝없이 누워 지내던 시아버지의 눈은 늘 그렇게 맑고 잔잔하기만 했었다.

"애야, 민수어멈아. 증골댁한테… 잘해야 한다. 불쌍한 애다."

"네. 아 버 닌."

그게 유언이었다. 점심 국수 상을 차려 들고 들어섰을 때 시아버지는 미동도 하지 않으셨다.

어느 쪽에 옥수수를 심어야 찰지게 되고 어느 비탈에 고구마가 밤처럼 토실하게 되는지, 집 언덕배기 땅을 제 손바닥보다 훤히 알던 증골댁네. 남편이 사우디에서 고생해 장만했다는 그 넓은 밭은 교육청 소유로 임대권만을 산 것인데, 어느 해 교육청이 계속되어 오던 재계약을 하지 않고 사전 통보도 없이 훌쩍 매각해버렸다. 나중에야 그걸 알고 여기저기 탄원도 해보았지만 아무 소용이 없었다.

그 땅엔 벼락같이 공장이 들어섰다. 교육청 과장이 중형 승용차를 장만했다는 소문이 폴폴 들려왔다. 증골댁이 얻은 거라곤 겨우 그 공장 식당 일자리 하나였다.

"너무 걱정하지 말어유. 어머님 수술 무사히 끝나게 해달라고 부처님 하느님까지 죄 끌어다 무조건 빌었으니까."

증골댁의 딸 은수가 과일바구니를 들고 왔다.

전에는 처녀들을 보면서 지나간 나의 젊음을 떠올리곤 했었다. 하지만 지금은 내 딸 민지가 자라면 저런 모습일까, 견주곤 한다. 나는 과거의 사람이라는 것을 수긍한다. 이제야 나를 포기할 수 있을 것 같다.

은수는 농협 연쇄점에서 일한다. 이른 아침에 나가 저녁까지, 셈도 느린 데다가 툭하면 억지를 써대는 노인들에게 사료와 밀가루, 비료 따위를 팔며 온종일 승강이를 벌인다. 그 애는 도시로 나가 젊은 여자들과 젊은 남자들 속에서 일하고 싶어 한다. 그렇지만 은수가 넣은 적금은 증골댁이 흉년에 진 빚 때문에 이미 대출되었다. 적금은 속이 텅 빈 채 메워야 할 빚이 되어버렸다. 적금을 이자와 함께 다달이 갚지 않고는 떠날 수도 없다. 은수는 한밤중에 가끔 운다고 했다. 그런 다음 날 아침이면 눈두덩이 부은 채로 더욱 손님들에게 쌀쌀맞게 군다고 했다.

병실에는 한가로운 오후의 햇살이 살금살금 돌아다니고 있었다. 환자복 밑으로 시어머니의 다리가 앙상하게 드러났다. 시어머니의 발목은 새 다리처럼 가느다랬다.

수술은 생각보다 잘 되었다고 했다. 호소하던 고통도 이내 사라졌고 어머니 얼굴에 화색이 조금씩 돌기 시작했다.

"어 머 니, 꺽정하지 마세요. 문리찌료 빠드시면 걸으실 쑤 있다고 으싸가 끄랬어요."

"제발 그렇기만 하문 좋지. 늬 덜 고생 안 시키구."

시누이들이 썰물 빠지듯 떠나고 방문객들이 뜸해질 즈음해서, 양복 차림의 한 남자가 들어왔다. 두유 박스를 들고 와 자신을 소개하면서 명함을 내미는 남자의 태도는 지나치게 친밀했다. 그는 부동산 중개인이라기보다 꼭 결혼식장에서 인사를 건네는 먼 친척 같았다.

"저희들이 신정리에 공장부지 매입을 하다 보니 선친 명의의 토지가 있어서요."

"뭔… 얘기여? 우린 땅이라곤 한 평도 읊는데."

"신정리 653번지입니다. 2,460평. 방죽 지나서 야산 안쪽에 있는."

시어머니는 이제야 생각났다는 듯이 고개를 곧추세웠다.

"응, 선산에 박혀 있던 그 굴챙이 땅 말이구먼. 아, 건수가 흘러서 곡식도 못해 먹고 묘도 못 쓰고 아무짝에도 못 쓰는 하릴 읊는 땅인데…. 그때 같이 넘어갔을 텐데."

"아마 그때 이전을 못 했던 것 같다고 하더군요. 어쨌든 저희들이 매입했으면 하는데 하루라도 빨리 상속을 받으시는 게…."

나는 순간 귀에서 타작마당에 벼 터는 발동기 소리를 들었다. 새벽녘 잠결에 들려오던 타작마당의 그 신 나던 발동기 소리, 와랑, 와랑, 와라….

배꼽 아래로 짚불이 타듯 열기가 번진다. 엄마로부터 유전된 유난히 심한 배란 통이다. 내 고향은 우즈베키스탄이고 공항에서 기차로 일곱 시간 걸리는 부하라라는 산골이었다.

그곳에서 광부로 일하던 아버지는 갱도가 매몰되는 바람에 우리 모녀만 남겨 놓은 채 세상을 등졌다. 참담했다. 끝없는 갱도로 추락하는 꿈을 하룻밤에도 몇 번씩이나 꾸었다.

주변의 재혼하라는 권유를 뿌리치고 엄마는 억척스럽게도 나를 키우고 전문대에서 디자인을 전공하게 했다. 엄마에게는 내가 신앙이자 바로 남편이었다.

그런데 언제부터인가? 시름시름 앓기 시작하던 엄마는 진단 결과 신부전 환자로 판명되었다. 일주일에 세 번씩 꼭 투석해야만 하는 엄마 때문에 나는 누에고치처럼 갇힌 존재였다. 투석 후면 몇 시간이 지나도록 까부라져 꼼짝을 못하고 누워있는 엄마를 보살펴야만 했다.

오랜 주사 자국으로 부풀어 올라 흉하게 툭 튀어나온 팔의 혈관은 엄마의 일부 같지 않고, 독립적인 의식과 인격과 기억을 가진 자치구역, 영해 바깥에 떠 있는 외로운 섬 같았다.

이틀마다 한 시간씩 걸리는 병원에 가서 네 시간씩 누워 투석하고 있는 엄마를 바라보며 울기도 많이 울었다. 그 많은 사람들 중에 왜 하필이면 우리 엄마인지 신에게 묻고 또 물었었다. 이제 투석할 돈이 떨어지면 어쩔 수 없이 죽어야만 할 판이었다. 엄마를 살리려면 신장 이식을 하는 수밖에 없었지만 그건 꿈도 꾸지 못할 일이었다.

막막하기만 했다.

그래서 생각한 것이 한국행이었다. 투석비가 의료보험이 적용되는 많지 않은 나라 중 한 곳. 높은 의료수준의 나라. 우리나라의 사십 배에 달하는 국민소득.

결혼 정보 회사에서는 한국에서 한해 농사만 잘 지으면 수술비는 큰돈도 아니라고 했다. 더구나 한국 남자들은 가족에 대한 책임감이 강하고 동남아 여성들보다 우리의 서구적인 외모와 흰 피부, 회교도로서 순종적인 성격을 동경한다고 했다.

한국은 분명 희망의 나라였고 약속의 땅이었다.

"앗쌀로 말레이쿰." (당신에게 축복을)

고개를 숙여 인사하는 그의 얼굴에서 햇살이 미끄러졌다.

"간 사 한 니 다."

남편은 나보다 열두 살 위, 띠동갑인 셈이다. 그는 가족사진을 보여주며 효도할 수 있는 여자가 아내의 첫 번째 조건이라고 했다. 가무잡잡한 얼굴에 나이보다 훨씬 늙어 보여서 한숨을 쉬었지만, 남편의 맑고 따뜻한 눈빛은 다른 실망을 덮어버리기에 충분했다. 저쪽도 가난해 자기 땅에서 배우자를 만나지 못했구나, 목돈을 마련해 여기까지 왔구나. 생각하니 측은한 마음까지 들었다. 이런 남자라면 나를 아껴줄 거라고 확신했고 저 눈빛이라면 이역만리 한국까지 따라가 믿고 살 수 있을 것 같았다. 나는 그와 결혼하기로 마음먹었다.

한국에 오기 위해 학원에서 한국어와 역사, 요리를 배웠다. 한국어 사전을 끼고 살았고 남편이 보내준 책들을 수십 번도 넘게 읽어

조선왕조 오백 년을 줄줄이 꿸 수도 있었다. 한국 신문을 구독하여 속담이나 고사성어, 낱말 맞히기까지도 척척 풀어냈다. 친구들은 모두 내가 신데렐라라도 된 것처럼 부러워했다.

한국에서 다문화가정이 제일 많다는 이곳 보은은 속리산 줄기이다. 내가 살고 있는 산외면 신정리는 충북의 알프스라 불리는 구병산 자락의 아늑한 마을로 고향의 산들과는 달리 어디를 둘러봐도 굴곡이 아름답기만 하다.

막상 시집을 와보니 극복할 수 없는 것은 말과 음식이었다. 아무리 테이프를 듣고 따라 해도 내 목소리는 정갈한 표준말도, 구수한 사투리도 아닌 남편 말대로 '요상한 발음'일 뿐이었다.

한국에서 가장 흔한 음식이 돼지고기인데, 회교도인 나는 자장면이나 볶음밥은 물론 김치찌개 등 대부분의 음식은 구경만 해야 했다.

게다가 고국에서 배운 디자인 공부는 도대체 무용지물로 아무도 거들떠보지 않았다. 한국에 대한 설렘은 바닥이 보이는 로션 병을 뒤집어 놓았다가 병뚜껑을 열었을 때 같았다. 새로움이 잠깐 쏟아지고는 그뿐이었다.

다문화 가정이라는 그럴듯한 말로 표현하지만 실제 나를 바라보는 시선들은 곱지가 않다. 으레 무시하기 일쑤고 상대방의 인격은 인정하려 들지 않는다. 그동안 이룬 경제성장을 바탕으로 한국 사람들은 후진국 사람들에 대한 폄하의식이 깊게 자리 잡고 있었다.

아이들이 예뻐서 시선을 많이 받기도 하지만, 튀기라고 놀림을 당하고 울며 들어올 때엔 나도 덩달아 울고 싶어졌다. 민수와 민지를 낳고 십 년이 넘도록 살았지만 아직도 나는 여전히 이방인이었다.

남자 품값은 8만 원이고 내가 하는 일은 그만 못할 게 하나도 없었지만 아무리 일을 죽기 살기로 해도 나는 일당 5만 원짜리 외국인 여자 대우였다.

"나, 항국 싸람 이에요. 국 쩍 이 써 요."

아무리 외쳐도 못 들은 체했다.

일을 나갔을 때 뒤에서 끌어안고 추리닝을 올려 젖통을 움켜쥐던 자도 있었다. 내가 한국 사람이었다면 감히 그럴 생각도 하지 못했을 것이다. 채 가리지도 못한 젖가슴이 쑥, 마른 몸매와 무관하게 독자적인 생명을 주장하듯 탱탱하게 비어져 나왔을 때, 분노로 온몸의 세포가 떨리었다.

신고하려고도 생각해 보았지만, 스피커를 달고 다니는 동네 여자들의 입이 무서웠다. 그렇지 않아도 내게 색안경을 끼고 바라보는 그들이었다. 사실이 아닌데도 그녀들의 입에 한번 오르내린 말은 기정사실이 되어 온 동네에 거품처럼 끓어오르고는 했다. 내가 할 수 있는 것은 주인한테 다음에도 불러달라며 실없이 웃는 것뿐이었다.

돈을 흔들며 얼마면 백마를 탈 수 있느냐고 질척한 웃음을 흘리던 남자도 있었지만, 남편에게는 차마 말할 수 없었다. 쫓아가 따진다면 겨드랑을 보고 젖통 봤다고 하거나 내가 먼저 꼬리를 쳤다고 할 게 뻔했다.

유행도 내게서는 비켜갔다. 한여름 하우스 속에서도 어깨 없는 셔츠는 입을 수 없었고 속옷이 비치는지도 늘 신경을 써야만 했다.

농사일로 지친 몸이 천근만근 무겁고 눈꺼풀이 내려와도 남편의 요구를 거절할 수 없었다. 고향으로 돈을 보내지 않으면 섹스를 거절해야 한다는 동남아 신부들의 이야기가 떠올라서이다.

어쩌다 고국 사람들을 만나면 반갑기야 눈물이 날 지경이지만 어쩔 수 없이 데면데면 굴어야만 했다. 이웃 면에도 내 나라에서 시집온 여자가 둘 있었지만, 국적만 취득하고는 모두 도망쳤기 때문이다. 단란주점에서 일한다고도 했고 나이트클럽에 있는 걸 보았다고도 했다. 그들은 지금쯤 비싼 가방을 갖고 있을지도 모른다.

그동안 고속도로가 개통되고 개발 바람이 불어 이곳도 예전의 농촌이 아니었다. 골프장과 모텔들이 들어서고 다방과 부동산이 즐비해졌다.

결혼 후 빠른 속도로 올라가는 통화 요금에 눈치를 보면서 전화를 걸 때마다 엄마는 괜찮으니 걱정하지 말라고 말했지만, 한국에 온 지 이 년도 되지 않아 돌아가셨고 내게는 이제 돌아갈 고향조차 없어졌다. 이제 이곳을 고향으로 알고 살아야만 한다.

남편은 정직한 시골 사람이다. 그러니까, 정직이라는 것은 그 자체만으로는 의미를 가졌으나 다른 형용사와 합쳐지면 힘을 잃는 개념이었다. 정직하고 무능한 사람, 정직하고 답답한 사람, 정직하고 가난한 사람. 이렇게 다른 개념과 합해지면 그건 아무 힘을 쓰지 못했다.

남편은 터무니없을 정도로 사람이 좋았다. 남의 궂은일은 청하지도 않았는데 일부러 쫓아가 봐주고, 누가 도움이라도 청하면 자기를 불러줬다는 사실만으로도 고마워했으며, 손해를 입어도 원망할 생각이 없는, 실속이라고는 없는 사람이었다. "같은 걸로 하죠. 뭐…." 이것이 음식점에서 그가 메뉴를 결정하는 방법이었다.

법 없이도 살 사람이라는, 세상의 그 많은 무능한 사람들 중에 그가 끼어 있다는 사실은 나를 슬프게 했지만, 어쩌면 남편은 가지지 못 할 것에 대한 무모한 열정 따위는 스스로 폐기시키는 법을 알고 있는 건지도 몰랐다.

운명처럼 느껴졌던 남편의 모든 좋았던 점들이, 또 운명처럼 나쁜 점들로 돌변해 있었다. 난 이제 착하고 성실한 남자보다, 나쁘고 졸렬하고 제 식구밖에 챙길 줄 모르는, 그런 쪼잔한 남자와 살고 싶어졌다.

배추며 무를 사다 빛깔 좋게 김치를 담가서는 하얀 식탁보가 깔린 식탁에 깔끔하게 차리고, 남편을 위해서 와이셔츠를 빨아 구김살 없게 다림질하는 그림을 꿈꿔 왔었다.

그러나 내 가냘프던 손은 콩나물 천 원어치를 사면서도 한 움큼 더 집어넣고야 마는 우악스런 아줌마 손이 되어 있었고, 연한 고구마 순처럼 낭창낭창하던 허리는 어느새 참나무 등걸처럼 무디고 거칠어졌다. 이제 나는 미래에 대해서 꿈꾸지 않는다. 미래에 대해서 막연한 가능성을 갖는다는 것은 현실에 대한 모욕이라고 생각하기 때문이다.

남편은 지친 몸을 이끌고 어둑해져서야 병실로 들어와 저녁을 먹고는, 이내 코를 골다가 새벽빛이 희끄무레해지기가 무섭게 논밭으로 달려나가곤 했다. 좀 더 눈 좀 붙이라고 해도 그냥 씩 웃는 게 전부였다.

이제껏 코빼기도 보이지 않던 사위들이 나타나더니 진을 치고 아예 갈 생각들을 안 했다. 그 여러 명 식사 수발이며 잔심부름까지 죽어나는 것은 나 혼자였다. 지친 몸은 아우성치며 휴식을 요구해 왔지만 쉴 수도 없었다. 이럴 때 증골댁이라도 와서 좀 거들면 나으련만 웬일인지 사위들이 나타나고부터는 아예 발길을 뚝 끊었다.

의견들이 분분했다. 그중 목소리가 제일 큰 사람은 맏사위였다.

"장모님 앞으로 상속받아서 매매를 하자고. 양도소득세를 뭐하러 내냐고. 장모님 앞으로 재산만 없으면 그만인데."

둘째 사위는 연줄을 통해 땅값을 끌어 올린 게 순전히 자신의 공로임을 누누이 강조했다. 막내사위라고 할 말이 없는 건 아니었다.

"배분 말인데요. 공정하게 사 분의 일씩 나누는 게 어떻겠습니까?"

남편은 아무 말도 없는데 사위들이 북 치고 장구 치고였다. 축 늘어져 들어오는 남편을 붙잡고 고생 많다고 보약을 한 채 지어 온다느니 양복을 사러 가자거니 경쟁하듯 늘어놓았지만, 대체로 그런 약속들은 이루어지지 않았다.

남편과 시누이들이 '협의분할상속용'이란 인감증명을 법무사에 맡겼고 매매 대금은 시어머니 통장에 입금되었다. 시골 땅값도 비싸다더니, 정말 난생처음 보는 큰돈이었다. 배분하더라도 이런저런 빚을 갚을 수 있을 것이다. 그리고 어쩌면… 아들이고 또 어머님을 모시고 있는데, 시누이들이 좀 배려해준다면 땅이라도 장만할 수 있을지도 모른다. 비탈밭이면 어떻고 자갈 논이면 어때. 우리에게도 땅이 생길 수 있다니. 이제 대추 농사를 지으면 아이들 학비 걱정은 안 해도 될 테지. 가슴이 두근거려 잠이 오지 않았다. 아, 살다 보면 이런 행운도 있는 걸까? 꿈만 같았다. 나는 신께 감사하고 또 감사했다.

이제 돈을 나누어주면 되지만 정작 시어머니는 웬일인지 꿈쩍도 안 하셨다. 그리고 물컵을 엎지르거나 반찬을 자꾸 더듬어서 잡수셨다. 문이 열려 있어 소리 없이 병실로 들어오면 코앞의 날 알아보지 못하곤 '누구세요?' 하곤 했다. 변기를 놔두고 민수 장난감 통에다 소변을 보시는 경우도 종종 생겼다.

나는 알고 있었다. 텔레비전을 바라보는 횅한 눈이 사실은 소리만 듣고 있는 거라는 걸. 시어머니는 오래 진행되어 온 백내장에다 수술로 기력이 떨어지자 이미 시력을 내어준 뒤였다. 눈앞이 캄캄했다. 속으로 울음을 삼키며 사소한 것들까지 시어머니 손에 일일이 쥐여주는 내 모습을 고모들은 색안경을 쓰고 바라보기 시작했다. 등 뒤에 꽂히는 따가운 눈길을 피하기도 힘들었지만, 내가 모셔야 될 어머님이요 어차피 떠날 사람들한테 굳이 그걸 알릴 필요는 없는 터였다. 다만 빨리 떠났으면 하는 생각뿐이었다.

"어 머 니. 코모부들 가셔야 하짠아요. 똔 제가 대신 차자 오올까요?"

"……."

"어 머 니, 멋 하러 그러신대요. 어차피 쭈울 거면 빠알리 노나 주셔요. 코모들 보기두 민망하구, 그리고 우리도 찌그찌그타안 조합

빚 쪼옴 갚게요."

시어머니의 이상하게 굼뜬 동작이나 기대와는 다른 석연치 않은 행동에, 기다리다 지친 고모들이 남편들을 앞세워 드디어 병실로 들이닥쳤다.

"장모님 사거리에 있는 농협에 같이 가시지요."

"엄마! 엄마가 몰라서 그렇지 내가 엄만테 쓴 게 얼만지 알어? 상계에다 반지계에다, 백두산 구경시켜 드릴려고 적금도 넣었잖아. 엄마, 빨리 가자."

"… 내가 다 생각이 있어서 그러능겨…. 늬덜은 먹고 살만 하잖냐? 그 돈은… 아범 허리 좀 펴게 빚 갚고, 고생하는 증골댁 좀 주고, 나머지는… 민수 몫으로 땅이래두 좀 냉겨 놓라고 생각하구 있었다. 아부지가 기셔두 틀림없이 그랬을 꺼여. 뭐, 서운 하드라두…."

"아니, 어떤 놈은 자식이구 어떤 년은 자식이 아니라는 거야? 기가 막혀서! 덕분이 고 여우같은 년이 살살 알랑 떨러 다니더니, 다 꿍꿍이속이 있었던 거야!"

"이럴 거면 인감을 안 떼 줬지, 장모구 나발이고 씨팔 이건 완전 사기라구, 사기!"

남편이 순간의 충동을 인내하기에 그들은 너무 가까운 곳에 있었다. 막내 고모부가 남편의 발길질에 폭 고꾸라졌다. 오렌지 주스 병을 든 남편은 말릴 틈도 없이 큰 고모부의 뒤통수를 사정없이 후려갈기고 있었다.

남편은 이미 제정신이 아니었다. 피투성이가 되어 있는 매형들을 깨진 주스 병으로 내리찍고 있었다. 병실은 온통 아수라장이 되었다. 어떻게 말릴 수도 없었다. 그 와중에 울고 있는 건 앞을 못 보는 시어머니였다. 어린애처럼 엉엉 소리 내어 울고만 있는 시어머니.

남편은 경찰서 유치장에 수용되었다. 고모부들보다 정작 눈에 독을 품고 입에 거품을 무는 건 오히려 시누이들이었다. 콩밥을 몇 년 먹여야 한다느니 저런 놈은 영원히 사회와 격리를 시켜야 된다느니 이구동성으로 입방아를 찧어댔다. 그들은 최대한으로 공기를 주입한 타이어처럼 팽팽해져 있었다.

나는 그저 죄송하단 말로 머리를 조아릴 수밖에 없었다. 손가락으로 살짝 눌러도 쑥 들어가는 낡은 양푼처럼 나의 존재는 한껏 찌그러져 있었다.

남편이 풀려나기를 밤마다 간절하게 기도하고 또 기도했다. 하지만 신은 끝내 내 손을 잡아주지 않았다. 영장실질심사가 기각되었고 나는 이제껏 믿어온 신을 믿지 않기로 했다.

고모부들은 특실을 하나씩 차지하고는 매일 고스톱만 치는 걸 감추기라도 하듯이 내가 나타나기만 하면 끙끙 앓는 소리를 내며 슬금슬금 눈치만 보았다. 그들의 눈은 무언가 비밀스러운 일에 몰두한 사람들 같았다.

잠결에 빗소리가 들렸다. 빗방울이 음표처럼 낙하했고 물이 튀었다. 비는 굵은 장대비로 쏟아지기 시작했다. 이튿날도 계속해서 비는 내렸다. 뉴스 화면 하단 자막에 기상정보가 떴다. 강풍을 동반한 호우주의보, 곳곳에 게릴라성 집중호우, 저지대 주민 침수 대비 요망. 한 줄짜리 기상 정보는 화면 오른쪽에서 나타났다가 왼쪽으로 종종걸음을 치며 사라졌다.

온 식구가 환자다 보니 도대체 정신을 차릴 수가 없었다. 애들을 학교 보내기 무섭게 남편 면회를 가야만 했다. 남편은 보은경찰서에서 청주교도소로 옮겨갔다.

버스를 타고 청주 분평동 남부 하차장에서 내려 한참 걸으면 미평동 교도소였다. 남편을 만나러 가는 길은 사방에 물웅덩이고 빗소리만 가득했다. 강한 바람에 사람들의 우산이 뒤집어지고 가로수가 뽑히고, 간판이 떨어져 나갔다.

남편은 면회시간이 되면 단정한 공무원처럼 앉아 이쪽을 보고 있었다.

"엄마하구 민수, 민지는? 힘들지? 그래도 절대로 합의는 하지 마."

변호사 살 돈을 구하는 중이라는 말은 하지도 못했는데, 내 생각은 하지도 않고 면회시간이 끝나자마자 서둘러 면회실을 빠져나가기 일쑤였다.

비바람이 교도소 앞에 높이 걸려 있는 깃발을 소리 나게 물어뜯고 있었다. 부딪치고 아등바등 연명하는 삶의 주인들에게는 다른 이름의 진리는 아무런 소용이 없는 것이었다. 내게 있어 인생이란 탐구하고 사색하는 것이 아니라 몸으로 밀어가며 안간힘으로 두들겨야하는 굳건한 쇠문일 뿐이었다.

비는 절대 그치지 않을 기색으로 벌써 한 달째 내리고 있었고, 아예 모든 기록을 넘어버렸다. 산비탈은 통째로 떠내려갔고 밭과 논둑이 갈라지고 도랑의 경계가 없어졌다.

청주지방법원 413호 법정에서 열린 첫 공판에서 재판장의 말에 나는 놀라 기절할 뻔하였다. 남편도 태연한 척했지만 놀라는 눈치가 역력했다.

"공소사실 전부 인정하시죠? 그런데 피해자와 합의가 안 되나요? 남들도 아닌데, 합의하셔야죠. 시간 얼마나 드리면 되겠어요? 합의하셔야 됩니다. 우발적이지만 피해자가 여러 명이고 흉기를 들었기 때문에 합의 하지 않으면 최하 징역이 2년 6개월입니다. 어쩔 수 없어요."

돈을 갖고 있는 시어머니가 열쇠를 쥐고 있노라고 믿었으나 이제 고모부들과의 관계는 뒤바뀌어 있었다. 결정적 열쇠를 쥐고 있다는 점에서 주도권은 고모부들 쪽으로 넘어간 격이었다. 그들은 목덜미 깃을 꼿꼿이 세운 장닭처럼 당당해졌고 반면에 시어머니는 곁에서 보기에 민망하리만치 비굴해졌다.

"형제고 나발이고 어차피 다 끝난 거고, 그 자식 살아보라고 해! 신경 쓸 거 없어. 살아도 싸! 어떻게 그래 매형을 그 지경을 만들어? 진단이 6주라니, 완전 미친놈 아냐?"

"그래 민수 엄마도 맘 단단히 먹어. 엄마 병원비는 우리가 댈 테니 걱정하지 말고, 이제부터는 애들하고 살 생각이나 해. 이럴 때일수록 그래도 믿을 건 동기간밖에 없는 거야."

"합의를 해주라고 그렇게 사정을 해도 도대체 말을 들어 먹어야지. 얘기하기도 지쳤어."

북새통을 정리한 건 시어머니였다.

"돈은 늬덜이 나눠 쓰고 아범 끄내 오거라. 당최 여긴 발걸음덜 하지말구."

그 말은 머슴을 호통치는 주인같이 당당해 보였으나 실제는 비명이었다. 살아오면서 감수해야 했던 정당방위가 서툰 몸부림이었다.

이건 온당치 않아, 내 안에서 비어져 나온 쇳소리가 나를 후려쳤다.

그제야 풀려있던 태엽이 감겼다는 듯 그들은 움직이기 시작했고 병원비만 정리한 채 도망가는 노름꾼처럼 모두 떠나갔다.

혈연이라는 것이 이렇게 허술한 구조였던가, 의아해 할 사이도 없었다. 분노나 체념마저도 삭여졌다. 문제는 현실이었고 앞으로의 병원비였다.

통원치료를 받기로 하고 시어머니를 퇴원시켜 집으로 돌아왔다. 기름칠을 하지 않은 대문이 삐꺼어덕 탄식하는 듯하더니 쇠가 철거덕 맞물리는 소리로 이어졌다.

부엌 스위치를 올리는데 까만 콩이 든 그릇을 떨어뜨린 것처럼 바퀴벌레 떼들이 순식간에 확 퍼졌다. 천장 한가운데에는 누렇게 물이 들어 있고, 뚝뚝 물방울이 일정한 간격으로 떨어져 내리고 있었다.

시어머니는 수시로 묽은 변을 지렸다. 겨우 몇 방울 기저귀에 묻었을 뿐인데 방에 들어서면 구린내가 진동을 했다. 세숫대야에 물을 받아 엉덩이를 씻길 때면 이가 악물어졌다. 고약한 냄새에 나도 모르게 인상을 쓰고 있었던 모양이었다.

어수선한 집안 정리와 밀린 빨래는 끝이 났지만 내 마음은 탁한 물속에서 녹아가는 비누처럼 서글펐다. 잘 잠기지 않는 녹슨 수도꼭지에서 물이 새는 통에 세면대 한쪽이 녹물로 누렇게 변색되어 있었다.

아, 이 녹물 같은 지겨운 시간.

고향 부하라와 친구들이 생각났다. 사진을 꺼내 보았다. 일류 디자이너가 되자며 같이 공부하던 주후합, 카칸역을 떠나올 때 눈물을 흘리던 즈드라, 한국에서 자리 잡으면 바로 따라온다던 말리깝. 그들은 지금 무엇을 하고 있을까? 통화한 지가 어느새 5년도 넘었다. 사진들을 한참 바라보았다. 그들이 어떤 삶을 살고 있는지, 결혼은 했는지, 마음속에 품었던 희망은 이루었는지 궁금해졌다.

하지만 언제부터인가 세상의 일들을 짐작하는 버릇을 그만두게 되었다. 세상의 일들은 늘 짐작과는 달랐다. 더 이상 세상의 일들을 짐작하지 않게 되면서부터 인생이란 그저 사소한 우연의 연속처럼 보였다. 이제 나에게 인생이란 납득하는 일이지, 따져보는 일이 아니었다.

고향의 제라프샨강과 침엽수 산림이 떠오른다. 언젠가는 내 자식들에게도 웅장한 그곳을 보여줄 수 있겠지. 민수와 민지는 이곳에서 태어나, 이곳에서 자라고 때가 되면 연애할 것이며, 그리고 결혼하고 이 땅에서 자식을 낳고 늙게 될 것이다. 생은 무엇인가에, 누군가에게 눈과 가슴과 목줄을 걸고 있을 때 가능한 것이리라. 아직은 악착같이 살아야만 할, 견뎌야 되는 그런 시간들이다.

합의서가 들어가고 남편은 집행유예로 석방되었지만 초췌해진 모습은 이미 예전의 남편이 아니었다.

논에 나가보니 눈을 의심할 수밖에 없었다. 오랜 장마동안 물에 잠겼던 논은 수확을 포기해야 했다. 도열병, 문고병에 꿈마저 삭아내렸고 당장 가을 양식을 걱정해야 할 처지였다.

가슴 한복판이 시퍼렇게 뚫린 하늘처럼 휑하게 비어왔다. 벼가 출렁이는 다른 논을 보고는 그냥 주저앉아 맥을 놓고 울음을 삼켰다.

융자까지 받아 재배면적을 배로 늘린 고추밭은 사람 발길이 끊겼던 사이, 탄저병에 잎이 다 떨어지고 앙상한 가지에 말라비틀어진 희나리만 몇 개씩 붙어 있었다. 팍팍한 우리 삶처럼 독새풀만 무성한 고추밭. 그 밭의 저지대는 늪 같기도 하고, 우범지대 같기도 하고, 쓰레기를 몰래 버려도 묵인해 주겠다는 약속의 땅 같기도 했다.

가슴 밑바닥에서 독초처럼 쓴 고통의 싹이 돋아나는 느낌이었다. 그 밭을 갈아엎는 고물이 다 된 경운기의 헛기침은 남편의 한숨 소리를 곱절로 울리는 듯 마구 터져 나왔다. 삶도 어떤 단계에서는 강한 힘을 가진 자들이 연약한 것들을 잡초만 무성한 땅을 갈아엎듯 제거해 갈 테지.

머릿속은 계산하느라 분주해졌다. 어느새 독촉장이 날아온 민수보다 웃자란 농협이자에 비료 값, 빌려 쓴 돈. 아이의 돌 반지까지 팔 생각을 해도 계산은 답을 찾아내지 못했다.

서울로 떠난 병주네가, 서울에 사는 시골 출신 사람들이 모두 임시번호판을 달고 있는 것 같다던 말을 이제야 알 수 있을 것 같았다. 소유할 권리가 없는 온갖 물건이 진열된 백화점에 들어와 배회하는 이방인의 기분 말이다.

병주네 집은 귀농했다는 중년 부부가 이사를 왔다. 주말이면 중형 승용차가 길에까지 주차되었고 고기 굽는 냄새가 코를 찔렀다.

운명이란 불행한 사람들이 만들어낸 변명 같은 거라고 생각했었지만, 아무리 생각을 뒤집어 봐도 지금 갇혀있는 동굴에서 벗어나지 못할 것 같은 예감이 들었다. 이 가난을 빠져나갈 길은 도대체 없었다.

남편의 머리맡에 두 개의 빈 소주병이 나란히 놓여 있다. 어느새 남편은 술 없이는 하루도 잠들지 못하는 사람이 되어 있었다.

대문에 매달린 빈 우유 주머니가 맥없이 늘어져 바람에 흔들리고 있다. 이제 우유나 신문은 배달되지 않는다.

읍내로 나가 생활 정보지를 구해 와야겠다. 간혹 그런 이들을 볼 수 있었다. 그들은 생활 정보지를 종류별로 뽑아선 가슴에 한 아름씩 안고 가곤 했다. 한 부면 족할 것을, 뭐 그리 대단한 정보가 있다고. 나는 경쾌하게 그들을 지나치곤 했었다. 마음이 급해진다. 나는 그것들을 종류별로 쓸어 올 작정이다.

휘휘 한 골목을 지나 시장 쪽으로 걸어 내려갔다. 포장을 두르고 쇠줄로 꽁꽁 묶어놓은 리어카 몇 대가 길 양쪽에서 짐승처럼 웅크리고 있었다. 찬바람이 목을 쓸고 귓바퀴를 헤집고 나갔다. 한차례 돌풍이 불어와 간신히 매달려 있는 현수막을 찢어놓을 듯이 흔들어 댄다. '휴대폰 값 똥값 전국에서 제일 싼 집'이 견디기 힘들다는 듯 몸부림친다.

나는 회오리바람에 휘말린 마른빨래 조각처럼 공중으로 날아가는 것 같다.

시멘트 바닥이 이스트를 푼 빵 반죽처럼 부풀어 오르며 잔인하게 속삭인다. '단란주점이나 노래방 도우미는 어때?'

증골댁이 찾아왔다. 늦가을 햇살이 대나무 숲 속에서 사금파리처럼 반짝이고 있는 해거름 무렵이었다. 그녀의 몸에서는 바깥에서 묻어온 찬바람 냄새가 났다. 싸늘한 그 바람 냄새에서는 어쩐지 먼 향수 같은 게 느껴졌다.

중국에서 녹용이나 뱀을 밀수해 돈 좀 만지는 시동생이 있다는 얘기는 몇 번 들은 적이 있었다. 그 시동생한테 은수와 같이 떠나기로 했는데 우리도 같이 가자는 것이었다.

촉이 닳은 형광등이 벌레 우는 소리를 내고 있었다.

"독 속의 장아찌처럼 한곳에 처박혀 있으니까 만날 그 날이 그날이지. 이렇게 사느니 같이 떠나는 게 어떻겠어? 어디 가면 이만 못 살까?"

남편 손을 잡은 증골댁의 행주치마에는 병아리 자수가 놓여 있었다. 나는 행주치마 위의 병아리를 열심히 세어 보았다. 병아리는 모두 열일곱 마리였다.

시어머니는 허공만 바라보고 있었다. 귀밑의 어두운 그늘이 시선을 잡아끌었다.

"아범아."

마른버짐이 피는 것 같은 나직한 목소리였다.

"나야 앞도 못 보는 노인넨데 어딜 가겠냐. 가야 짐만 될 뿐이지…. 늬덜은 젊으니까 내 걱정일랑 말구 떠나거라. 동네서 인심은 안 잃고 살았으니까 산 입에 거미줄이야 치겠냐? 민수마저 요러케 살게 할 순 읎는 벱이여."

남편은 망설이는 듯한 눈치였다.

"내 평생 입 안 열을라 했는데… 덕분이는… 네 큰누이여. 그러니까 중국 가서라두 서로 의지하며 지내여."

남편의 고개가 천천히 끄덕여지는 것을 보며 밖으로 나왔다. 풀섶에서는 귀뚜라미가 울었다. 깊은 가을이 물러가고 나면 이제 동장군이 쳐들어올 조짐이었다.

교회 탑 꼭대기에 불이 켜졌다. 그것은 구원의 빛이 아니라 난파하는 우리 가족이 보내는 구조신호처럼 보였다.

슬픔도 아닌 것이, 회한도 아닌 것이, 물이 되어 내 눈에서 밀려나왔다. 어떤 거역할 수 없는 질서에 몸을 맡기면서 사람들은 이렇게 삶의 나침반을 바꾸어버리는 건지도 몰랐다.

아무 움직임이 없는 풍경 속에 나는 서 있다. 시간의 흐름이 멎고 모든 생명이 빠져나간, 박제된 나무와 집들이 서 있는 풍경들.

그 우울한 하늘 아래 나의 슬픈 고향이 주저앉아 울고 있었다.

08

엇모리

그곳에서 자주 눈이 마주치던 한 남자는

유난히 나에게 친절했다.

그 친절 뒤에 무엇이 도사려 있는지

어린 나이지만 난 대충 짐작할 수 있었다.

　장수할 권리, 권리란 좋은 것이다. 어느 누가 그걸 깔고 자빠져 낮잠이나 잔단 말인가? 하지만 일흔아홉 고개를 넘기기가 힘들겠다던 어느 점쟁이의 점괘대로, 어머니 병세는 급속한 하강곡선으로 추락하고 있었다. 그때 어머니의 장수할 권리는 이미 박탈당했던 건지도 모른다.

　어머니의 몸에 기생한 암세포는 고도성장을 이루었다. 어머니는 거의 아무것도 먹질 못했고 체중은 28kg까지 떨어졌다. 뼈대에 살가죽만 씌워 놓은 것 같은 어머니의 몸은 차마 인간의 것이라고는 볼 수 없는, 보존이 잘 된 미이라에 가까운 모습이었다. 어머니의 메마른 육체를 보는 것은 고통이었다. 나는 인제 그만 어머니가 죽기를 바랐다.

　목욕시켜 마른 수건으로 몸을 닦아 침대에 누이자 자꾸만 울었다.

"미안하다, 미안해⋯."

무엇이 그렇게도 미안하다는 것인지, 마치 미안해야 할 의무라도 주어진 것처럼 또 중얼거렸다.

어머니는 기력 없는 음성으로 자꾸 뚝뚝, 얼음에 금가는 소리가 들린다고 말했다. 저승으로 열린 귀는 다른 사람들은 들을 수 없는, 또 다른 세계의 소리를 듣고 있었다. 우리는 그것이 죽음의 소리라는 것을 몰랐다. 우리는 죽음을 알아보기에는 아직은 젊었던 것이다. 어머니는 삭정이처럼 드러난 뼈대로 마지막 남은 날들을 숨 쉬고 있었다.

병실 텔레비전에서는 다큐멘터리가 방영되고 있었다. 곤충학자는 다양한 제스처까지 써가며 설명하고 있었다.

"나비는 삼천만 년 전에 나방에서 나비로 진화했어요. 나비는 알에서 육일 만에 나오는데 이들은 네 번의 허물을 벗는 동안 엄청난 양의 잎사귀들을 먹죠. 징그러운 애벌레로부터 눈부신 나비로 거듭나기 위한 숭고하고 끔찍한 노역입니다. 그 풀은 비단 실이 되어 몸에서 풀려나오는데 그 길이가 사십 킬로미터나 됩니다. 그리고 나비들은 굉장히 힘이 세죠. 모나코 나비는 지구를 반 바퀴나 도니까요. 멕시코 계곡에서 겨울을 난 뒤에 유럽까지 날아가요. 그러니까 삼천이백 킬로미터를 나는 거죠. 나비가 비상하는 것도 신기해요. 우선 나비가 날기 위해서는 삼십 도 이상의 체온을 유지해야 하죠. 배 쪽에 비늘 가루가 변한 털이 빼곡히 덮여 있는데 그곳에 최대한 햇빛을 쪼여 그 복사열로 체온을 올린답니다. 그래서 날씨가 맑은 날만 날고 흐린 날이나 비 오는 날은 비상하지 않지요. 체온을 높일 수가 없으니까요."

나는 방송을 보며 몹시 슬퍼졌다. 나비가 불 속으로 날아드는 것도 생에 대한 욕망, 결국은 비상에 대한 욕망 때문일까?

어머니의 웅크린 몸피에 갑자기 나비 고치의 영상이 겹쳐진다.

가랑비가 소리 없이 내리기 시작했다. 도시는 밤의 차디찬 우수를 담고 덜 마른 수채화처럼 번지고 있었다. 창밖에 불빛이 점점이 번져나가고 전철역에서 쏟아져 나온 사람들이 우산을 쓰고 아파트 단지 쪽으로 몰려가고 있을 때, 어머니는 응급실에서 운명하셨다.

어머니의 죽음 앞에서도 나는 잘못 배달된 짐짝처럼 어색하고 부자연스럽기만 했다.

영안실은 5호실이었다. 어머니의 시신은 냉동실로 들어갔고 빈소에는 아무도 없었다. 꼭 어릴 적 '무궁화 꽃이 피었습니다.' 놀이를 하고 있는 것 같았다. 술래가 안 볼 때는 얼마든지 움직이다가, 술래가 보면 시치미를 떼며 움직임을 멈추고 마치 언제 그랬냐는 듯, 언제 발버둥을 쳤느냐는 듯, 어머니는 그렇게 삶에게 시치미를 떼어버린 것이었다.

어머니의 영정 앞에 동생이 엎드려 울었다. 외삼촌이 우는 동생의 어깨를 쓰다듬었다. 그러나 우리에게는 이미 어떤 애절함도 남아 있지 않았다. 단지 가슴 한 귀퉁이를 후비고 지나는 아픔, 밑이 빠지는 듯한 공허가 드문드문 떠 있는 섬처럼 가슴속에 자리하고 있을 뿐이었다.

동생의 얼굴은 어머니의 얼굴을 빼다 박은 듯 닮았다. 동그란 눈이며 오똑한 코, 어깨의 둥근 곡선이나 잔등까지도 어머니를 닮았다. 나는 영정 속의 얼굴과 쓰러져 우는 동생의 얼굴을 번갈아 바라보았다. 동생의 얼굴에 어른거리는 어머니의 표정이, 내게서 잃어버린 무언가를 찾으려는 듯한 인상을 지울 수가 없었다.

어머니의 고통스럽고 오랜 투병생활에 비하면 장례식 준비는 너무나 간단했다. 장례용품과 상복, 육개장을 국물로 주는 식사와 음료수까지 모두 준비되어 있었고, 영안실 직원은 진단서를 첨부해서 사망 신고를 제출하는 일과, 시립 화장장에 연락해서 화장 순번을 받아내는 일을 도맡아 주었다. 운구용 버스를 예약하고, 제물을 준비하는 일까지도 영안실 직원은 전화 몇 통으로 끝냈다.

문상객들은 저녁이나 돼야 나타날 것이고 안성에 사는 친척들은 내일이 되어서야 도착할 것이다. 어머니의 죽음을 몸으로 감당해야 할 사람은 나였지만, 어머니의 장례 일정 속에서 나는 아무 할 일이 없었다.

빈소에 설치된 전화기가 울렸다. 병원 경리 직원은 고인의 명복을 빈다고 말하자마자 남은 치료비와 병실료를 납부해 달라고 요구했다. 조금도 겸연쩍어하거나 미안하다는 기색 없이, 전화번호나 주

소를 묻듯이 사무적인 어조였다. 그들은 죽음에 위엄을 부여할 줄
몰랐다.

의료보험이 적용되지 않는 정밀검사와 고액치료가 많아 동생이
병수발 하느라 쓴 돈은 꽤 많았고, 그때마다 난 어정쩡하게 뒤통수
를 긁적이고만 있을 수밖에 없었다. 환자가 이미 죽었는데, 치료비
를 내놓으라는 요구는 어쩐지 공정한 거래가 아닌 것 같았지만, 하
는 수 없이 지갑에서 신용카드를 꺼내 동생에게 주고 경리 창구에
가서 계산하도록 했다.

"형은 좀 쉬지…."

문상객도 없는 빈소를 지켜야 하는 일은 힘들었고 자꾸만 어머니
의 영정에 겹쳐지는 동생의 얼굴도 사실 견디기 힘들었다.

동생이 알아서 동창회나 향우회에 연락했고 나는 나대로 친구들
과 모임에 전화했다. 아직은 문상객이 없다고 말했을 때 휴대폰 배
터리가 끊어졌다. 휴대폰이 죽는소리는 사소했다. 휴대폰은 마치
기력을 다한 어머니의 숨처럼 꼬르륵꼬르륵 소리를 내면서 죽었다.
휴대폰이 끊어지자 나는 어머니의 죽음이나 당장부터 치러야 할 장
례절차와도 단절되는 것 같았다.

맥박이 영으로 떨어지면서 어머니가 숨을 거둘 때도, 심전도 계기
판에서 이런 하찮은 소리가 났을까?

빈소의 한구석에는 작은 부속실이 딸려 있었다. 문상객이 없는 시
간에 상주들이 틈틈이 눈을 붙일 수 있게 만든 방이었다. 전기 온돌
방이었고 창문이 없어서 출입문을 닫자 방안은 캄캄했다.

몸 안에 잠복해 있던 피로가 한순간에 급습해서 나를 혼절 같은 잠 속으로 밀어뜨렸다.

*

내가 여덟 살 때 세상을 떠난 아버지. 삶이 극적이면 유언도 그렇겠지. 자신의 죽음을 적에게 알리지 말라고 했던 저 광화문의 장군처럼.

그러나 내 아버지는 퍽 시시한 삶을 살았다. 암실에서 사진을 현상하고 졸업 사진이나 약혼 사진을 찍었다. 바늘처럼 가늘고 긴 연필로 필름에 수정을 했고 졸업식장을 찾아다니거나 예식장에 불려다니는 사진사였다.

아버지는 싫은 소리 한마디 할 줄 모르는 유순한 성격의 소유자였다. 가족에게는 물론 친척들이 모인 자리에서 놀림감이 되는 걸 본 적도 있었다. 항변은커녕 대답도 제대로 못 하고 우물쭈물하는 아버지를 보며, 왜 수모를 받으면서도 참기만 하는지 이해할 수 없었다. 외가에서 결사반대하던 결혼을 한 것이 외가 식구들로부터 무시당하는 조건이란 걸 나중에서야 알았다.

우리 집 생활비의 대부분은 어머니로부터 나왔고 어머니는 부자였다. 어머니의 아버지가 부자였으므로 어머니는 따라서 부자였다.

외할아버지는 자식들 중에 어머니를 가장 사랑했고, 그런 딸이 아무런 능력 없는 사진장이와 결혼해 고생하는 게 마음 아파 자주 돈을 보냈다. 어머니는 그 돈으로 양장점을 냈고, 우리들이 먹고 쓰는 돈은 거기에서 나왔다. 그래서 그랬을까? 아버지는 어머니 앞에서 늘 온순했다. 내가 기억하는 한 아버지가 뚜렷하게 자기의 주장을 하거나 고집을 피우는 것을 본 적이 거의 없었다. 양장점의 재봉사나 다른 여자들에게도 아버지는 항상 그랬다.

주변머리 없는 인물로 유언 한 장 없이 떠나 손수 찍은 사진을 영정으로 쓴 아버지. 서방 잡아먹은 년이라는 쑥덕거림도 못 들은 체, 그 해가 가기도 전에 어머니는 양장점을 판 후 요리 집을 내었다. 요리 집 근처에는 얼씬도 하지 말라는 엄명을 무시하고, 난 슬금슬금 드나들며 아이스케키나 엿을 바꿔 먹기 위해 빈 병이나 미제 캔맥주 깡통을 주워 날랐다. 그때마다 빨랫줄에 널려있던 화사한 색상의 여자 속옷들이 바람에 나부끼는 모습을 지금도 기억한다.

그곳에서 자주 눈이 마주치던 한 남자는 유난히 나에게 친절했다. 그 친절 뒤에 무엇이 도사려 있는지 어린 나이지만 난 대충 짐작할 수 있었다. 머리를 쓰다듬어 주거나 용돈을 쥐어 주곤 했지만, 그 웃음 띤 얼굴이 돌아서면 나는 침을 뱉곤 했다. 그런 날은 늦도록 어머니를 기다려야 했다.

소문대로 어머니는 얼마 후 그 남자를 내게 인사시켰다. 새 아버지. 그것이 멀리멀리 돌아서 번역되어온 그 남자의 새로운 호칭이었다. 난 그 사실을 받아들일 수 없어 저수지 길을 달리고 있었다.

눈물이 뺨을 타고 주르륵 흐르기 시작했다. 저수지 둑 위에는 달

맞이꽃이 무더기로 피어 있어서 달이 없는 밤인데도 희뿌옇게 저수
지 물이 드러나 보였다. 초저녁인데도 벌써 밤이슬이 내려있었다.
달맞이꽃 대궁에 종아리가 부딪힐 때마다 달맞이꽃에서 이슬이 흩
어져 내렸다.

소리 내어 울었지만 아무도 찾아오지 않았고, 언덕 아래의 시끌벅
적한 소음이 잦아들면서 정적을 이따금 흔들어 주는 것은 교회의 종
소리뿐이었다. 테이프로 음악을 흉내 내면서 울려오는 종소리는,
조금도 성스럽지 않고 단지 집회를 유도하는 호객 소리처럼 음험할
뿐이었다.

죽은 아버지를 떠올렸다. 그의 혈육이라는 이유 하나만으로 나를
싫어하는 거라고 짐작했다. 옷이고 신발이고 항상 좋은 것은 새로
태어난 동생 몫이었다. 친척도 이웃도 모두가 동생 편이었다. 능력
없던 아버지의 죄를 왜 내가 대속해야 하는지 몰랐다.

성이 다른 동생을 위해 형의 모든 권한을 포기해야 하는 날부터
나는 다른 방식으로 세상을 살기 시작했다. 가출해서 정학을 맞고
패싸움을 벌여 경찰서 유치장 신세를 종종 지기도 했다. 이미 나에
겐 혈연에 대한 아무런 소속감도 남아있질 않았다. 오갈 데가 없어
어쩌다 며칠씩 집으로 돌아가 보기도 했지만 그때마다 확인했던 건
싸늘한 타인의 세계일 뿐이었다.

동생은 날 무척이나 어려워했다. 나보단 모범생이고 인정받는 처
지였지만 사소한 일까지 나에게 물어왔다. 동생의 십팔 번지는 '형

어떻게 생각해?'였다.

"친일파에 대해서 형 어떻게 생각해?"

"학생회장 선거에 대해서 형 어떻게 생각해?"

심지어 조용필에 대해서도 형이 어떻게 생각하는지 궁금해했다. 내가 만물박사라도 되는 것처럼 별 시시콜콜한 것까지도 내게 물어 왔다. 어머니에게는 의젓한 아들이었지만 나만 만나면 갑자기 철부지가 되어 버리곤 했다.

내가 카메라를 망가뜨렸을 때도, 장롱 속의 돈을 빼냈던 게 들통났을 때도 어머니는 대뜸 나를 지목했다. 딱 잡아떼는 나를 대신해서 죄를 뒤집어쓴 건 뜻밖에도 동생이었다. 의아해 하는 어머니에게 조목조목 알리바이와 사용처를 허위로 자백하는 동생의 눈엔 눈물이 그렁거렸다. 나는 회초리가 부러져야 끝나는 매질과 울음소리에 회심의 미소를 지으면서도 동생의 행동을 이해할 수가 없었다.

동생의 눈빛을 보면서 난 새로운 사실을 알게 되었다. 동생을 향한 어떤 진실이 내 마음속에서 움트고 있다는 것을.

오랫동안 헛간에 처박아 둬서 먼지가 쌓이고 녹슬어 있던 감정이 그렇듯 우연찮은 순간에 조용히 나를 흔들며 지나갔던 것이다.

흥! 사법고시? 지랄하고 자빠졌네!

세상을 떠도는 동안 어머니와 동생의 꿈을 가소롭고, 가증스럽고, 황당무계한 것이라고 비웃으며 살았다. 어쩌면 그런 저주를 지탱 삼아 사막처럼 거친 세상을 하루하루 견뎌낸 것인지도 모른다.

동생이 일류대 법과에 합격하고 판검사가 되겠다는 야무진 꿈을 키우기 시작한 직후부터 나는 노골적으로 동생을 비웃을 수 있는 절호의 기회를 기다렸다. 그리고 그런 기회가 오면 주저 없이 이렇게 말하고 싶었다.

"너 같은 돌대가리가 판사가 된다면 나는 대통령이 되겠다. 어머니가 편애한 것 말고 네가 나보다 나은 게 뭐지?"

노력을 통해 모든 걸 다 성취할 수 있다고 해도 어린 시절부터 동생이 나에게 느껴온 열등감은 죽을 때까지 지워지지 않을 거라고 나는 확신했다. 그리고 어쩌다 한 번씩 마주칠 때마다, 동생이 보이는 어정쩡한 태도를 통해 나는 변함없이 그것을 확인할 수 있었다.

우열의 척도란 무엇인가? 간단하게 말해 동생은 어머니를 무조건 따랐고 어머니가 원하는 대로 무한정 성실했을 뿐이었다. 게다가 동생의 성격은 어머니로부터 유전된 차분한 성품으로 미화되고, 나의 성격은 아버지를 닮아 싹수가 없어 보이는 성품으로 폄하되곤 했다. 어머니가 늘 자신의 편을 들어주었지만, 동생은 그와 나 사이에 운명처럼 주어진 우열의 진실을 알고 있었으리라. 그리고 그것을 어머니만큼 노골적으로 왜곡하고 은폐하지 못해 괴로워했으리라. 그가 판검사가 되고 내가 대통령이 되는 일이 실제로 일어나진 않겠지만, 동생과 나 사이의 우열관계에 대해서는 평생 역전이 일어나지 않으리라는 걸 나는 확신하고 있었다.

얼마나 통쾌한가!

한 번, 두 번, 사법고시 낙방소식을 접할 때마다 쌓여가는 통장

잔고를 확인해보는 것처럼 기쁨을 감출 수가 없었다.

위로한답시고 신림동 고시촌을 찾아가 고기와 술을 진탕 퍼 먹이면서 되지도 않는 얘기들을 지껄여 댔다.

인생을 사랑하는 자에겐 이 모든 상처들이 심오한 행복이 되어 빛날 것이다. 그 빛은 수많은 선택의 가능성 속에서 너의 등을 떠밀며 앞으로 나아가게 할 것이다. 너는 단지 그 과정 안에 있을 뿐이다.

희미한 가로 등불 아래서 토악질하는 등을 토닥일 때, 싸구려 술집과 당구장이 늘어서 있는 길가에는 누군가 방뇨한 오물과 담배꽁초, 비닐봉지 나부랭이가 흩어져 있었다. 마음속으로는 진작 때려치우고 말단 공무원 시험이라도 보라고 소리치고 싶었지만, 입에선 '넌 우리 집안의 기둥'이라는 말을 서슴없이 뱉고 있었다.

나는 나의 야비함을, 추억을 하나의 감정적 자산으로 등기해 놓고 그 자산의 가치를 은밀히 계산했으며, 이렇게 알량한 비열함으로 팔아먹을 수 있다는 것을 확인했다.

그런데 그런 돌대가리가 덜컥 사법고시에 합격하고 말았다. 이런 세상에! 이건 잘못돼도 뭔가 한참 잘못된 것이다. 온 동네 사람이 부러워하며 잔치가 벌어졌을 때 난 똥 씹은 얼굴을 하고 있었다.

*

왁자지껄한 소리에 눈을 떴을 때, 내가 어디에 누워 있는지 알 수 없었다. 빈소에 딸린 부속실이라는 걸 기억하는 데 오랜 시간이 걸리진 않았다. 눈을 찡그리며 형광 불빛으로 나오자 거긴 바로 빛의 세계, 아니 죽음의 의식이 있었다. 저 캄캄한 부속실이 삶의 세계였는지 죽음의 세계였는지 잠시 혼란스러웠다.

문상객들과 함께 조화들이 줄지어 영정 좌우로 늘어서기 시작했고, 동창회나 향우회에서 보내온 만장들로 빈소 입구가 채워졌다.

동창생들이 들어왔다. 살아온 세월을 말해주듯 서리가 내리고 주름이 잡힌 얼굴들이지만 희미하게나마 옛 모습을 확인할 수 있었다. 새삼 내 나이를 실감할 수 있었다.

나의 삶은 이제 얼마나 남았을까? 어느새 인생의 반을 넘게 왔는데 남은 재산이 있나, 자식이 있나, 도대체 난 아무것도 내세울 게 없으니.

절을 마친 문상객들은 모임별로 모여 앉아 육개장으로 저녁을 먹었다. 좌석은 혼잡했다.

죽음은 가까이 있었지만 얼마나 가까운 것인지 알 수는 없었다. 그것은 단순한 생명현상의 일부일 뿐 어떤 의미가 존재하지 않는 것인지도 모른다. 휴대폰이 죽거나 화분의 선인장이 죽듯이 그냥 꺼지는 것뿐일지도 모른다.

내세는 있는 걸까….

슬픔이라고는 눈곱만큼도 없이 '얼마나 황망하십니까?', '상심이 크시겠습니다.', 따위의 형식적인 인사치레에 부의금이나 내고 가는 조문이 도대체 무슨 의미가 있단 말인가? 전화로 계좌번호를 불러

달라는 사람보다는 그나마 나은 편이긴 하지만. 고인의 명복을 빌어 주거나 삶에 대한 반추 같은 것은 눈을 크게 뜨고 찾으려야 찾을 수가 없었다. 하기야 어차피 자기들 자신의 죽음은 아니니까.

졸업 후 처음 만난 노래방을 한다는 초등학교 여자 동창생에게 사소한 몇 가지 옛 추억을 일깨워 주었다. 짐작대로 감탄을 연발하면서 기뻐했다. 그렇게 세세한 일까지 잊지 않고 있는 나의 끈질긴 우정을, 거의 까무러칠 듯한 호들갑으로 보답하면서 마침내 우리는 완벽하게 옛 친구의 자리로 되돌아와 있었다.

그녀는 내가 가업을 이은 사진작가가 되어 네이버 검색창에 이름만 쳐도 나온다는 것과 내 친구라는 사실을 믿지 않던 주위 사람들의 어리석음, 신문에서 내 사진과 이름을 발견할 때의 기쁨이 어떠했는가를 몇 번씩이나 되풀이 말하였다. 오랜만에 만나 시작된 대화는 긴 세월을 풀어놓느라 길게 이어졌다.

"왜, 너의 엄마가 하던 요정 이름이 엇모리였잖아. 그땐 그게 도대체 무슨 뜻인가 했었거든? 딸이 국악을 하다 보니 그게 중요한 인물이 등장할 때 일부러 한 박자 늦춰서 치는 장단이던데, 그 인물이 누군지 되게 궁금하더라?"

어렸을 때 우리 집을 부러워했고, 엄마가 하는 양장점에서 옷 맞추어 입는 일이 소원이었다고 깔깔대는 여자애는 건설업을 한다는 다른 동창생 이름을 들먹였다. 한 번도 본 적이 없다고 하자 "네 동생과는 자주 만나는 모양이던데?" 하면서 고개를 갸우뚱거린다.

동생의 역할은 뻔했으리라. 이렇게 변호사와 트고 지낼 만큼 나도 유식한 놈이란 걸 확인시켜 주도록 옆에만 있어주면 됐을 것이다. 신분 포장용으로 동생을 불러내는 불순한 동기를 생각하면 왠지 치사스러워진다.

친구들은 초저녁 무렵에 들이닥쳐 밤샘할 작정인지 고스톱을 쳤다. 자정이 가까워져 오자 문상객들의 발길이 끊어졌다. 몇몇 친구들만 남아 화투를 치느라 떠들어 댈 뿐 상가는 또 정적에 휩싸였다.

나는 어머니의 영정을 바라보았다. 영정 속 어머니는 머리카락에 윤기가 돌았고 엷게 웃고 있었다. 미소 띤 사진은 영정으로 쓰지 말라고 미리 유언이라도 남겨야 하겠다는 생각이 스쳐 지나갔다.

밖엔 내 머릿속만큼이나 무겁게 안개가 짙게 깔렸었다.

*

어머니는 소리에 민감하셨다. 두레박으로 물을 길으면서도 혼자 중얼거리곤 했다.

'물 쏟아지는 소리가 어쩌면 이리 맑다냐.'

그러나 어머니가 정작 그 흔한 유행가 한번 흥얼거리는 걸 들은 적이 없었다.

어머니가 내는 소리는 그저 풀피리 소리밖에 없었다.

노을 비낀 하늘을 향해 멀리까지 울려 퍼지던 피리 소리, 들을 때마다 가슴 간질간질한 두려움을 일깨우게 하던 어머니의 피리 소리.

나는 어머니가 동생만 데리고 어디로 떠날지도 모른다는 생각을 늘 하고 있었다.

멀리 나가지 마라. 다시 들려오는 어머니의 다그침. 그것은 어디든 제발 멀리 좀 갔다 오렴, 하는 말로 들렸다. 그럴 때마다 나도 어머니를 버리고 떠날 수 있다는 걸 보여주고 싶었다. 통쾌하게 복수하고 싶었다. 어머니가 눈물을 뚝뚝 흘리고 가슴을 쥐어뜯으며 괴로워하는 모습을 달콤하게 상상하며 즐거워하기도 했다.

어머니는 저녁을 지을 때면 흰 사발에 숟가락을 걸쳐 들고 장독대로 가곤 했다. 부엌에서 장독대에 이르는 작은 텃밭에는 고추와 파가, 그 바깥으로는 붓꽃과 봉숭아가 피어 있었다. 붓꽃은 저녁 무렵에 꽃잎을 열었다. 어머니는 붓꽃 이파리를 따 입에 물었다. 그러면 어김없이 이어지던 '삐-애' 피리 소리, 그 소리를 들을 때마다 하던 놀이를 멈추곤 했다.

그 시절 나는 어머니가 어딘가에 소리주머니를 가지고 있다고 믿었다. 버드나무 가지, 연한 보릿대, 무엇이든 어머니의 입에 닿기만 하면 소리가 되었다. 나도 해 보려고 했지만 되지 않았다. 그저 바람 새는 소리와 함께 매콤한 풀잎 맛만 남곤 했다.

이제는 조금 알 것 같다. 소리주머니는 실은 안으로만 안으로만 눌러온 온갖 감정들, 이루지 못한 희망, 겉으로 드러내지 못하는 원망들로 만들어진다는 것을. 모든 이들의 가슴 속에는 저마다 다른 크기의 소리주머니가 있다는 것을. 그 모든 것이 '삐-애' 피리 소리가 되어 나온다는 것을.

이젠 나도 붓꽃 이파리를 입에 물고 소리를 낼 수 있을 것 같다.

내가 중학교 때 얼굴이 흰 도덕 선생님은 아가페라는 단어 뒤에 이렇게 썼다. 절대자에 대한 사랑, 혹은 어머니가 자식에게 베푸는 사랑.

유난히 창으로 빛이 많이 쏟아져 들어왔다. 칠판의 설명을 공책에 옮겨 적으며 햇빛 때문에 얼굴을 찡그렸다. 지금도 나는 아가페라는 말을 들을 때마다, 빛이 쏟아져 들어오던 오후 도덕 시간을 기억한다. 아니다. 그 5교시를 기억하는 것은 그날 하교 후의 일을 기억하기 때문일 것이다.

따가운 빛이 가득한 운동장을 지날 때까지, 나는 아가페라는 말을 떠올렸다. 햇빛 속에서 궁 굴리면 달콤한 과자 냄새가 날 것도 같고 먼 나라의 향기가 묻어나는 것도 같은 말. 교문 가까이 와서야 길 건너 가로수 밑에 서 있는 한 여인을 보았고 나는 그 자리에서 걸음을 멈추었다. 어머니는 이따금씩 그렇게 하굣길에 서 있곤 했다.

빵집에 들어가서도 어머니의 얼굴을 바라보지 않았다. 그때는 사춘기였다. 모든 사물에 대해 무차별로 반항하는 일이 당연하다고 믿던 때였다.

"네게 말해 주고 싶은 게 있다. 그런데 막상 널 보니 말하지 않는 게 나을 것 같구나."

그제야 난 눈을 똑바로 뜨고 어머니를 정면으로 바라다보았다.

"내가 감당할 수 없는 일이란 아무것도 없어요."

"이런 얘기 네가 더 큰 다음에 하려 했는데, 하지만 다시는 너와 얘기할 기회가 없을 것 같아서…."

햇빛을 받은 빵들이 둥글게 부풀어 오르는 것 같은 환각 속에서 어머니의 말을 들었다. 낮은 목소리, 붓꽃 피리 소리가 아주 멀리 퍼져나가는 듯한 목소리.

사진에서도 한 번 본 적 없는 할머니는 언청이였고, 그 결함은 열성 유전이어서 아버지는 정상으로 태어났지만, 어머니가 낳은 아이는 할머니의 피를 물려받았다.

어머니가 첫 출산을 했을 때, 출산의 고통에서 한숨 돌리기도 전에 아버지는 핏덩이를 거적으로 말아 산으로 올라갔다. 미역국을 먹으면서 어머니는 아이를 어쨌느냐고 물어보지도 못했다. 마을 사람들은 어머니가 사산했다고 믿었다.

붓꽃이 화득화득 피어나는 한여름이었다. 언청이였던 어머니를 두었던 아버지는 그 고통과 불편, 그 눈물을 아이에게 물려주고 싶지 않았다.

두 번째 아이를 산에 묻은 다음부터 아버지는 거의 벙어리가 되었다. 다행히 나는 정상으로 태어났지만 그렇다고 아버지의 말 없는 버릇이 고쳐진 건 아니었다. 어머니는 아버지의 침묵을 이해했을 것이다. 아버지는 아이를 어디에 묻었는지조차도 알려주지 않았다.

"넌 이것만은 알아둬라. 열성유전이라니까 네 자식 중에는 그런 아이가 혹 나올지도 모르겠다."

어머니는 점차 삐뚤어지기 시작하는 나에게, 어디론가 금방 떠나는 사람이 마지막 비밀을 털어놓는 것처럼, 아니면 널 그렇게 어렵게 낳았으니 무조건 나에게 효도해야 한다는 듯이 담담하게 말했다.

나도 역시 하나도 비장하지 않고 담담한 마음으로 그 얘기를 들었다. 그리고 독신을 결심하게 되었다.

붓꽃 잎으로 피리를 불던 어머니, 끼니때마다 따뜻한 밥을 지어주던 어머니, 열이 오르는 이마를 짚으며 머리맡에서 꼬박 밤을 새우던 어머니, 땅을 팔고 집을 팔아 끊임없이 자식의 뒤를 대다가 종내는 빈털터리가 되어 혹처럼 대접받던 어머니.

내가 어머니 인감을 빼내어 집을 담보 잡힌 걸 밖에서 들려오는 소문으로 알게 되지만 않았더라면, 어머니는 분명 고향 마을에서 여생을 마쳤을 것이다. '애비 없는 자식' 소리를 가장 겁내던, 남들이 한동안 보이지 않는 내 안부만 물어도 속으로 가슴이 덜컥 내려앉던 어머니에겐 또 그만큼 치명적인 일이었을 것이다.

내가 세상의 중심을 향해 끊임없이 나부대는 바람에 어머니는 그 펄럭이는 꿈의 자락에 쓸려 거듭 엎어져야만 했다. 급작스럽게 죽은 남편 대신 재산을 불려 놓은 어머니의 야무짐도 속수무책이었다.

목돈이 집안에 들어올 때면 꿈에 돛을 달고 펄럭이던 난, 몇 달 안가 난파된 배 조각에 몸을 싣고 고향으로 돌아왔다.

도박했을까? 사기를 당했을까?, 결혼하지 않겠다더니 혹시 여자가 생겼을까?, 어머니는 궁금해했겠지만 한 번도 묻지 않으셨다.

어머니가 야위고 늙어가는 동안, 고향에 남아있던 전답은 야금야금 없어졌다. 내겐 물려줄 자식도 없는데 고향에 땅뙈기를 굳이 남겨놓을 이유가 없었기 때문일지도 모른다. 그것들은 내가 교제하는 사람들의 격에 맞춘 교제비, 그들이 지닌 것과 같은 모양새를 갖추기 위해 구입하는 명품 카메라나 자동차가 되었다. 명목상 그런 걸 구입하기 위해 돈이 필요했던 적은 한 번도 없었다. 언제나 '급히 막아야 할 돈'이었고 그게 없으면 당장 감옥에 들어가야 하는 상황으로 둔갑했다.

어머니가 한 푼도 없는 뒷방 노인네로 전락하면서 어머니의 피리 소리도 가물가물해졌다.

*

"간다아아, 간다아아, 나느은 간다아아. 오우하아, 오우에에."

버스 안에서는 딸랑거리는 요령 소리와 상여꾼들이 부르는 애간 장 녹이는 처량한 소리가 테이프로 흘러나오고 있었다. 세월 따라 죽음의 의식도 이렇게 달라지는 걸까?

화장장에 도착했을 때 조문객들은 가까운 친척 이외에는 몇 명 남아있지 않았다. 화장장은 최신식이었다. 버스 터미널처럼 잇따라 캐딜락 장의차와 근조라고 쓴 버스가 계속해서 들어오고 사람들이 꾸역꾸역 내렸다. 대기실 오른쪽 구석의 대형 모니터에서는 극락왕생을 책임질 것 마냥 납골당 광고가 계속되고 있었다.

염이 끝난 어머니의 몸은 긴 나무토막처럼 보였고 그 아래 꽃신이 걸려 있었다. 유리창 너머 마스크를 쓴 화장장 직원이 유족들을 향해 거수경례를 보냈다. 그리곤 버튼을 눌러 소각로 입구를 열었다. 직원은 어머니의 관을 소각로 안으로 밀어 넣고 입구를 닫았다. 동생이 울었다.

전광판에는 '화장중'이라는 글자가 들어왔다. 소각이 끝나려면 두 시간 이상을 기다려야 했다. '소각 완료' 글자가 들어올 때마다 유족들 몇 명이 자리에서 일어나 대기실 밖으로 나갔다. 여기저기서 소복 차림의 여자들이 옷자락을 쥐어뜯으며 울었고 울다가 실신한 젊은 사람을 밖으로 옮겨갔다.

지하 식당은 혼잡했다. 메뉴판을 살펴보았다. 설렁탕, 갈비탕, 육개장. 식권을 사기 위해 줄을 서면서 침을 삼켰다.

자신과 연결된 누군가가 재로 변해가고 있는 시간에, 사람들은 줄 서서 농담을 하고, 예쁜 여자가 지나가면 돌아보고, 밥을 먹고 이를 쑤셨다.

나무 밑의 벤치에는 외삼촌이 마른 허리를 반쯤 접고 앉아 손톱이 다 타들도록 담배를 태우고 있었다. 외삼촌은 정말 원숭이처럼 인중이 길었다. 불그레한 게 취기가 오른 모습이었다.

"다 허망한 일잉겨, 죄다…. 늬 엄만 벌 받은 게다."

관심이 없는 척했지만 내 온몸의 세포들은 구멍을 활짝 열어젖히고 있었다. 외삼촌의 목소리는 또렷또렷 내 혈관까지 비집고 들어왔다.

"아, 그놈하고 정분이 난 걸 알구서야, 늬, 늬, 아부지가 저수지에 그냥 빠져 뿌링거 아니것냐. 고깟 몇 년도 못 살 놈 헌티 팔자를 고쳐서, 늬 동생만…. 산다능게, 가심 한복판에 한, 한 줌 냉기는 일잉겨."

외삼촌은 씨받이 옥수수 알처럼 성근 이를 드러내며 헛웃음을 목구멍 너머로 삼키고 있었다.

'소각 완료'라는 글씨가 소각로 문짝에 켜져 있었다. 유리창 너머에서 화장장 직원이 다시 거수경례하고 버튼을 눌러 소각로 입구를 열었다. 뼛조각과 재들이 소각로 바닥에 흩어져 있었다. 직원이 어머니의 흔적들을 유골함에 담았다. 그리고는 흰 보자기에 싼 유골함을 유리창 아래쪽 작은 구멍을 열고 내밀었다. 나는 유골함을 받았다. 동생이 또 울었다.

*

오랜만에 밟아보는 고향 땅이었다. 염소들이 풀 뜯고 달맞이꽃이 흐드러지게 피었던 저수지 둑은 이제 조그맣게 줄어들어 보였다.

둑에 앉아 보자기를 풀었다. 서산으로 지는 햇빛으로 물 위에는 수천, 수만 개의 금빛 비늘이 반짝였다. 저수지는 큰 물고기의 꿈틀거리는 몸통 같았고 반짝이는 잔물결은 그 큰 몸통을 뒤덮은 오색의 비늘 같았다.

동생은 상자 속에서 하얀 가루를 한 움큼 꺼내 쥐고 어머니 유언대로 저수지 물 위에 뿌렸다. 흰 가루는 소리 없이 물속에 잠겨 사라졌다. 물방개 몇 마리가 도망치고·있었다.

동생은 상자를 내게 건네주었고 나는 상자에 손을 넣고 유골을 한 움큼 쥐었다.

부드럽고 하얀 가루였다.

나는 하얀 가루를 정성스레 모두 뿌린 후 상자를 물 위에 띄웠다. 흔들거리며 떠가는 어머니의 마지막 육신을 오래도록 바라보았다.

사라졌던 아버지가 하루 만에 떠올랐던 곳.

말잠자리 두 마리가 허공을 선회하는 걸 바라볼 때 스산한 바람이 불어왔다. 바람이 퍼져나가 잔물결을 만들고 있었다. 이제는 어머니가 내게 미안해하지 않으실 거란 생각이 든 것은 동생이 안고 있는 어머니 영정의 미소가 물 위에 언뜻 비쳤을 때였다.

돌아오는 차 안에서 동생이 어머니의 유품이라며 전해준 쌈지는 빨간 공단에 금색수가 놓아져 있었다. 얼마나 오래 간직하셨는지 모서리가 반질반질 닳은 쌈지엔 은비녀와 쌍가락지가 들어 있었다.

가는 손에 끼워져 있던 가락지와 동그란 어머니의 쪽 찐 머리를 지금도 기억한다. 은비녀를 꽂은 조그만 머리 다발은 단아하고 정갈해 보였었다. 이걸 왜 나에게 전해주라고 당부하셨을까? 이제 동생을 더 볼 일은 아마 없을 것이다.

동생이 전하는 어머니의 유언을 들으면서 차창 밖만 바라보았다. 기록영화처럼 풍경들이 스쳐 갔다.

"형과 나는 아버지가 같아. 난 어릴 적부터 알고 있었는데, 꼭 돌아가신 뒤에 얘기하라고 해서…."

동생은 뒷말을 싹둑 잘라 애써 혀 밑으로 꾹 누르고 있었다.

내 속에서 무언가 무너져 내리는 느낌이 들었다. 가슴 속으로 오랫동안 키워왔던 것이 해빙기에 눈 녹듯 어이없이 풀어지고 있었다.

어디선가 낮고 가는 소리가 들려왔다. 나직이, 기억 저편에서 들려오는 것 같기도 했고 바람 소리 같기도 했다. 소리는 끊길 듯 말 듯 들려왔다.

어머니의 피리 소리였다.

• 발표지면 •